序章

PROLOGUE

M.G.H.
THE HEAVEN IN THE MIRROR

その光景は、何もかもが造りものめいた非現実感に満ちていた。

輝度の高い人工的な照明と、浄化の行き届いた無機質な空気。そして、樹脂のパネルで密閉された無重力の空間。テーマパークの安っぽいセットにも似た世界の中を、艶やかな真紅の球体が漂っている。無数に。

球の正体は、恐怖すら感じるほどに深く澄んだ液体だった。

絶え間なく流動し変形を繰り返すそれは、静止していないにもかかわらず、ほぼ完全な真円形を保っている。

球体の大きさは様々だ。雨粒ほどのサイズのものから、ゴルフボールに近いものまで。

二つの水滴が接触すると、それらは融合し、表面張力の働きで再び球形に戻ろうとする。

まるで意志を持っているようなその動きだけが、この人造の景色の中で、やけに生々しく感じられた。

彼は無意識に目の前の球体へと手を伸ばす。

予想したほどではなかったが、その液体はまだ温かかった。

金臭《かなくさ》い香りと、指にまとわりつく、ぬるりとした感触。

確認するまでもなく、それが何であるか気づく。

血だ。

鮮血でできた〝水玉〟が、ナイロン繊維で吊ったオブジェのように、いくつも宙に浮いている。それは、ひどく悪趣味なプラネタリウムを連想させた。

そして、もうひとつ。その異様な空間で、ゆっくりと往復運動を続ける物体がある。

灰白色に輝く無骨な与圧服――

複合材料とアルミ蒸着マイラーに包まれた硬質の船外作業服は、ゆっくりと回転しながら無重力の室内を漂っていた。

四肢の関節は、そのすべてが通常ではあり得ない方向を向いている。

頭部を覆うバイザーは砕け、その隙間《すきま》から鮮血にまみれた男性の顔がのぞいていた。

死んでいる。

男の姿を一目見たときから、彼はそう確信していた。

非科学的かもしれないが、彼が過去に経験したいくつかの〝死〟と同じ臭いが、この部屋には充満している。皮肉なことに、すべてが紛《まが》い物じみたこの空間の中で、その死臭だけがくっきりとリアルな存在感を持っていた。

彼は、血に濡れた手で前髪をかきあげる。

堅牢な造りの与圧服は、広い範囲にわたって陥没していた。

人間の力で殴られてできる傷跡ではない。何かに固定されていた形跡も、機械に挟まれたような痕《あと》も見あたらない。だが、バイザーの破損状況や、男の負傷の様子をみても、凄まじい衝撃でどこかに激突したのだということはわかる。

衝撃を受けているのは、与圧服の前面だけ。地上数十メートルの高さから墜落したのだと考えれば、特別に不自然なところはないだろう。

墜落死――

反射的に思い浮かべた単語を、彼は頭を振って否定する。

ここは地球周回軌道上――高度四五〇キロで周回を続ける宇宙ステーションの内部なのだ。無重力状態のこの場所で、墜落死することなどあり得ない。

与圧服の男は、真紅の球体とともに虚空を漂い続けている。

その見慣れない光景は、ステーション内の非日常的な風景と奇妙な調和を見せていた。

浮遊する液体が無重力下で球形を保とうとするのは、それが、最も少ないエネルギーで安定する状態だからだ。

そんなとりとめのないことを考えている自分を、ひどく冷静に見つめているもう一人の自分がいる。

その連鎖は、無限に続く。感情は取り残され、ただ思考だけが永遠に繰り返される。

死者は、漂い続けている。

目の前を漂う不可解な死の存在理由に、彼は興味がなかった。

その死体が、不自然なものであるとさえ思わなかった。

むしろその死が、彼のためにあらかじめ用意されていたのではないかと感じてしまったほどである。

用意されていた——何のために？

彼に見つけられるために。あるいは、見せつけるために、だ。

望まざる死が、常に彼とともにあることを。たとえ、この造りものの世界の中でも、その運命からは逃れられないということを知らせるために……

もう一度、彼は髪をかきあげる。

第一章　花嫁は周回軌道を目指す

CHAPTER1:

THE BRIDE GOES TO THE EARTH ORBIT.

M.G.H.

THE HEAVEN IN THE MIRROR

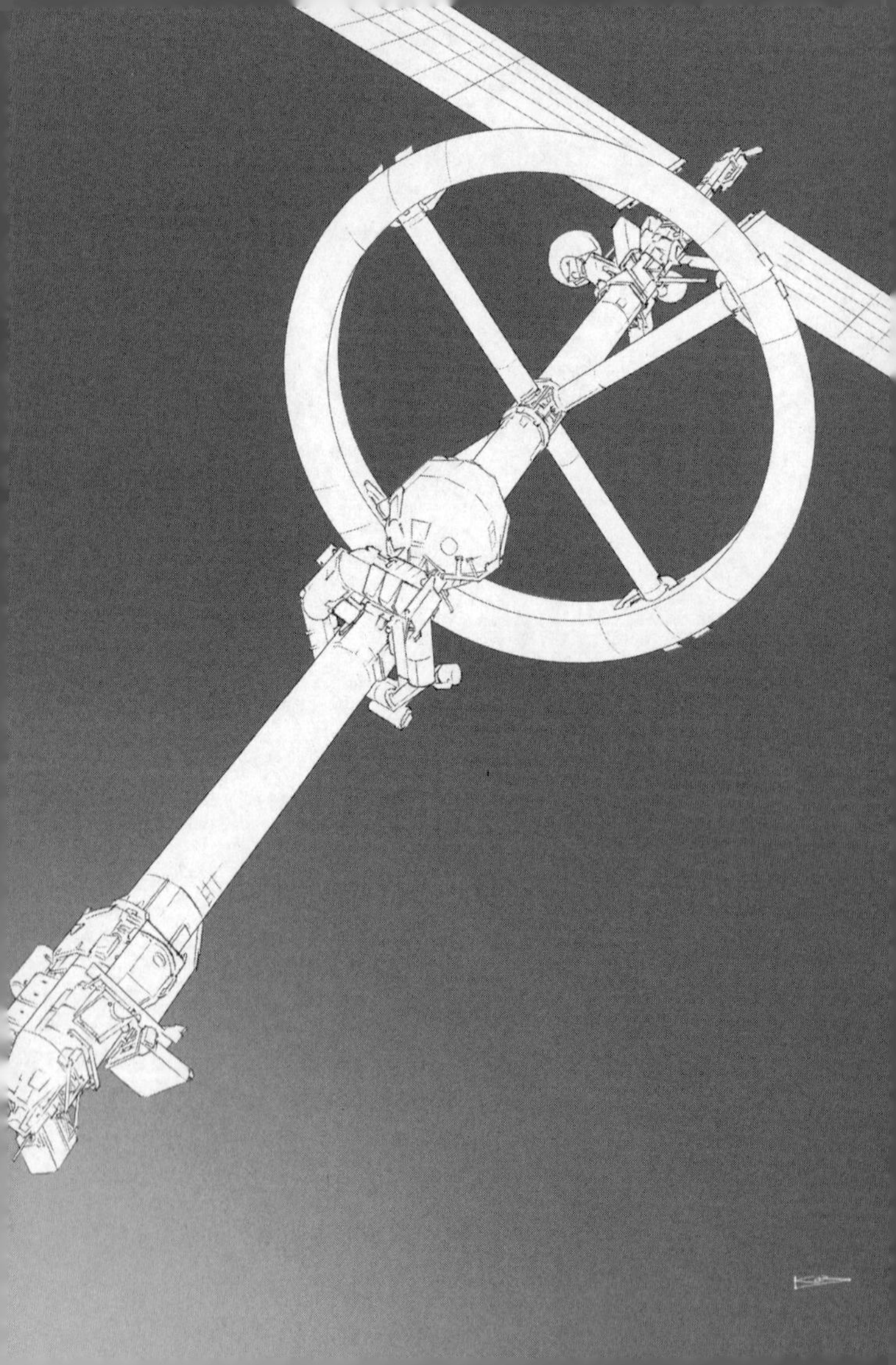

1

鷲見崎《すみさき》凌《りょう》の目覚めを感知して、卓上の端末《メスギア》が微《かす》かな音とともに起動した。

省電力《スタンバイ》モードだった画面が明るくなり、マジックミラーのように〝向こう側〟の景色を映し出す。

ミラーの中に映った金髪の女性が、凌を見て優しく微笑んだ。

一点の曇りもない、人工の笑みで。

「おはよう、ヴェルダ。どのくらい寝てた?」

まだ開ききらない目をこすりながら、凌はディスプレイの中の美女に訊く。端末《メスギア》に向かって作業している途中で、いつの間にか眠ってしまっていたらしい。

「約七時間二五分です。現在の時刻は、NMTで午前零時五六分」

ヴェルダの涼やかな声が、凌の質問に遅滞無く答えた。ネットワーク標準時《N・M・T》の午前一時前は、日本時間で一〇時前ということになる。完全な寝坊だった。凌は嘆息し、すっかり明るくなった窓の外を眺める。何の変哲もない高層マンションの外の景色を。

整備された緑の公園。道路を走るレトロ調の自動運転車。空を切りとって立ち並ぶ、規格品のような建物の群れ。そして青い空。

何十年も前から代わりばえのしない風景だ。凌にはあまり実感がなかったが、これでも以前に比べれば、ずいぶん空気が綺麗になったのだという。

一時期の通勤ラッシュが解消されたのは、ミラーワールドの整備にともなって在宅勤務が一般的になったためだ。それでもオフィスビルはちゃんと生き残ったし、学生は毎日のように登校しなければならない。

通勤と無縁でいられないのは企業の研究所で働く凌も同じだが、幸いなことに凌自身は数日前から長期の研究休暇《サバティカル》に突入していた。そうでなければ、もっと早い時間にヴェルダが凌を叩き起こしていただろう。

「新規のメッセージが四件と、本社からの報告書が届いています。いずれも私のほうで処理できる内容ですが」

「ああ、頼む」

ヴェルダが表示したリストを一瞥《いちべつ》して、凌は彼女に対応を一任する。海外から送られてきた四件のメッセージは、いずれも先日公開した凌の論文に対する問い合わせだった。ヴェルダは一瞬だけ目を閉じるような仕草をして、それぞれのメールに対する定型のリプライを作成する。そして次の瞬間には、それらは全て送信済みになっていた。彼女は、この上もなく優秀な秘書なのである。

そして美しい。

だがそれは、航空機のような均整と研ぎ澄まされたナイフのような機能美を持つ、工芸品としての美しさだ。

ある意味では、それも当然だと言えた。今見えている彼女は、凌がモデリングしたコンピューターグラフィックだからである。

もっと人間らしく作ることもできたのだが、凌は敢えてそうしなかった。彼女を使い始めて四年経った今でも、その選択は正しかったと思っている。

ヴェルダの正体は、一〇年ほど前から主流になったアプリカントと呼ばれるプログラムだ。

アプリカントというのは商品名で、正式には電子秘書《ヴァーチャル・セクレタリ》やデジタルサーヴァントなどと呼ばれている。要は人工知能に制御されたオペレーションシステムの総称である。単なる人工知能というだけではなく、彼女たちは、それぞれ特定の人物の性格を複製《エミュレート》した固有の人格を持っていた。アプリケーションとレプリカントの合成語であるアプリカントという商品名の由来も、その点にある。

人間の持つ思考の柔軟性と、直感を備えたコンピューター。彼女たちが生まれたことによって、コンピューターネットワークは、文字どおりもう一つの世界になった。単なるデータ通信用の回線網から、ユーザーの分身が暮らす電子情報の〝街〟へと変貌したのだ。回線の大容量化とプロセッサの高性能化にともなって、電脳空間の光景は現実に限りなく近づき、今やアプリカントたちの住む仮想世界は現実と不可分の存在となりつつある。

現実を映す鏡のような世界——ミラーワールドの出現である。

「それから……お客様がお見えになっています」

軽く言いよどむ素振りを見せてから、ヴェルダが告げた。

本当に彼女が迷っているわけではなく、さりげなく心の準備をするように促しているのだ。ヴェルダは常に凌に対する気配りを忘れない。

「お客?」

凌はそう訊き返したあとで、自分の背中に毛布が掛けられていたことに気づいた。眠りこんでいた凌に、誰かそれを掛けてくれた人間がいるのだ。

「舞衣《まい》か……」

凌のつぶやきを聞いて、ディスプレイの中のヴェルダがうなずく。

ヴェルダがセキュリティシステムを管理している凌の部屋には、何人《なんぴと》たりとも無断で入ってくることはできない。その唯一の例外が、四歳年下の従妹《いとこ》である森鷹《もりたか》舞衣だった。

一人暮らしの凌を気遣って、ときどき世話を焼きにくる彼女に対してだけは、ヴェルダのガードも甘い。それはつまり、ヴェルダをプログラムした凌が彼女に甘いということである。

その点に関しては、凌もまったく自覚していないわけではない。

「何の用か、聞いてる？」

「いえ」

予想通りヴェルダは首を横に振った。彼女に伝言するくらいなら、舞衣がわざわざ凌のマンションまで来るはずがない。凌はあきらめて立ち上がる。不自然な姿勢で長い時間眠っていたせいで、身体の節々がぎしぎしと痛んだ。

凌が仕事場にしているのは一二畳ほどの広さがある比較的大きな部屋だが、今やその床面のほとんどが積み上げた書籍に占領されていた。電子書籍の普及により一時は激減していた紙の書物も、最近になって価値が見直され、流通量が増加の傾向にある。しかし情報の保存に関しては、紙媒体はいかにも効率が悪い。ヴェルダの能力をもってしても、凌の部屋の整理までは手が回らないようだ。

凌が部屋を出ると、リビングのソファに座っていた舞衣とちょうど目があった。コーヒーカップを持った彼女が、凌を見上げてにっこりと微笑む。緩くウェーブした栗色の髪は、最後に会ったときよりも少し長くなっていた。

「おはよう、凌ちゃん。ずいぶん早いお目覚めね」

舞衣が皮肉っぽい笑みを浮かべて言った。待たせてしまったわりには、機嫌は悪くないようだ。

今日の彼女は、淡いブルーのサマーニットにホワイトデニムのロングスカートという服装だった。ほっそりとした体つきに、顎《あご》の細い卵形の頭部。ちょうど美術の教材に使う人形のような、少女の幼なさを残したプロポーションだ。冷たい印象さえ受ける整い過ぎた顔立ちの中で、黒目がちの大きな瞳が強い生命の輝きを放っている。

「……ああ、毛布をありがとう」

「いつも、あんな風に寝てるの？」

子供を咎《とが》める母親のような口調で、舞衣が訊いた。目を大きくして睨《にら》む彼女に、凌は軽く首を振る。

「いや、今日はたまたまだよ」

「本当に？　やっぱり凌ちゃんを一人にしておくの心配だわ。いくら夏でも、あんな寝方してたら風邪ひくわよ。ヴェルダにも、よく言っておかなきゃ」

真剣に心配している様子の舞衣を見て、凌は微笑んだ。無表情だの無愛想だのと友人に指摘される凌も、舞衣の前でだけはごく自然に笑うことができる。それが彼女の才能なのだろうと、凌は思う。

舞衣は少し早口だが、切れのいい発音でテンポよくしゃべる。おっとりとした語り口だった彼女の姉とは対照的だ。

「で、どうしたの、今日は？」

「ちょっと大事な話があって来たの」

舞衣はそう言ってコーヒーを一口すすった。白いカップに残された跡を見て、凌は彼女がうっすらと口紅を引いていることに気づく。舞衣もれっきとした女子大生なのだから、当然化粧くらいすることもあるだろう。だが、正直に言って少し意外な感じがした。凌を訪ねてくるのに彼女が化粧をしてきたことなど、これまでに一度もなかったからだ。

「話？」

「そう……凌ちゃん、寝癖ついてる。顔洗ってきたら？　何か食べる？」

「ああ。いや、コーヒーだけでいい」

「だめ。ちゃんと食べなさい」

立ち上がった舞衣がキッチンに行くのを見送って、凌も洗面所に向かった。

キッチンから舞衣のはきはきとした話し声が聞こえてくる。会話の相手はヴェルダだろう。

電子レンジやトースターはもちろん、冷蔵庫からコーヒーメーカーまで、今となってはミラーワールドに接続されていない調理器具のほうが珍しい。食料の在庫状況やレシピの管理も、アプリカントの得意分野だ。ヴェルダが監視しているなら、舞衣には好きにさせておいていいだろうと判断し、凌はシャワーを浴びることにした。

壁面から噴き出す熱い水流を全身に受けながら、舞衣の言う大事な話とやらについて想像を巡らせる。バイトを紹介しろという話か、新しい端末《メスギア》が欲しいという相談か。さすがにもう、宿題を手伝えとは言わないだろう。いずれにしても、その程度の他愛もない内容のはずだ。

要するに、彼女が欲しかったものは、凌の部屋に遊びに来る大義名分なのである。と言うのも、凌と森鷹家の関係は少々微妙な問題をはらんでいるからだ。

「へえ、これ、舞衣くんが作ったの？　すごいな」

シャワーを浴びた凌が戻ってきたときには、トーストとサラダの簡単な朝食がテーブルの上に並べられていた。焦げたバターのいい香りが、リビングを満たしている。

舞衣はエプロン姿のまま、二杯目のコーヒーを飲んでいた。凌の台詞《せりふ》を聞いて、彼女は口を尖《とが》らせる。

「凌ちゃん、あたしのこと馬鹿にしてるでしょう？」

「いや、ごめん。今のは僕の言い方が悪かった。ただ、ちょっと意外だったから」

「どういう意味かな？　なんだか、そっちのほうがひどい言われようのような気がする」

舞衣が笑いながら言った。凌もつられて苦笑する。ケータリング・サービスに頼りっぱなしの凌も、他人の料理の腕をどうこう言える立場ではない。

「で、話ってなに？」

「うん……凌ちゃんっていくつになった？」

「え？」思いがけない舞衣の質問に、凌の反応は少し遅れる。「えっと、二七……もうすぐ二八か」

「そう……じゃあさ、結婚したいなあって思ったことない？」

「ないね」

「結婚したいような相手は？」

「いない」

凌は即答した。舞衣は困ったように腕を組む。凌は、そんな彼女の態度に、妙な違和感を覚えた。こんな回りくどい話の切り出し方は、普段の舞衣のスタイルではない。

「わかった。雛奈《ひな》さんが、また僕にお見合いの話を持ってきたんだろ？」

凌は、渋い表情を作って舞衣に言った。叔母《おば》さんと呼ぶと怒られるので、凌は舞衣の母親を名前で呼ぶことにしている。

「え!?」凌の言葉に、舞衣が驚いて目を見開いた。「また、って……お母さんたら、凌ちゃんに見合いさせようとしたことがあるの？」

「うん……半年くらい前に一回、かな？」舞衣の剣幕に驚いて、凌はあわててつけ加える。

「そのときは断ったけど」

「もう……信じられない。何考えてるのよ」

「あれ？　じゃあお見合いの話じゃないわけ？」

「違います！」

きっぱりと言い切る舞衣を見て、凌は少し安心する。叔母と舞衣の二人がかりで説得されたら、さすがに凌も断りきる自信がないからだ。

見合いなどという制度は、とっくの昔に廃《すた》れたものだと思っていたのだが、凌は最近になってそれが予想外にしぶとく生き残っていたことを知った。通信手段の発達したこのご時世でも、異性と知り合う機会を必要としている人間は少なからず存在しているらしい。あるいは、カップルを成立させたいという予想外に強力な欲求を、人類が普遍的に持っているということか。間接的に種族を維持するという行為に荷担しているわけだから、あながち有り得ないことではない。いずれにしても、結婚したくない人間にとっては迷惑な話である。

「旨《うま》いね、これ」

凌はコーヒーを一口飲んでつぶやく。考えてみれば、舞衣が淹《い》れてくれたコーヒーを飲むのは初めてだ。凌が自分で淹れるものよりも薄い気がしたが、それはどこか懐かしい味だった。森鷹家の味だ。

「そう？　よかった」

舞衣は微笑みながら、ソファに置いてあったトートバッグから一冊のパンフレットを引っぱり出す。暗い宇宙を背景にした、ＣＧ処理の地球と宇宙ステーションの写真。

「あれ？　白鳳《はくほう》じゃないか。このカタログ、どうしたの？」

そのステーションの名前を凌は知っていた。日本初の多目的長期滞在型宇宙ステーション『白鳳』。世界でもあまり類を見ない、民間人の宿泊が可能な宇宙ホテルである。

舞衣は凌の質問には答えず、逆に彼女のほうから訊いてくる。

「ね、行ってみたくない？」

「そうだね。白鳳そのものにも興味があるけど、ここの研究室は見たいな。無重力合金の実験施設が一般公開されているのは、世界でも白鳳だけだから。それに、ここには朱鷺任《ときとう》博士がいる」

凌の言葉を、舞衣は嬉々《きき》とした様子で聞いていた。凌は思わず彼女が朱鷺任博士のことを知っているのかと思ったほどだ。朱鷺任数馬《かずま》は機能材料工学分野における伝説的な人物だが、医学部の学生である彼女が知っているとは思えない。変わり者として有名だから、絶対に有り得ないというわけでもないが。

「じゃあ、行こうよ」

気楽な調子で言う舞衣を見て、凌は笑いながら首を振った。

「無茶言わないでくれ。いくらかかると思ってんの」

舞衣はにやにやと笑うだけで答えない。しかし、いくら彼女でも、宇宙旅行の高価さを知らないということはないだろう。

十数分程度の自由落下状態が味わえる弾道飛行だけなら、今ではサラリーマンのボーナスほどの費用で体験できる。だが、地球周回軌道まで上昇しなければならない宇宙ステーション滞在となると、まだまだ一般庶民には高嶺《たかね》の花だ。半日しか滞在しないプログラムでも数百万円。宿泊するような長時間滞在となると新築のマンションが買えるくらいの金額になる。売れっ子の芸能人か、余程の金持ちでもない限りは、宇宙旅行など夢のまた夢なのだ。

「まあまあ、凌ちゃん。これを見てよ」

舞衣はそう言って、パンフレットを裏返す。最初に目に入ったものは虹色のホログラム印刷で描かれた、ハネムーン、という単語だった。その下に銀色の太ゴシックで、カップルでご招待、の文字。

「期間内に結婚予定のカップルの中から一組様に、二泊三日の宇宙旅行をご招待？」

凌は、パンフレットに印刷された一文を、半ば呆《あき》れ気味に読み上げた。応募資格は不問。住所、氏名、年齢、職業などのお定まりの項目を書いてメールで応募すればいいらしい。主催は大手の旅行代理店。協賛は内閣府。どうやら、政府の出生率低下対策事業の一環として企画されたキャンペーンのようだ。

「くだらないなあ」

「えー、どうして？　ただで宇宙旅行ができるんだよ」

「これ、挙式間近のカップルが対象なんじゃないの？」

凌は、パンフレットの下部に小さく書かれた約款を眺める。百貨店などの福引きで見かける海外旅行プレゼントと大きく変わるところはない。特殊な項目としては、出発の前後に検査を兼ねた健康診断を受けなければならないことと、二人が期間内に婚姻したことを証する書類の提出が求められていることぐらいだ。

出生率を上げるには、まず結婚からということらしく、最近では政府がスポンサーとなったこのような催しを目にすることが多い。馬鹿げているとは思うが、未婚者の割合が増加している現状では、もので釣る以外に方法がないのだろう。

「そう。いい考えだと思わない？」

「なにが？」

舞衣の言いたいことは何となくわかったが、凌はとぼけた。理解を示すのがはばかられるような内容だったし、いい考えだとも思えなかったからだ。

「だから、あたしと凌ちゃんで参加するの」

「僕らが結婚するってこと？　たかが一回の宇宙旅行のために？」

「そう」舞衣は、にっこりと笑ってうなずく。「いいでしょう？」

「よくないよ」

凌は短く答えた。もちろん舞衣のことは嫌いではない。従妹に対する贔屓目《ひいきめ》を抜きにしても、彼女は可愛らしい女性だと思う。その容姿も、油断のならない仔猫のような性格もだ。だが、凌は意地を張っているわけでも、嘘をついているわけでもなかった。

舞衣は、平然とした表情でコーヒーカップに口をつける。凌は、自分の言葉が彼女を動揺させるのではないかと思っていたのだが、舞衣は最初からその答えを予期していたようだった。

もちろん、くじけた様子もない。大きな瞳が挑戦的な光で輝いている。

「さっき、白鳳に行ってみたいって言ったじゃない」

「そういう問題じゃない。だいいち、雛奈さんやうちの母親が何て言うか」

「お母さんは賛成してくれたわ」

「え？」舞衣の言葉に、凌は少し驚いた。「雛奈さんにそんな話をしたの？」

凌の反応を見ながら、舞衣は得意げにうなずいて見せる。

「ほら、お母さんは、凌ちゃんのこと気に入ってるから。なんだか面白がってたわよ。お父さんはそういうことには口を出さないし。翔子伯母《しょうこおば》さまには、なんだったらあたしのほうから上手く言っておくから」

「雛奈さんが乗り気なのか……」凌は、口元に手を当ててつぶやいた。「まいったな……」

「まいったって、どういう意味よ」

舞衣が、少しむっとしたように言う。彼女の意見より、叔母の態度を凌が重視していることが気に入らなかったのだろう。

「あたしじゃ、凌ちゃんの結婚相手として不足ってこと？」

「……いや、そういうことじゃなくてさ、結婚って……」

好きな相手とするものだろ、と言いかけて、凌は言葉を飲み込んだ。なぜか事態がよけいに悪化するような気がしたからだ。それに、結婚する男女が皆お互いに愛し合っているなんてことを、凌だって信じているわけではない。

そんな凌の内心の葛藤を見透かしたように、舞衣がくすくすと笑う。

「ね、凌ちゃん、冷静に考えてね。ただで宇宙に行けるのよ。それも最新鋭の無重力合金研究室がある白鳳よ。結婚って言ったって書類の上だけのことだし、旅行が終わったあとですぐに離婚してもいいわ。あたしだって宇宙旅行をしてみたいし、凌ちゃんが協力してくれさえすれば、他の好きでもない男の人と偽装結婚まがいのことをする必要もないの。凌ちゃんがうんと言ってくれれば、みんなが幸せになれるのよ」

舞衣の表情が、少しずつ真剣なものへと変わっていった。彼女の説得は、少なくとも凌が試みたものに比べると、はるかに理路整然としていた。思わず、悪くない取引だとさえ思ってしまったほどだ。

たしかに凌にも、白鳳に行ってみたいという気持ちはあった。子供っぽい話だが、宇宙旅行はやはり人類が長年温めてきた夢なのだ。

だからと言って、彼女の提案は、素直に受け入れられるような代物ではなかった。ふと単純なことに気づいて、凌は最後の抵抗を図る。

「だけど、これ抽選なんだろ？　あたる確率なんて宝くじなみに低いんじゃない？」

舞衣の顔から微笑が消えて、彼女は不満そうに凌を見上げた。あと少しで凌を論破できそうだという手応えを感じていたのだろう。

「……うん。たぶんね」

舞衣の声には、先ほどまでの勢いはなかった。上手く彼女を牽制できたことに、凌は内心ホッとする。

「だったらさ、そういう議論は当選してからやろうよ」

「……じゃあ、もしも応募してあたったら、凌ちゃんもあたしの計画に協力してくれる？」

「ああ、いいよ。偽装結婚でも、狂言誘拐でも」

舞衣が急に元気のない声で訊いてきたので、凌は素直にうなずいた。あたりもしないキャンペーンのことで、議論するのが馬鹿馬鹿しく思えたからだ。

だが、凌のその言葉を聞いたとたん、舞衣の表情が華やかな笑みに変わる。そのとき凌は、自分が彼女にまんまと欺かれたことを知った。

「じゃーん」

舞衣が言いながら、懐から一通の封筒を取り出す。差出人は大手の旅行社。受取人の名前は鷲見崎舞衣。封筒の中身を見るまでもなく、凌はそれが何であるのか気づく。舞衣が引っぱり出した書類の一番上には、当選通知の文字が躍っていた。

「さ、約束を守っていただこうかしら」

舞衣が勝ち誇った笑顔で言う。凌は立ち上がって叫んだ。

「ずるい！　イカサマじゃないか」

「あら。あたし、凌ちゃんをだますようなこと何もしてないわよ？」

舞衣は澄まして答える。凌は顔をしかめて唸《うな》ることしかできない。

「……だから、そういう問題じゃないだろ。だいたい、こんな抽選なんかで結婚を決めるなんて間違ってる」

「さっき、協力してくれるって言ったわ。それとも、凌ちゃんが、あたしをだましたの？」

「いや……だますとか、だまさないとかじゃなくて……まいったな」

彼女を説き伏せる方法を考えながら、凌はコーヒーを飲み干す。

瞳に不敵な光をたたえて、舞衣はその様子を見ていた。凌に何を言われようと目的を果たすつもりのようだ。凌はこっそりとため息をつく。

「凌ちゃん、あたしのことが嫌い？」

舞衣は、悪びれもせずに訊いた。口元は笑っているが、その眼差しは真剣だ。凌の中の、もっとも曖昧《あいまい》な部分を鋭くえぐる質問。まったく非論理的でありながら、ノー以外の解答を導き出せない問いだ。チェックメイトと同義の言葉だった。

この論争には負けるかもしれないと、凌は思う。

そして、事実その通りだった。

2

搭乗手続きの開始を告げるアナウンスが、関西国際空港の展望デッキに流れた。

ベンチに座って端末《メスギア》を開いていた凌は、ヴェルダとの会話を切り上げ、携帯端末の電源を落とす。オービターの中では端末《メスギア》が使えないという説明を聞いていたので、その間の処理を彼女と打ち合わせていたのだ。

空港での待ち時間を含めると、まる一日近くミラーワールドとの接続ができないことになる。生活のほとんどを端末《メスギア》に依存している凌にとって、それは宇宙旅行以上に不安に満ちた体験だった。

展望デッキの窓からは、国際線の離発着場と宇宙港の滑走路の一部を見ることができる。残念ながら、駐機スポットに到着しているはずのスペースプレーンの姿は見あたらなかった。ちょうどターミナルビルの陰になっているらしい。

夏休みの途中ということもあって、デッキには親子連れの姿も多い。子供にお目当てのゼンガーⅥ型を見せてやれなかったことで、むしろ大人たちのほうが落胆しているようだった。

凌たちの乗る宇宙船の出発時刻までは、まだかなり時間があった。忘れ物をした、と言って買い物に出かけた舞衣も、戻ってくる気配はない。

凌は、しばらくぼんやりと滑走路を眺めていたが、ふと思いついて再び端末《メスギア》を立ち上げた。ディスプレイに現れたヴェルダは、電源を切る前と同じ、造りものの笑顔を浮かべて凌の指示を待っている。

「ヴェルダ、白鳳に行ってくれ。朱鷺任博士と面会の約束をしたい」

人間と同様の判断能力を備えたアプリカントに対して、細かな手順の指定は不要だ。凌の命令を受けて、ヴェルダは自らの設定を通信モードにシフト。ミラーワールド内の白鳳のアドレスを検索し、直ちに移動を開始する。ネットワーク上を衛星通信回線で転送される彼女の背景が、めまぐるしく流れた。

ミラーワールドというのは、通信用のネットワーク網であると同時に、巨大な仮想空間でもある。特に大企業や公的な組織に限っていえば、そのほとんどが現実世界と同じような建物を建造し、その中の部署や職員まで再現していた。もちろん建物というのはヴァーチャル・リアリティで造られた仮想の建築物であり、職員というのは企業のサーバにインストールされたアプリカントである。

ミラーワールドにも限界があり、現実世界とまったく同じことができるわけではない。だが、日常的な事務手続きや、簡単な商談程度ならば、現在はほとんどミラーワールド上で行えるようになっていた。実際に訪問するには、けた外れの費用が必要な白鳳も、ミラーワールドでなら一瞬で訪れることができるというわけだ。

ミラーワールド内に構築された白鳳のネットワークは、本物の白鳳を模した構造になっていた。ポリゴンとテクスチャで再現された宇宙ステーション内部の映像が、凌の端末《メスギア》に映し出される。窓の外に見える景色は、実際に白鳳で撮った映像を使っているのだろう。

やや肌理《きめ》が粗いが、リアルな動画である。

エントランス画面にいた案内役のアプリカントと対話して、ヴェルダは白鳳の平面図や、イベント・スケジュールなどの情報を入手した。

専用のVRグラスをかけた凌の視界は、今はヴェルダの視点に連動して動いている。鏡の中に広がる世界に踏みこんだような不思議な感覚だ。

指先のジェスチャーと皮膚電位の変化によって、凌の意思は即座に端末《メスギア》に伝達され、それに応じてヴェルダが瞬時に別の階層に転移する。移動を繰り返すヴェルダが最後に到着したのは、白鳳の内部にある研究室の一つだった。

コンマ三秒ほどのタイムラグのあとで、ヴェルダの前に、別のアプリカントが現れる。白衣を着た小柄な老人の映像だ。白鳳の研究施設の所長、朱鷺任数馬博士の姿に間違いなかった。

「私は今から、白鳳に向かいます。滞在期間中に、朱鷺任博士にお会いしたいのですが」

凌は、朱鷺任博士の姿を模したアプリカントに用件を切り出す。

もちろん彼とは初対面だが、堅苦しい挨拶や自己紹介は不要だった。たとえ人間の姿をし、その人格を複製しているとしても、アプリカントはただのプログラムに過ぎない。人間を相手にするときのような、面倒な手続き《プロトコル》は必要ないのだ。朱鷺任博士のアプリカントが必要と判断すれば、ヴェルダが凌の素性に関するデータを彼に転送しているはずだった。

朱鷺任博士の回答は素早く、そして短かった。

「無意味だ」

「無意味？」

凌は驚いて訊き返す。面会を拒否されるだけならまだしも、無意味とはどういう意味だろう。

そしてそれ以上に凌を困惑させたのは、それを告げた彼の表情だった。

アプリカント特有の、作り物めいた定型的なモーションではない。圧倒的な知性と、それに裏打ちされた威厳を感じさせる静かな眼差し。それは普通のアプリカントが再現できる所作ではなかった。朱鷺任数馬本人と対話しているような錯覚を覚えたほどだ。

「私との面会に価値はない、ということだ。肉体を介しての我々の対話は、互いを失望させる結果になるだろう。私は今、君の前にいる。用があるなら、ここで聞く」

「いえ、直接お会いして、お話を伺いたいのです」

無駄かもしれないと思いつつ、凌はもう一度希望を伝えた。

朱鷺任博士の対応を、予想しなかったわけではない。相手は機能材料工学における世界的権威であり、実質的に白鳳を作り上げたのも彼だ。それに対して、凌は、創業間もないスタートアップ企業に勤める一研究者。面会を断られたとしても文句は言えない。

だが、落胆を感じていたのも事実だった。凌の研究分野は、朱鷺任博士のそれに非常に近いものであったし、過去に発表した論文や技術に対する自負もあった。博士の興味を惹《ひ》きつけるのに十分だろうという自信だ。だが、どうやらそれは凌の自惚《うぬぼ》れだったようである。

端末《メスギア》のディスプレイに映る朱鷺任博士の研究室は、暗い。背景となる画像データが用意されていないのだ。真っ黒な画面に映し出された白衣の老人の姿に、凌はひどい違和感を覚えた。まるで、博士本人が生身で宇宙空間を漂っているような、そんな異様な雰囲気がある。

朱鷺任博士のアプリカントは、ヴェルダと対峙《たいじ》したまま、しばし沈黙していた。単なる待機状態に過ぎないのだろうが、それは、妙に人間臭い仕草だった。凌は、彼が、博士本人の意向を訊いてくれているのだろうと考える。アプリカントは悩まない。判断できない事項に対しては、持ち主の指示を仰ぐだけだ。

「鷲見崎凌くん」しばらくして《彼》が、ゆっくりと言った。「君のアプリカントには面白い仕掛けがしてあるな」

博士のアプリカントの言葉に、凌の表情が強張《こわば》った。同じアプリカントが漏らした感想である。単にヴェルダの外観や、インターフェイス的な特徴を言っているのではあるまい。この短い時間に、《彼》はヴェルダの基幹アルゴリズムを解析したのだろうか。それはマナーに外れた行為だが、それ以前に生半可な技術力で可能なことではない。

「それは……どういう意味ですか？」凌が訊く。

「いや、特に意味はない。ただ、そのアプリカントを作った君に興味が湧いた。そのことを伝えておきたかった」

《彼》の言葉に、凌は背筋が粟立《あわだ》つのを感じる。心なしか相手の口調も、これまでとは少し変わっていた。

「……いいだろう、鷲見崎くん。君との面会を実現するにはいくつかのイレギュラーな手続きが必要になるが、それだけの犠牲を払う価値があるかもしれない。もちろん君にも相応の義務を負ってもらうことになる」

「義務？」凌は小さく眉を寄せる。「守秘義務、ということですか？」

「具体的には、そうだ」と博士が答えた。「この通信の記録を契約書代わりに使わせてもらう」

「ほかにも、なにか？」

「それは君自身の問題だ。鏡に映る自分と向き合う覚悟があるなら、白鳳にある私の研究室を訪れたまえ。私も、私の本体も、そこにいる……」

それだけ言い残すと、朱鷺任数馬のアプリカントはヴェルダの前から姿を消した。

凌は無意識に息を止めたまま、VRグラスをゆっくりと外す。

わずか一分にも満たない接触。だがそれは、何時間にも感じられる濃密な体験だった。まるで《彼》の周囲だけ、時間の流れに歪《ひず》みが生じていたかのようだ。

奇妙な高揚感が、凌を包んでいた。

凌が対話したのは博士のアプリカントであり、朱鷺任博士本人ではない。それでも、彼の分身が漏らした一言一言は、博士の持つ底知れぬ知性を印象づけるのに十分だった。

その圧倒的な知性に同調するように、凌の脳がめまぐるしい速さで思考を紡いでいる。

同じ分野の研究者として、朱鷺任数馬の卓越した業績は十分に理解しているつもりだった。しかし実際に対話して受けた鮮烈な印象は、凌の想像を超えていた。彼我の圧倒的な能力差に打ちのめされた気分だった。直接対話しなければ、このような清々しい感覚を味わうことはできなかっただろう。

凌が博士に面会を求めたのは、偉大な先達に対する子供じみた憧れが主な理由だった。

だが、その憧憬《しょうけい》は、今や畏敬《いけい》の念へと変わっている。彼と面会できると思うだけで、静かな興奮を抑えきれない。これから待ち受けている面倒な搭乗手続きも、今なら我慢できそうだ。

だが一方で凌は、言葉にできない漠とした恐怖も感じていた。

《彼》の言った通り、ヴェルダの基本構造は通常のアプリカントと少し違っている。だからと言って、アプリカントの国際規格を逸脱しているわけではない。短時間の通信でそれを見抜くのは、事実上不可能に近い。

ユーザーの人格の複製《レプリカ》であるアプリカントの能力差は、すなわち、持ち主のプログラミング能力の差である。天才工学者である朱鷺任数馬のアプリカントが、ヴェルダを凌《しの》ぐ性能を持っていたとしても不思議はない。だが、それを差し引いても《彼》の能力は異常だった。あのわずかな時間に、ヴェルダのプログラムを解析し、《彼女》の秘密に気づいたのだ。通信モードのアプリカントに許される性能ではない。

あれでは、まるで――

「……鷲見崎さん？」

不意に呼びかけられて、凌ははっと頭を上げる。

ベンチ一つぶん離れた場所に立った女性が、にこやかな表情で凌のほうを見つめていた。歳の頃は凌と同じくらいだろう。少なくともまだ二〇代のはずだ。浅黄色のパンツスーツを、上品に着こなしている。

「どうかなさいました？　なにかお困りじゃないですか？」

難しい顔で考え込んでいた凌に、彼女は気遣うような口調で言った。凌は、端末《メスギア》をしまいながら立ち上がる。

「あ、いえ、大丈夫です……ええと」

「加藤《かとう》です。先日、病院で」

「ああ。加藤優香《ゆうか》さん、でしたよね」

女性が、柔らかな笑みを浮かべてうなずいた。

彼女は、宇宙旅行に先立つ健康診断で同じ組になった、加藤夫妻の奥方だ。帰国後すぐに挙式予定という、本物の新婚さんである。

「旦那さんは？　ご一緒じゃないんですか？」

凌は、彼女の足元の荷物を見ながら訊ねた。アルミ製のピギーバッグが二つと、あとは小さなハンドバッグだけ。銀色のピギーバッグは、凌が持っているものとまったく同じ型だった。航宙機は旅客重量の制限が厳しいため、航空会社のほうで準備したバッグしか持ち込めないことになっている。

もちろん宇宙に持っていけるのは各人一個までである。もっとも、女の子は荷物が多い、という性差別的な舞衣の主張により、凌のバッグの半分近くは彼女の荷物で占められていた。

「今、お手洗いに。なんだか緊張しているみたい。鷲見崎さんの奥さんは？」

「え？」奥さん、という聞き慣れない言葉に、凌は思わず訊き返してしまいそうになる。

「ああ、彼女は買い物があるとか言って、どこかに行ってしまいました。そのうち戻ってくるでしょう」

「まあ」

凌の言い回しがおかしかったのか、優香が小さく笑い声を上げた。

凌はさりげなく彼女を観察する。

化粧っ気はあまりないが、美人と言っても差し支えないだろう。実際の身長はそれほど高くないが、痩せているせいか背の高い印象だった。艶のある黒髪は、舞衣よりもかなり長い。色白の彼女には、よく似合っている。

細くすらりと伸びた指は、肉体労働をしている人間の手ではない。爪は短く切りそろえられていた。マニキュアも塗られていないし、指輪のような装飾品も身につけていない。

加藤優香は専業主婦という話だったが、おそらく結婚するまでは、かなり高度なプログラミングを行う職業についていたのだろうと、凌は推測する。職業プログラマーか、理工系の研究者だ。ピアニストにしては彼女の指は細いし、音声認識装置の精度が向上したため、最近ではキーボードを使う人間も限られている。

他人の衣服の生地やアクセサリーの材質に目がいってしまうのは、材料工学者の職業病のようなものだ。初対面の人間を観察して無意識のうちに分析してしまうのは、その延長線上にある凌の悪癖である。

もちろん服装や持ち物だけで、他者の人となりが理解できるわけではない。だが、日常的に身につけている素材は、意外なほど雄弁に持ち主の情報を教えてくれる。少なくとも容姿や肩書きだけで他人の性格を決めつける人々よりは、情報量が増えるぶん、正確な分析ができると凌は勝手に考えていた。

「ああ、鷲見崎さん。こんにちは」

背後から声をかけられたので、凌は思考を中断して振り返る。

片手を上げながら近づいてきたのは、ダブルのスーツを着た体格のいい男性だ。よく日焼けした、いかにもスポーツの得意そうな容姿。優香の夫である加藤浩一郎《こういちろう》だった。

「こんにちは。同じフライトだったんですね」

凌は、立ち上がって軽く頭を下げる。

「いやいや。よろしくお願いします」

浩一郎は押しつけがましい笑顔を浮かべながら、凌に右手を差し出した。

彼の身長は凌とほとんど変わらないが、体重はゆうに一・五倍はありそうだ。力も強く、握手した凌の手がぎしぎしと軋《きし》む。

「たしか、旅行会社のキャンペーンに当選されたんでしたな」

浩一郎は、ポケットからチューイングガムを取り出しながら言った。その仕草を見て凌は、彼が煙草を吸うのかもしれないと思った。

日本は、未《いま》だに煙草を合法的に吸える数少ない国だ。とは言え、宇宙空間はもちろん、オービターの内部も空港も全面禁煙である。喫煙者にとってはかなり辛い行程のはずだ。旅の後半になって、浩一郎が不機嫌にならなければいいがと、凌は少し不安になる。

「ええ、すみません。とても正規運賃を支払えるほどの財力はないものですから」

「ははは。それはうちも同じですよ」

凌の返事を聞いて、浩一郎は大きな声で笑った。優香夫人が同意するようにうなずく。

「あたしたちも、費用の二割しか負担していないんです。この人の職場の制度を利用しているものですから」

「職場の制度、ですか？」

凌は無意識に浩一郎の襟章《えりしょう》に目をやる。地球儀のような円形の上に彗星《すいせい》とその軌道を模したデザインで、凌にも見覚えのあるマークだった。

「航空宇宙開発公社で働いているんですよ。新婚旅行で宇宙旅行をするときに限り、職員互助会が費用の大半を面倒見てくれるんです。まあ、福利厚生の一環ですな」

「ああ、なるほど。いいですね」

「いやいや、そのぶん普段の給料が抑えられていますから」

浩一郎は、そう言って明るく笑って見せた。一見、豪放に振る舞っているようだが、その仕草やしゃべり方の端々に計算された統制が感じられる。凌は、彼が見た目よりもずっと神経質な人間だと分析した。

互助会とは言っていたが、職員の誰も彼もが宇宙旅行に行けるわけではあるまい。おそらく、浩一郎は航空宇宙開発公社の中でもかなりのエリートのはずだ。それを鼻にかけたところのない彼の態度には好感が持てる。だが、少々そつが無さ過ぎるという気がしないでもない。

「失礼ですが、鷲見崎さんのご職業は……」

ガムを口に含みながら、浩一郎が訊いてきた。凌は、名刺は持ち歩いていないので、と前置きした上で答えた。

「京都の企業で研究員をやっています」

「研究員？」

「はい。人工知能を利用して機能性の新素材を開発するという、材料工学の一分野なんですが」

「ああ、材料工学。じゃあ丁度良い。白鳳で研究している分野ですな。専門家だ。私は公社に勤めているとはいっても事務屋なもので、その手のことに関してはまったくの素人なんですよ」

「奥さんとも職場で知り合われたんですか？」訊いてきたのは優香夫人だった。

「いえ、彼女は医学部の学生なので……」

凌は、論旨のずれた曖昧な答えを返す。舞衣が血のつながっていない従妹であることを説明すると長くなるし、ましてや、これが偽装結婚だなどという話をするわけにもいかないからだ。幸いなことに、加藤夫妻もそれ以上は追及してこない。

「それでは、私たちはお先に手続きのほうを」

そう言って、浩一郎は優香と顔を見合わせる。早く会話を切り上げたい、という凌の気持ちを察したのかもしれない。優香は軽くうなずいて、自分の分の荷物を持ち上げた。凌は会釈して二人を見送る。

彼らの姿が見えなくなると、凌は安堵《あんど》のため息をついた。親しくない相手と日常的な話をすることが、凌には苦痛だった。いっそ、この手の挨拶はすべて、ヴェルダに任せることができればいいのにとさえ思う。彼女ならば、凌よりも何倍も上手く、求められた役割をこなすだろう。

いつの頃からか、凌は自分が人々の中に上手く溶け込めないことに気づいていた。表面的に愛想良く受け答えしている自分が、まるで本当の自分とは別の人格のように思えてしまうのだ。

それはちょうど、プラットホームの違うコンピューター同士が、データを交換するためのプログラムを走らせている感覚に似ていた。本来の性能を発揮できないまま、必死で他人と話を合わせようとしている自分。それを、はるかな高みから冷徹に見下ろしているもう一人の自分がいる。己の中にある、他人から隔離された人格の存在を意識するとき、凌は癒しようのない孤独を感じてしまう。

故意に切り離した表層の自我は、自分の弱い部分を護《まも》るための仮面だ。他人と上手く同調することができないから、表面的な人格を切り離して、あたかも同調しているように見せかけている。それが余計に孤独を深めることを知っていながら、どうすることもできない。他人をじっと観察する癖も、自分の仮面を造り上げるために不可欠な儀式だったのだろう。仮面は、それを見る観客のために用意されるものだからだ。

凌は、自販機のスリットにカードを差し込んでコーヒーを一本買う。冷え切った缶コーヒーは苦みと砂糖の味しかしなかったが、少なくとも不毛な思考を断ち切る程度の効能はあった。しばらくして缶の中身が半分ほどに減った頃、ようやく舞衣が帰ってくる。

「凌ちゃん、お待たせ」

今日の舞衣は、白のカットソーにボタンフライのブルージーンズというラフな格好だ。忘れ物をしたと言って売店まで行ったはずだが、手に持っているのは小さな紙袋がひとつきりだった。

「なにを買ってきたの？」

あまり興味はなかったが、凌はいちおう訊いてみた。多少は関心を示しておかないと、彼女の機嫌を損ねるような気がしたのだ。案の定、質問された舞衣は嬉しそうに笑う。

「ふふ、凌ちゃん、手を出して」

「手？」

舞衣に言われて、凌は空いていた右手を上げる。

「そっちじゃない。左手！」

「注文が多いなあ」

凌は缶コーヒーを右手に持ち換えて、左手を舞衣に差し出す。舞衣は買ってきたばかりの紙袋から銀白色のリングを取り出して、凌の薬指にはめた。

「あれ。少し大きかったかしら。でも、こんなもんよね」

「どうしたの、これ？」

凌は自分の指にはめられた指輪を見て、怪訝《けげん》な表情を作る。細長い銀の針金を三重に巻き重ねたような感じの、おとなしいデザインのリングだ。

「買ってきたの。結婚指輪ぐらいしておかないと変に思われるでしょう？　新婚旅行なのに」

「もったいないなあ。高かったんじゃないの？」

「ううん、ただのシルバーだから。でも、あたしの分は、ちょっと高めなの。可愛いのがなかなか見つからなくって」

舞衣はそう言って、凌に紙袋を押しつけた。それから、にこやかな笑顔で自分の左手を差し出してくる。

「え、なに？」

「もう。あたしにもつけてって言ってるの」

凌は苦笑して、缶コーヒーをベンチの上に置いた。紙袋から、凌のものとよく似たデザインの銀の指輪を取り出して、舞衣の細い指にはめてやる。

サイズを直す暇がなかったせいか、指輪はぶかぶかだったが、舞衣は満足そうだった。

指輪交換などという儀式の意義はまったく理解できなかったけれど、彼女のそんな笑顔を見ていると、なにかの役に立っているような幸せな錯覚ぐらいは感じることができる。

「あー、もうこんな時間っ！　凌ちゃん、早く手続きしなきゃ」

腕時計を見た舞衣が、あわてて自分の荷物を拾い上げた。凌も、コーヒーを飲み干して、缶をリサイクルボックスに放り込む。

先ほどまで凌を捉《とら》えていた漠然とした疎外感は、今は跡形もなく消滅していた。舞衣だけは、凌が造り上げた表層人格によるプロテクトを容易《たやす》く越えてくる。そういう意味で、彼女は凌にとって極めて重要な存在であった。

今ではもう、彼女だけが。

3

関西国際空港は、日本で唯一の民間用宇宙港でもある。

当初は成田や仙台あたりでも宇宙港誘致の運動があったらしいが、スペースプレーンが安全に離発着するための六〇〇〇メートル級滑走路を用意できなかったため断念したという話であった。

宇宙港では一日八往復程度のスペースプレーンが運航されているが、それらは全てアメリカとヨーロッパへの弾道飛行機である。

第一宇宙速度に若干満たない速度で飛行するこのタイプのスペースプレーンは、大気圏外を経由してワシントンと大阪を約三時間で結んでいた。宇宙港という名称にもかかわらず、出入国手続所や検疫所、免税店などが存在しているのはそのためだ。

それに対して、地上四〇〇キロ以上の地球周回軌道上まで向かう本物の宇宙船となると、ぐっと便数が少なくなる。毎日打ち上げを行っているのはアメリカだけで、日本からの出発便は週に三本だけ——それもほとんどが貨物機だった。

いずれにせよ、現在の宇宙船の主流は水平離着陸機である。大気圏内ではジェットエンジンで飛行し、充分《じゅうぶん》な高度と速度が得られてからロケットエンジンに点火するというタイプだ。必ずしも低緯度地方から打ち上げる必要がないため、宇宙港へのアクセスは以前に比べ格段に改善されていた。そうでなければ、ここまで宇宙旅行がメジャーになることもなかっただろう。

打ち上げの予定時間まで三〇分に迫ったところで、ゼンガーへの搭乗案内が放送された。搭乗待合い室にいた人間は、凌たちを含めて四〇人ほどである。ゼンガーⅥ型スペースプレーンの定員は六〇人なので、乗組員を入れるとほぼ満席に近い。世の中には金持ちが多いものだと、凌は変な風に感心する。

出国手続きはすでに済ませてあるので、現在の凌はどの国にも滞在していない宙ぶらりんの状態だ。だが、それよりもむしろ、端末《メスギア》が手許《てもと》にないということのほうが、凌には心細かった。財布やパスポートなどをのぞけば、手荷物はすべて例のピギーバッグの中である。アルミ製にしてはやけに重いバッグと思ったが、どうやらある程度の気密性や耐衝撃性を備えているらしい。逆に言えば、バッグの中に入れていない荷物は、破損しても文句を言えないというわけだ。

「どうしてパスポートも生体認証にできないのかしら」

ポケットに入りきらない青い表紙の冊子を弄《もてあそ》びながら、舞衣が不満げに言った。

「認証スキャナーが導入されてない国が、まだあるんじゃないのかな。それとも、紙の冊子のほうが偽造されにくいと思ってるか」

改札の列に並びながら、凌が答える。舞衣は不機嫌そうに肩をすくめただけだ。

「そんな怒るほどのことじゃないだろ。いつも持ち歩くものじゃないし」

「別に怒ってるわけじゃないけど……」

「ああ……なるほど。写真うつりが悪かった？」

凌の指摘は図星だったらしく、舞衣が凌の背中をどんと叩いた。八つ当たりもいいところだとは思ったが、凌は口にしない。

ぞろぞろと動く人の列について、凌たちは改札を抜ける。オービターには、ターミナルビルから延びたアクセスアームを通って直接乗り込めるようになっていた。

ゼンガーⅥ型スペースプレーンは、エアバス・インダストリー社製の、いわゆる二段式と呼ばれるタイプの宇宙船である。外見的には、大型の極超音速旅客機の背中に、オービターを埋め込んだような形をしている。その姿が子供を背負っているように見えることから、一時は親子式航宙機とも呼ばれていた。

コンバインドサイクルエンジンで飛行する母機はマッハ六までの加速が可能で、赤道上空、高度三万五〇〇〇メートルまで上昇した時点で背中のオービターを切り離すことになっている。オービターはここで初めてロケットエンジンに点火して、衛星軌道を目指すわけだ。

このシステムの採用により、打ち上げ時にかかる人体へのストレスが大幅に軽減された。また、コスト面でも商業的に採算が合う程度にまで引き下げられたと言われている。

「あ、加藤さんだ」

オービターに乗り込んだ舞衣が、すでに席に着いていた加藤夫妻を見つけて頭を下げた。

シートの厚さが旅客機とは異なるため、オービターの内部はそれほど広いわけではない。

体格のいい加藤浩一郎は、狭い座席に窮屈そうに座っている。

「思ったよりお客さんが多いね」

「白鳳以外にも、国際宇宙ステーションとかに行く人がいるんじゃないかな。あと、宿泊しない人たちとか」

「あ、半日体験プログラムってやつでしょう。でも、あれは半日って書いてるけど実質二時間くらいしか白鳳には滞在しないのよ。詐欺よね」

舞衣はそう言いながら、搭乗券の番号に書かれた席を探していく。オービターの内部は、見慣れた旅客機のインテリアとたいして違わない。見た目で明らかに違うのは、シート部分がいかにも堅牢なデザインに変更されているのと、圧力隔壁の厚さだけだ。

シートは通路を挟んで片側に二席ずつである。凌たちが自分たちの席を見つけたとき、隣の席にはすでに乗客が座っていた。三〇歳前後と思われる、男女のカップルだ。

男性のほうは、自由業風の容貌だった。長髪を後ろで束ね、ミラー加工のサングラスをかけている。美形だが、弱々しい感じではない。骨太な印象の男らしいハンサムである。

連れの女性も濃いサングラスをかけていたが、彼女の美貌を隠すには十分とは言えなかった。綺麗に手入れされた長い黒髪。肌は血管が透けるほどに白く、細い鼻梁から唇、そして絶妙のカーブを描く顎先まで完全なラインが続いている。

帽子を目深にかぶり目立たない服装をしていたが、それがかえって彼女の存在を引き立てていた。彼女を一目見たとたん、舞衣が驚いたように動きを止める。

「……水縞《みずしま》つぐみさん？」

舞衣の知り合いかと思って、淩もサングラス姿の美女を見る。彼女は、逡巡したように男性と顔を見合わせてから、おっとりとした動作でサングラスをとって微笑んだ。

「こんにちは」

「わあ。ひょっとして、水縞さんも白鳳に？」

舞衣が訊ねると、女性は小さくうなずいた。唇の前に人差し指を立てながら、押し殺した声で舞衣に囁《ささや》く。

「ごめんなさい。他の人に気づかれたくないので、向こうにつくまで内緒にしておいて、ね」

「あ、はい。ごめんなさい」

舞衣が小声で謝ると、女性は微笑みを浮かべて会釈した。淩でさえ思わず見とれてしまうほどの優雅な仕草だった。舞衣は興奮冷めやらぬ様子で、彼女のほうを向いたまま座席につく。水縞つぐみは再びサングラスをかけて、連れの男性と会話を始めていた。

「どういう知り合い？」

淩が訊ねると、舞衣がびっくりした表情で振り返る。

「淩ちゃん、水縞つぐみを知らないの？」

「知らない、と思うけど……どこかで会ったことあったっけ？」

舞衣は、大袈裟な動きで目元を覆った。

「女優よ。有名じゃない」

「女優？　ドラマとかに出る人？　それは知らない」

少し落胆しながら凌は言った。凌はドラマにも舞台にも興味がないし、この一〇年くらいは見たこともない。

ただ、彼女が魅力的な女性であるということは認めてもいいと思った。単に美しいというだけならば、現在はコンピューターグラフィックでどんな美女でも造ることができる。人間の女優に求められるのは単なる容姿だけでなく、数値で表すことのできない魅力なのである。そんな先天的な「華」とでも呼ぶべき雰囲気を、たしかに彼女は全身にまとっていた。

「あっちの男の人は？」

「たぶん、瀧本拓也《たきもとたくや》じゃないかしら。ミュージシャンの。あの二人、前から交際しているって噂があったから」

舞衣が囁くような声で答える。凌は素直に感心して言った。

「ふうん、詳しいね」

「凌ちゃんが知らな過ぎるのよ」

舞衣はあっさりと言ってのける。その通りだと、凌は彼女の言い分を認めた。

凌はもう一度、隣の席の二人を見る。

瀧本拓也の名前は、凌も知っていた。世界的なヒット曲で知られるロックバンドの中心的な人物だ。彼らが演奏するレトロな雰囲気のロックは、凌の好みからは外れているが、それでも何曲かは聴いたことがある。派手な見た目とは裏腹に、技巧的な美しい曲を書く、というのがその印象だった。

乗客全員が席に着いてから、紺の制服を着たキャビン・アテンダントが客席のシートベルトをチェックして回った。彼女たちはチェックを終えたらオービターを降りることになっている。たとえ人間一人分でも、地球周回軌道まで運ぶには莫大な費用がかかるからだ。そのため、オービターの内部には、雑誌類や音楽が聴けるヘッドフォンすら用意されていなかった。座席のクッションは硬く、リクライニングができないため座り心地もよくない。離陸までの十数分が、ずいぶん長く感じられた。

舞衣は、薬指につけたぶかぶかの指輪を右手でくるくると回している。彼女は上機嫌のようだ。黙っているときの舞衣は、だいたい機嫌がいい。

結局、舞衣がこの旅行の話を持ってきたあの日、半日ほど口論を続けた上で凌はしぶしぶ結婚するのを承諾した。彼女がこの時期に凌と結婚することにこだわる理由は、未だに理解できない。教養課程の一年をスキップしているとはいえ、舞衣はまだ六回生である。焦って結婚しなければならない理由はなにもないはずだ。

あまり触れたくない話題ではあるが、あとでゆっくり問いつめなければと思う。

「凌ちゃん？　なに考えてるの？」

いきなり舞衣に訊かれて、凌は無理に微笑んだ。

「うん。僕たちが宇宙に出ると、その分だけ地球が軽くなるな、とかね」

「そんな難しい顔して考えるほどのこと？」舞衣が噴き出す。「そんなの当たり前じゃない。飛行機だって、鳥だって、空を飛んでいる間はその分地球が軽くなってるわ」

「いや、それは違う」

凌は真面目な顔で首を振る。

「飛行機が飛んでも地球は軽くならない。たとえば、秤《はかり》の上に密閉した鳥かごを置いたとするだろ。鳥かごの中でインコが飛んでいても、秤の目盛りは動かない。インコは鳥かごの中の空気に圧力を加えることで重力に逆らっているわけだけど、その空気は鳥かごの重量に含まれているからね」

「え？　ああ、そうか」舞衣が胸の前で手を叩く。「地球の大気圏も地球の重さに含まれているってことね？」

「そう。でも宇宙ステーションは地球の大気とは無関係に浮かんでいるからね。舞衣くんが白鳳にいる間は、君の体重のぶん五〇キログらいだけ地球が軽くなっているわけ。鳥かごの例で言うと、インコが外に逃げ出してしまった状態だね」

「うん、わかった……でも、今の説明には一カ所だけ間違いがあるわ」

舞衣が、少し不満げな目つきで凌を見返した。凌は首を傾《かし》げる。

「あたしの体重、五〇キロもないわよ」

4

ゼンガーは定刻通りに宇宙港を離陸した。ローンチ・ウインドゥの制限があるので、スペースプレーンの運航時刻は簡単に変更することができないのだ。

打ち上げは、予想したほど劇的なものではなかった。上昇時の加速も、普通の旅客機と大差ない。巡航時の飛行高度が高いので、少しばかり窓の外の景色が面白いという程度のものだ。薄暗い宇宙と、大気の層の境目がよくわかる。

戦争の傷跡も、この高さからでは目立たない。丸い地平線の向こう側では、太陽が今まさに昇ろうとしていた。

　オービターが切り離された直後に、三G近い強烈な加速がかけられたが、警告のアナウンスが何度も流れたあとだったので、約二分間の噴射時間は拍子抜けするほどあっさりと終わってしまった。

　空港を出発して一時間もしないうちに、オービター内部は無重量状態へと移行する。

「凌ちゃん、髪が逆立ってるよ。すごい、格好いい」

　凌の顔を見ながら、舞衣が笑う。そう言う彼女は、いつの間にか髪を三つ編みにして結んでいた。

「すごいな。浮き上がった髪が邪魔だったのだろう。

「すごいな。三つ編みって、そんな一瞬でできるんだ」

「あ、うん。慣れればね。髪の量を均等にわけるのが難しいの」

「その髪型……」

「え?」舞衣は、細い輪郭があらわになった顎を上げる。「ああ、お姉ちゃんに似てるでしょう?」

　そう言って彼女は、屈託のない顔で笑った。凌はなんとなく気まずくなって黙り込む。

　自分を姉に似せるために、舞衣が大切にしていた髪を短くしたことを、凌は知っていた。

　オービター内部の乗客たちは、突然訪れた無重量状態に興奮して口々に歓声を漏らしていた。オービター全体が騒然として、楽しげな雰囲気になっていく。

水縞つぐみと瀧本拓也は、オービターが加速する前に二人ともサングラスを外していた。飛行中のオービターの中では立ち歩くことができないので、ファンに囲まれて面倒な思いをしなくてもよいと気づいたからだろう。

凌がふと顔を上げたとき、通路を挟んだ向かいにいる水縞つぐみと目が合ってしまう。彼女の茶色がかった大きな瞳は、ひどく印象的だ。つぐみも凌に気づいて、口を開く。

「お二人は新婚旅行？」

水縞つぐみの声は、たいして大きくはなかったが明瞭に聞き取れた。発声法の訓練を受けているせいかもしれない。どちらかと言えば子供っぽい、舌足らずなしゃべり方だが、不快ではなかった。

「はい」答えに詰まった凌の代わりに、間に座っていた舞衣が元気よく答える。「昨日入籍したばかりなんです」

「そう。いいわねえ。美男美女のカップルね」

自分たちのことを棚に上げて、つぐみは澄ました顔で言う。

「いえ、そんな……」

さすがの舞衣も、これには照れたように首を振った。つぐみは微笑む。

「さっきのお話、面白かったわ。地球が軽くなるというお話のことだけど。他にもなにか問題を出してくださらない？」

つぐみの言葉を聞いて、舞衣は凌を振り返った。突然のことで凌は少し驚いたが、少し考えて簡単な問題を思いつく。

「じゃあ、今、窓の外に地球が見えてますよね。仮に地球の中の温度や密度が一定と考えてください。そして地球の中心まで続くトンネルを掘ったとします。体重五〇キロの女性が地球の中心にたどり着いて体重計に乗ったとき、彼女の体重は何キロになっていると思いますか？」

「だから、あたしの体重は五〇キロもないって言ってるじゃない」

出題を終えた凌を、舞衣が笑いながらはたく。

「今度はきみの体重とは言ってない。ただの譬《たと》えだ」

「もう。すぐそんな屁理屈ばっかり。ちょっと待ってよ……」

舞衣が腕を組んで考え込む。重力がかかってないので、力を抜くと自然に腕が上がってしまうのだ。凌はこれまでに二度ほど弾道飛行機を利用したことがあったが、この自由落下状態というやつは何度体験しても慣れるということはない。

「地球から離れれば離れるほど、地球の重力は弱くなるわね。だから、逆に中心に近づけば近づくほど重力は増すのでしょう？　何十トンとか、何百トンとか」

つぐみの答えを聞いて、凌は内心、おや、と思った。それなりに論理的な考え方だし、説明も筋道がしっかりしている。彼女の答えは、幼い頃の凌が考えていたのと同じものだった。

凌は、彼女に対して抱いていたイメージを少し修正する。女優という先入観にとらわれていたわけではないが、もっと感覚的な人格の持ち主を想像していたのだ。

「残念ですが、違います。でも面白い考え方だとは思いますよ」

「あら、悔しい。今のは自信があったんだけど」つぐみは楽しそうに笑いながら言った。「意外と難しい問題なのね。あなた、ひょっとして学校の先生？　あまりそうは見えないけれど」

「いえ。ただの会社員です。自分の研究みたいなことはやらせてもらってますけど」

「ああ、なるほど。研究者さんね」

つぐみはそう言って値踏みするように凌を眺めた。二人の間に挟まれている舞衣は、真剣な表情で考え込んだままだ。

「わかった。体重五〇キロの女性だから、重力に関係なく彼女の体重は五〇キロだ。そうでしょう？」

　数秒ほど沈黙が流れたあと、舞衣が手を挙げて言った。凌と、つぐみの奥に座っていた瀧本拓也が同時に噴き出す。

「それは質量と重量を混同している。舞衣くん、きみ、現役の理系学生だろう？」

「うそ。絶対あってると思ったのに……」

　舞衣が悔しそうに口を尖らせる。彼女の様子をみて、水縞つぐみがおかしそうに笑った。その隣に座っていた瀧本拓也が、突然口を開く。

「ゼロ、だろう？」

　三人は一斉に彼を向いた。拓也は、シートベルトの位置を調整しながら、凌たちのほうに顔を向ける。

「地球の中心にいるってことは、地球の全質量が外側にあるってことだ。つまり重力は外向きにかかる。だけど地球は丸いから、その引力は互いに打ち消しあってゼロになる。違うかい？」

　野太い笑みを浮かべながら、瀧本拓也が説明する。さすがにロックミュージシャンだけあって、低く錆《さ》びたいい声をしていた。凌は微笑みながらうなずく。

「ええ、正解です」

「凄い！」

舞衣が、はしゃいだ声で言った。水縞つぐみも、驚いたようにぽかんと拓也を見つめている。そんな女性陣の視線に気づいて、拓也は照れたように頭をかいた。

「まいったな。いや、今の問題はたまたま知ってたんだ。うちの親父が学者でね、ガキのころ同じ問題を聞かされたことがある」

「でも、その理屈を覚えているのはやっぱり凄いわ。瀧本さんて、頭の良い方なんですね」

舞衣のその意見には、凌も賛成だった。勉強ができるというのは、計算ができることでも暗記が得意ということでもない。必要があれば即座にデータベースと接続できるこの時代に、公式だの年号だのを必死で暗記しようとするのは無駄以外の何物でもない。重要なのは想像力である。考え方をイメージできない人間には、どんな公式や定理も使いこなすことはできないのだ。瀧本拓也にその問題を出した彼の父親も、それを覚えていた彼も、かなりの知性の持ち主だと考えていいだろう。

「ああ、本当に悔しいわ。あたしね、こう見えてクイズって大好きなの。次はあたしが出題してもいいかしら。と、その前に、ええと……」

つぐみは手を胸の前で合わせながら凌を見つめた。

彼女の動作はゆったりとしているが、指先まで神経が張りつめたように繊細で優雅である。クラシックバレエか何かをやっていたのだろうと凌は思う。

「鷲見崎です」

「鷲見崎さんね。じゃあ、行くわね」

つぐみはそう言って、二問ほど簡単なクイズを出した。それは言葉遊びを応用した簡単な謎掛けで、凌と舞衣がそれぞれ一回ずつ正解した。瀧本は途中で、気の利いたコメントを差し挟んだだけだ。その後しばらく世間話をしているうちにゼンガーは地球を何周か回り、目的地の白鳳へと近づいていった。

5

三年ほど前に完成した白鳳は、日本製では最大級の宇宙ステーションだった。

その構造は大きくわけて五つのモジュールに分かれており、それらを串刺しにするような形で通路となる中央パイプが通っている。最上部から最下部までの長さは三〇〇メートルに近い。

最上部には太陽電池を備えた指向性のパネルが広がっており、その真下が発電器や姿勢制御用のスラスターを備えた動力部になっている。

その五〇メートルほど下はリング状の居住ブロックだ。居住ブロックはそれ自体が回転することで約〇・九Gの人工重力を生み出している。白鳳の中で重力が存在するのは、このリングの中だけである。

居住ブロックの下にある直径三〇メートルほどの球体が、無重力ホール。さまざまなセレモニーや実験のほか、宇宙遊泳の真似事も体験できる多目的ホールである。その下が無重力合金の研究に供されている実験モジュール。それから一〇〇メートルほど離れた最下層がドッキングポートになっていた。

しかし正確に言えば、周回軌道上の宇宙ステーションに上下の区別はない。地球から見て、一番近い部分がドッキングポートになっているという、それだけのことである。

「思ったより小さいね」オービター内の大型ディスプレイに映し出された白鳳を見て、舞衣が言った。「三〇〇メートルもあるなんて、とても思えない」

「周りに比較するものがないから小さく見えるんだ。地球は比較の対象には大きすぎるし、月はちょっと遠すぎる」

凌は淡々と答える。初めての宇宙旅行とはいえ、自分で操縦しているわけではないので、あまり実感がわかない。ヴァーチャル・リアリティを使った遊園地のアトラクションのほうが、よっぽど生々しい宇宙旅行ができるような気がした。

それは恐らく、死までの距離の近さが原因だろう。全自動で目的地まで運ばれるスペースプレーンには死が介入する余地がない。死の存在を実感しなければ、人間は自分が生きていることさえ確認することができないのだ。

遊園地のアトラクションには、死が隣り合わせに存在する。たとえそれが、造りものの死でも構わないのだ。現実の死も、しょせんは人間が造り上げた虚構の概念に過ぎない。

白鳳とゼンガーの相対速度はほぼ完全に同調していた。そのため、ゼンガーはごくゆっくりとしか白鳳に接近しない。重力や空気抵抗といった慣性を阻害するもののない周回軌道上では、宇宙ステーションに外部から衝撃を与えることは厳禁である。ゼンガーが少しでも白鳳に震動を与えれば、白鳳はそれを打ち消すために余分な燃料を使って姿勢制御を行わなければならないのだ。

結局ゼンガーは、二〇分ほどかけてようやく白鳳へのドッキングを終えた。エアロックの与圧を終えて、白鳳へようこそというアナウンスが流れるまでに、それからさらに一〇分ほど待たなければならなかった。

凌たちは、オービターに備え付けられていたスリッパに履き換える。スリッパはゴム製で、靴の上から履くタイプだった。スリッパの底には磁石が何個か貼り付けられている。

それからようやく窮屈なシートベルトを外して、立ち上がってもよいと許可がでる。無重力下で立ち上がるというのは、何とも言えない妙な感覚だった。少し頭が重いような気がする。ひどい宇宙酔いにならなければいいがと、凌は祈るような気分で考えた。

「うわ、どきどきする」

舞衣が凌のほうを振り向きながら言った。その言葉を聞いて、凌もようやく気分が高揚してくる。舞衣はいつも子供のように純粋な言葉で感情を表す。その純粋さを、凌は少し羨《うらや》ましいと思っていた。同時に、自分が、けしてそれを取り戻せないということも知っていた。彼女の純粋さに影響されて、ほんの一瞬、熾火《おきび》のようにくすぶっていた感情を思い出すだけだ。

「みんな降りるのね」

滞在期間の短い人間から先に出るようアナウンスがあったので、凌たちが立ち上がったのは、ほとんど全ての乗客が降りてしまったあとだった。

機内に残っているのは、水縞つぐみと瀧本拓也。それに加藤夫妻を含む新婚カップルが数組だけだ。どうやら、白鳳に宿泊するのはここにいる人間だけらしい。

舞衣がオービターの中を見回しながら不思議そうに言う。

「他の宇宙ステーションに行く人もいるんじゃなかったの？」

「白鳳でひと休みしてから行くんだろう。無重力状態じゃトイレに行けないから」

「トイレ？　ああ、そうか。あまり考えたくないことになりそうだわ」

舞衣が小さく肩をすくめる。その隣で、水縞つぐみが笑った。

他の乗客が出ていった直後、白いブレザーを着た女性がオービターの中に入ってくる。

女性にしては背が高く、髪を後ろでひっつめた髪型が、まるで看護師のようだった。ブレザーは、宇宙港の係員が着ていたものと同じデザイン。違っているのは、すべてのポケットに蓋《ふた》がついていることと、服の各所にベルクロが取り付けられていることだ。生地はコットンのようだが、凌はその表面の質感を見て、不燃処理が施されているな、と考えた。

「宿泊予定のお客様、大変お待たせしました」

女性が丁寧な口調で言った。旅客機のキャビン・アテンダントのように手慣れた印象ではないが、そのぶんホスピタリティが感じられる。おそらく彼女は航空宇宙開発公社の職員で、たまたま接客部門に配属されたのだろう。舞衣とほとんど変わらない年齢に見えるので、おそらく二〇代前半だと思われる。

彼女は、葛城《かつらぎ》千鶴《ちづる》と名乗り、滞在中の注意事項を簡単に読み上げた。無重力区画では飲食ができないことや、エアロックに勝手に入らないことなど。旅行社主催の事前ミーティングとほとんど同じ内容である。

説明を終えた千鶴は、無重力状態のオービターの中を器用に歩きながら、乗客の名前を確認してプラスチック製のバインダーを配っていく。

バインダーの中身は、白鳳の詳しい案内パンフレットと、個室のカードキーだった。舞衣が受け取ったバインダーの中に、鍵は一つしか入っていない。凌はそれを見て、今日から二日間、彼女と同室で過ごさなければならないことを思い出す。

「ただいまはショートステイのお客様が無重力ホールを使用されていますので、皆様は先に個室にチェックインしてください。お食事、お飲物は、ルームサービス形式で各部屋にお持ちします。ダイナーをご利用いただいても結構です。その他に何かご要望がありましたら、内線でご連絡ください」

「すみません、今質問してもいいですか？」

舞衣が立ち上がって葛城千鶴に訊いた。旅客が全員、彼女に注目する。

「はい。どうぞ」

「研究施設の見学をさせて欲しいんですけど、その許可を取っていただけますか？」

「あ、はい」千鶴はすぐにうなずく。「一般向けの見学ルートでしたら、希望者は全員参加できます。明日の朝、予定時刻をアナウンスします」

舞衣が、千鶴に向かってうなずく。千鶴は、他に質問がないか、という風に乗客の顔を見回した。瀧本拓也が前のシートにもたれたまま口を開く。

「今晩は、もうメシ食って寝るだけかい？」

「いえ。無重力ホールは二四時間開放しておりますので、是非、無重力体験をお楽しみください。それから、ドッキングポートの展望エリアでは天体観測ができます」

千鶴は自分用のバインダーを開きながら答えた。乗客の何人かが、瀧本拓也に気づいてびっくりしたような表情を浮かべる。

「へえ。望遠鏡があるの？」

「はい。展望エリアに備え付けてあります。あ、料金は無料です」

千鶴の言葉を聞いて、凌は思わず噴き出した。ちょうど、観光地にある有料の双眼鏡のようなものを思い浮かべたところだったのだ。拓也や水縞つぐみもつられて笑う。千鶴は自分がなぜ笑われたのかわかっていない様子だった。怪訝そうな顔で、小さく首を傾げる。

「凌ちゃん、行こう」

舞衣に引っ張られるようにして、凌はオービターの通路に出た。

葛城千鶴の案内に従って、凌たちの知らない若い夫婦が最初にオービターを出て、そのあとを一組の男性同士のカップルが続いた。その次が加藤夫妻。加藤優香に続いて舞衣がエアロックに進入し、彼女の後ろを凌が進む。

他の客に気を使ったのか、瀧本拓也と水縞つぐみの二人は最後に降りた。

エアロックの中のほうがオービターよりも気圧が高いらしく、凌の耳がつんと痛む。大きく息を吸うと、その症状はすぐに改善された。

エアロック内部は無重力状態なのだが、いちおうオービターの向きに合わせて、天井部分と床面が区別されている。事故防止のため、壁はクッション入りの素材でできていた。床には磁石がくっつくように鉄製の薄いシートが埋め込まれているようだ。

エアロックの狭い通路を出たところで、宇宙港で預けた各自の手荷物が渡される。もちろんベルトコンベアなどはなく、係員の手渡しである。

係員は二人で、葛城千鶴と同じデザインのブレザーを着ていた。凌も、番号札と引き替えにアルミ製のピギーバッグを受け取った。

無重力状態なので重さは感じないが、少しでも動かそうとするとずっしりとした手応えを感じる。重力はなくても慣性質量が残っているせいだ。無造作にバッグを受け取ったはずみに、舞衣は危うくバランスを崩して転びそうになっていた。なまじ地上での運動神経がいいばかりに、無重力下での違和感も大きいのだろう。

「ここからはリフトを使います。途中で手を離すと危ないので、気をつけてください」

葛城千鶴がそう言って、加藤夫妻から順番にリフトにつかまらせた。

リフトというのは、動く手すり、とでも表現すべき代物だ。要は、壁に取り付けられた細いベルトコンベアである。数メートルおきにジョイスティックのようなグリップがついており、それらが秒速三〇センチほどのスピードで白鳳の連絡通路を循環していた。スピードはそれほど速くないが、歩くよりも断然楽である。各モジュール間をつなぐ連絡通路には、すべてこのリフトが設置されているらしい。

「これ、何です？」

連絡通路とドッキングポートの境目にある幅一メートルほどの黒い蛇腹を見つけて、凌は荷物を渡してくれた係員に訊いた。黒縁眼鏡をかけた係員は、愛想良く微笑んで説明してくれる。

「ああ、その部分の内側が免震装置になっているんです」

「免震装置、ですか？」

「ええ、宇宙空間では微かな震動でも、減衰せずに蓄積されるんで、いろいろと問題になるんですよ。だもんで、モジュールごとに発生した震動をそいつで打ち消してやるんです。国際宇宙ステーションにもまだ装備されてない、白鳳の最新装備ですよ」

係員は少し自慢げに言った。凌は礼を言って、リフトに向かう。

連絡通路の中は、外から見た印象よりもずっと狭かった。直径にしたら、三メートルにも満たないだろう。通路部分の壁は二重構造になっているらしく、途中に窓はない。通路は区画ごとに色分けされており、ドッキングポートから研究室に続く部分は淡いグリーンである。

通路の中間地点に近づくにつれてリフトのスピードは増し、それを過ぎると徐々にスピードは遅くなっていく。おそらく最高速度は秒速一メートル程度だろう。一〇〇メートルほどの連絡通路を渡りきるのに要した時間は、二分と少しだった。

ドッキングポートが他のモジュールから離れているのは、万一の事故を想定しているのだろうと、凌は考える。連絡通路の途中には、非常用の隔壁がほぼ一〇メートルおきに設置されていた。

研究施設のモジュールは扉が閉まっており、中をのぞくことはできなかった。凌は少し残念だったが、明日までの辛抱だと思って我慢する。青い連絡通路のリフトに乗り換えて、三〇メートルほど行くと無重力ホールに出る。そこは、本当に何もないただの空間だった。

半日滞在プログラムの旅客たちが思い思いの格好で、別の係員の説明を聞いている。旅客の何人かが水縞つぐみや瀧本拓也の存在に気づいたようだったが、彼らが近寄ってくるより先に、二人は次の連絡通路へと進んでいた。

比較的短い白の連絡通路を過ぎると通路が若干広くなり、その先はエアロックに似た小さなホールになっている。相変わらず無重力状態が続いていたが、そのホールには壁や天井といった区別がなかった。上下左右の四カ所にアクリル樹脂製の透明な扉があり、その向こう側はベンチしかない小さな部屋になっていた。それぞれの小部屋には、ちょうど天井から入っていくような形になる。

「あ、回ってる」

舞衣が、ホールの壁を見て言った。連絡通路と見比べないと気づかないが、凌たちの立っているホール全体が、アナログ時計の秒針よりも速いくらいの速度で、時計回りに回転している。

「この居住ブロックは、毎分約三回転の速度で回っています。今は回転の中心にいるのでわかりませんが、このエレベーターでリング部分まで降りると、約〇・九Gの人工重力が働いています。激しい運動や、重いものを持ち上げる動作には、充分注意してください」

葛城千鶴が、旅客たちを見回しながら説明する。定型的な言葉だったが、彼女が言うとどことなく素朴で好感が持てた。

エレベーターには一番から四番までのナンバーが振られてあり、一番と二番はスタッフの居室などに続いているらしい。千鶴はバインダーの表紙に書かれた部屋番号を見て、三番のエレベーターに加藤夫妻と凌たちを、四番のエレベーターに残りの旅客を割り振った。

千鶴本人は、どのエレベーターにも乗らない。凌は一瞬おや、と思ったが、冷静に考えるとすぐにその理由はわかった。エレベーターを降りた先は人工重力が効いているので、何も危険がないのだ。普通のホテルと同じなのである。

乗客全員がベンチに座ったのを感知してから、エレベーターは動き出した。リングの半径は約九〇メートルである。エレベーターが下に降りていくにつれ、身体が重くなっていくというのは不思議な体験だった。

「いやあ、ただ宇宙船に乗ってただけなのに、結構疲れましたね」

凌の向かい側に腰掛けた加藤浩一郎が、大きな声で言う。

「あんなに緊張しているからですよ」

加藤優香が呆れたように言った。自分でも緊張していたことを自覚しているのか、浩一郎は照れたように笑ってうなずいた。

「ははは。どうもね、空気がないとこに行くっていうのははね。泳ぎが得意なんで、肺活量には自信があるんだけど、そういう問題でもないでしょう。鷲見崎さんは、何かスポーツは？」

「いえ、僕はなにも」凌は正直に答える。「人並みにできるのはジョギングぐらいですね。彼女はいろいろやってますよ。テニスとかヨガとか格闘技とか」

「格闘技？」

「護身術です」笑いながら舞衣が訂正する。「祖父が道場をやっているので。合気道みたいなものですけど」

「ああ、それは頼もしい」

浩一郎はうなずいた。微苦笑を浮かべて、妻のほうを見る。

「うちの家内は、まったくスポーツができませんから。酸素ボンベを背負っていても溺《おぼ》れかけたくらいです」

「酸素ボンベ？　ああ、スキューバ・ダイビングをやられるんですね」

舞衣が対面にいる優香に訊ねた。優香は恥ずかしそうに微笑んで、首を振る。

「いえ。最初の一回で懲りました。今はもう、水を見るのも怖いくらい」

エレベーターがリングに到着したので、四人は立ち上がった。もう、はっきりと重力を体感することができる。久々に感じる重力は、地球上の九〇パーセントしかないにもかかわらず、それよりもずっと強烈に感じられた。

エレベーターを出ると、左右に通路が分かれている。通路はひたすら真っ直ぐで、前を向いても、後ろを向いても上り坂だった。回転するリング部分の外側が、床になっているせいだ。

頭の中で平面図を描こうとして、凌は目が回るような錯覚を覚えた。平面的な図形ではなく、三次元的なモデルとして思考しなければ、ここでは正確に位置関係を把握することができない。地上では滅多に味わえない体験である。

加藤夫妻の部屋番号は二四号室、凌たちの部屋は二七号室だった。ほぼエレベーターを挟んだ反対側である。凌たちは加藤夫妻に挨拶をして別れた。

「へえ、なかなかいい部屋ね」

カードキーでドアを開けてすぐに、舞衣が荷物を放り出しながら言った。部屋自体は、ベッドとソファと小さな机があるだけの、ありふれた造りである。アルミの構造材がむき出しになった壁や天井は、むしろ殺風景であった。

だが、ここが宇宙空間だということを考えると、極上の部屋であることは間違いない。それに凌たちは払っていないが、宿代も間違いなく極上であった。

「そうだね」

凌は上の空で返事を返す。工学者の凌としては、部屋よりもむしろドアの材質のほうが気になった。軽量だが非常に剛性が高く、たわみも軋みもない。おそらく、アルミやチタンを主成分にした無重力合金に間違いないだろう。

厚さは五センチほどしかないが、数気圧程度の圧力格差には十分に耐える構造になっているはずだ。表面には、薄いが衝撃吸収効果の高いウレタン状のパッドが張られている。

最悪、事故が発生した場合には、それらも気密性を高めるのに貢献するに違いない。

ベッドカバーやソファに使われているのは、難燃性のバリスティック・ナイロンやケブラーだ。必要以上に頑丈な素材だが、地上と違って破れても簡単に予備を用意できないため、耐久性の高い繊維を使っているらしい。

「ふん。そうか、たしかに凄いな。エアコンが独立してるのは、万一のときの気密性を高めるためだろうけど、各部屋にバス・トイレ付きか。配管が大変だっただろうに」

「何言ってるの。新婚旅行用の客室なんだから、当然そのくらいはないと誰も来なくなっちゃうよ」

いきなりベッドの端に腰掛けてくつろいでいる舞衣が、意味深な笑顔で言う。彼女の言わんとしていることはわかったが、凌は相手をしない。とりあえず端末《メスギア》を取り出そうと、凌はピギーバッグを開けて荷物の整理を始めた。

「やれやれ……やっぱりダブルベッドか。まあ、ソファが広くて助かった」

「え？」凌のつぶやきを聞きつけて、舞衣が猛然と立ち上がる。「ちょっと、凌ちゃん！まさかソファで寝るつもり？」

「うん。一つしかないのだから、しょうがない。ベッドをよこせと言ってるわけじゃないんだから、特に問題はないだろ」

予想はしていたが、舞衣はかなり怒っていた。どすどすと足音を立てて凌に詰め寄ってくる。モジュール内の他の部屋に震動が伝わるのではないかと思ったが、幸いそのような気配は感じられない。白鳳の免震設計の高度さに、凌は内心舌を巻いた。

「どうしてよ！　せっかくベッドが広いんだから、いっしょに寝ればいいじゃない」

凌の身長は、舞衣よりも頭一つ高い。舞衣はその凌を見上げて、はっとした表情を浮かべる。

「まさか凌ちゃん、地上に戻ったら、本気であたしと離婚するつもり？」

「そういう約束だろ」

凌は、わざと素気《そっけ》なく言った。舞衣が子供のように頬を膨らませて、凌を睨みつける。彼女が肩を震わせていたので、凌は彼女が泣きだすのではないかと思った。だが、舞衣は荒々しく息を吐き出しただけだった。舞衣は、不満げな顔をしたまま後退して、すとんとベッドに腰を降ろす。

「まあ、いいわ」舞衣は真剣な表情を作りながら、冗談とも本気ともつかぬ口調で言った。

「まだ、時間はたっぷりあるものね。その件は、なんとかしてみせるわ」

彼女の言い回しがおかしかったので、凌は笑う。

舞衣は何事もなかったかのように澄ました顔で時計を見た。日本時間に合わせられた時計は、午後七時過ぎを指していた。

「さ、とりあえずディナーにしましょ。あたしもう、お腹ぺこぺこ」

第二章　博士たちは虚空を漂う

CHAPTER2:

THE SCIENTISTS FLOAT IN THE VOID.

M.G.H.

THE HEAVEN IN THE MIRROR

1

舞衣《まい》の腕時計は男物の無骨なダイバーズ・ウォッチだ。

年代物のオメガで、舞衣が幼いころ、父親に無理を言って譲ってもらったものだった。当然、電話機能もネット接続機能もついていない。だが、舞衣はこの時計を気に入っており、よほどフォーマルな席でもない限りこれ一つで用を済ませていた。

暗闇の中で淡く発光するアナログの文字盤は、深夜一時ちょうどを指している。

部屋の中にいる分には感じられないが、白鳳《はくほう》の居住区画は毎分三回転ほどの速度で回転している。太陽の位置によっては、昼と夜がほぼ一〇秒おきに訪れるわけだ。

したがって白鳳の客室には窓がなかった。今は照明もついていないので部屋は暗い。それでも目が慣れていたおかげで、部屋の中の様子はだいたい把握できた。机の上には、ルームサービスで頼んだブラッシュワインのデカンタとグラス。ベッドの向かい側に置かれたソファでは、凌《りょう》が寝息をたてていた。

朝が早かったので無理もないが、熟睡している凌を見ていると舞衣は無性に腹が立ってくる。若い男女が同じ部屋に寝ていて、よくもまあ無邪気な顔で寝ていられるものだ。しかも、この旅行は公式には新婚旅行であり、今日はその初夜である。凌だって、舞衣の気持ちを知らないわけではないだろうにと思うと、彼が少し恨めしい。

舞衣は、なるべく音を立てないように起きあがって、客室の外に出た。同じ部屋にいると、いろいろと考えてしまって寝つけない。気分転換に星でも見に行こうと思ったのだ。飲酒後は無重力区画に出てはいけないと言われていたが、もう酔いは覚めていると舞衣は勝手に判断する。

上下ともスウェット姿だったので、舞衣は例の磁石付きスリッパを素足に直接履いた。廊下の照明も落ちており、薄暗い常夜灯だけが点灯している。白鳳の内部は、いちおう日本時間に合わせて昼夜の区別がなされているらしい。それに気づいて、舞衣は少しあきれた。地球周回軌道上にあるのだから、ネットワーク標準時に合わせてあるほうが何かと都合がいいはずだ。白鳳が政府の所有物だから、こんな非合理的なやり方がまかり通っているのだろう。もっとも、それを言うならば、ここでは一日が二四時間である必然性も根拠もないわけだが。

いちおう居住ブロックの廊下には小さな窓があり星も見えたが、せっかくだから展望ドームまで行くことにした。独りで乗ると、無重力部分に向かうエレベーターは妙に圧迫感があって怖い。こんなことなら、凌を叩き起こして連れてくればよかったと舞衣は後悔した。昔の舞衣ならば、迷わずにそうしていたはずだ。

それが出来なくなったのは、彼に気を使ったからではない。拒絶されたときに自分が傷つくことが怖くなってしまったからだ。よくない傾向だと舞衣は思う。弱気になるのはよくないことだ。少しでも弱さを見せてしまったら、彼はきっと舞衣から離れてしまうからだ。

凌にとっての自分は、どんなに邪険にされても決してめげないお節介焼きな従妹《いとこ》でなければならない。彼を置いていなくなった姉とは違うのだと、凌がわかってくれるまでは。

エレベーターが白鳳本体に近づくにつれ、重力が徐々に弱くなる。終点に近づいて減速すると、慣性で上方に投げ出されそうになった。シートベルトを締めていなかった舞衣は、手近な安全バーにしがみついて、どうにか姿勢を保つ。

「あれ……加藤《かとう》さん？」

エレベーターホールに到着したところで、知っている顔にばったり会った。加藤優香《ゆうか》だ。彼女は昼間と同じ浅黄色のパンツスーツを着ている。ちょうどエレベーターホールを横切ろうとしていたところだった。

「あ、鷲見崎《すみさき》さん。こんばんは」優香は、舞衣の姿を認めて頭を下げた。

「この先、何かあるんですか？」

舞衣は優香に訊いた。彼女が来たのは、展望ドームとは反対側の動力部の方向である。連絡通路の色は黄色で、よく見ると関係者以外立入禁止という赤いプレートがところどころに張られていた。優香が恥ずかしそうに言う。

「展望ドームに行こうと思ったら、道を間違えてしまって。あたし、方向音痴だから……」

「ああ、わかります。あたしも、よく道に迷うから」

舞衣は、彼女に親近感を感じて微笑んだ。

凌のように頭の中で平面図を描いたりすることが、舞衣にはどうしてもできない。自分の目の前の景色を目印にした、相対的な座標でしか地形を覚えられないのだ。そのため、よく似た景色が続く建物の中などでは、すぐに自分の現在地がわからなくなってしまう。単純に方向感覚や記憶力が劣っているというわけではなく、むしろその逆だと自分では信じている。脳内を一度に流れる情報量が多過ぎて、処理が混乱してしまうのだ。おそらく、加藤優香も同じタイプなのだろう。

「すぐに道を間違ったって気づいたんだけど、このリフト、途中で止まれないでしょう。手を離しても動き続けるから、焦っちゃった」

優香が肩をすくめながら言う。大げさな仕草だが、細身の彼女にはよく似合っていた。一度リフトに乗って勢いがついてしまうと、慣性を阻害する重力がないので、手を離してもそう簡単には止まることはできない。通路にはつかめるような突起もないから、動力モジュールの中まで行かないと引き返せなかったはずだ。彼女も、さぞかし焦ったことだろう。

「鷲見崎さんは、どうなさったの？　こんな時間に？」

優香は持ち前の上品な口調で訊いてきた。もっとも、こんな時間にうろついているのはお互い様である。たしかに時計の上では真夜中だが、白鳳は二四時間運転だし、無重力区画には煌々《こうこう》と明かりがついている。

「ええ、あたしも展望ドームに行こうと思ったんです。なんだか、寝つけなくて」

「ああ、よかった。じゃあ、一緒に行きましょう」

優香がどこか安心したように言った。いきなり道を間違えて、不安になっていたのかもしれない。もちろん舞衣にも異存はない。目的は、天体観測ではなく、気分転換である。話し相手がいたほうが気が紛れるというものだ。

「旦那さんは？」

「……あ、寝てます。もう、あたしのことなんか気にも留めずにぐうぐうと」

優香の言った旦那さんという単語と凌がすぐに結びつかなかったので、舞衣の回答は一瞬だけ遅れた。それに気づいた優香がふっと微笑んだので、舞衣は一瞬どきりとする。

しかし冷静に考えれば、その程度のことで、舞衣たちの結婚が偽装だと気づかれるはずはない。当然、優香も、舞衣の反応を新婚夫婦にありがちな、微笑ましい態度だと受け取ってくれたようだった。

「でも、なんだか鷲見崎さんのところは、仲が良さそうで羨《うらや》ましいわ。あたしたちは、こんなに長く一緒にいるのも初めてだから、二人きりだと間が持たなくて」

「え、そうなんですか？」

「ええ。まだ引っ越しも済ませてないので、帰国してからも一週間ぐらいは別居だし。新居を探すところから始めないと。鷲見崎さんのほうは？」

「あたしたちですか？　ええ、まあ、うちも似たような感じです」

舞衣は曖昧《あいまい》な笑みを浮かべて答えた。

二人でいることにも慣れないような相手とよく結婚するものだと、正直言って驚いたが、普通の夫婦というのはそんなものかもしれないとすぐに考え直した。加藤夫妻は、知り合ってまだ三カ月ほどしか経っていないスピード結婚のはずである。どちらが積極的だったのかは知らないが、よっぽどの大恋愛だったのだろう。一五年以上も一緒にいて、未《いま》だに恋愛対象として見てもらえない自分の境遇を思うと、羨ましいぐらいだ。

加藤夫妻と最初に出会ったのは、このツアーに先だって行われた健康診断のときである。そのときは、加藤浩一郎《こういちろう》氏に誘われて一緒に昼食を食べた。

優香夫人に対する舞衣の第一印象は、特徴のない女性だということである。色にたとえれば、上品で無難な淡いベージュといったところか。会話にも行動にもそつがなく、非常に一般的な思考の持ち主。だが、それは彼女が、夫である加藤浩一郎の前で猫をかぶっていた姿なのかもしれない。心なしか、一人でいるときのほうが、彼女は生き生きとしているような気がした。

最初はおっかなびっくりだったリフトも、慣れてしまうとそのスピードがやけにのろく感じられた。それを三本乗り継いで、ようやく展望ドームのあるドッキングポートに到着する。

この時間、エアロックは閉鎖されており係員の姿もなかった。展望ドームはデッキから少し張り出した半球状の空間で、その部分だけ照明が暗くなっている。広くはないが、その気になれば天井や壁にも歩いていけるので窮屈な感じはしなかった。

ちょうど太陽が地球の陰になっていたので、耐圧ガラスの向こう側に信じられないほど大量の星を見ることができる。そして、視界の下半分を埋め尽くす巨大な地球の姿が圧巻だった。地球の半径が六四〇〇キロであることを考えれば、高度四五〇キロで周回している白鳳は、ほとんど地表にへばりついているのと変わらない。スイカの表面から数ミリ離れたところに浮かんでいる蚊《か》のようなものだ、と言っていた凌の言葉を思い出す。

「お二人は、どうやって知り合ったんですか?」

展望ドームに備えつけの望遠鏡は口径数センチ程度のちゃちなもので、何兆円もの予算で造られた白鳳の備品とはとても思えないほどだった。それでも大気の層に邪魔されないため、地上とは比較にならないくらい鮮明な画像が得られる。その望遠鏡を、ぎこちない仕草でのぞいている優香に、舞衣が訊いた。

「お友達に紹介してもらったの」接眼レンズから目を離して振り向きながら、優香が答える。「まあ、お見合いみたいなものね。仕事一筋で、あまり女性慣れしていないとは言ってたけど、どうだか」

「でも、感じのいい方ですよね。おおらかっていうか、社交的な感じで」

凌と加藤浩一郎を比較しながら、舞衣は答える。優香は、笑いながら首を振った。

「ええ、でも、ああ見えて本当はすごく神経質な人なのよ。ほら、航空宇宙開発公社って、言ってみればお役所でしょう。まあ、人付き合いや何かで結構大変みたい」

「へえ、だけど優香さんには、そういう悩みを打ち明けたりしてくれるんですね。いいなあ。もう、うちの凌ちゃんなんか、何考えてるんだかわかんないからなあ」

半ば本気で、舞衣は優香を羨ましいと思った。そんな舞衣に、優香は興味を示したように小首を傾《かし》げながら訊いてくる。

「凌さんは、どんな人？」

「見たままですよ。無愛想だし、世の中のことに無関心だし。人間嫌いっていうか、人の多いところが嫌みたいですね。今回の旅行だって、連れ出すの大変だったんですから」

「真面目な方なの？」

「どうかな？　当人はいつも真面目だと思いますね。でも、ちょっと人とずれてるから、真面目に受け取ってもらえないっていうか」

自分で言いながら、舞衣はくすくすと笑った。そう言えば、凌が冗談らしい冗談を言うところなど見たこともない。だが、舞衣は彼といるときはいつも笑っていたような気がする。少なくとも、二人でいて退屈したことはなかった。

「あたし、凌さんが公開しているソースコードを読んだことがあるわ」

優香が突然、ぽつりと言う。舞衣は少し驚いて振り返った。

「ソースコードって、プログラムの？　優香さんて、工学部だったんですか？」

「いいえ、あたしは理学部。化学科です。ほら凌さんは、マテリアルズインフォマティクスがご専門でしょう。あたしも高分子化学をやってたから、ちょうど対象が重なっている部分があって、修士論文のときに参考にさせてもらったんです」

舞衣は何も言わずにうなずいた。凌が、人工知能を応用した新素材の研究をしていることは聞きかじっていたが、舞衣にはその分野についての知識はない。

「凌さんのコードは、何て言えばいいのかしら。面白かった。それに感動したわ。綺麗で」

「綺麗？」

「そう……処理の流れがすごく丁寧で綺麗。極上のミステリを読んでるみたいだった。どんな人があのコードを書いているのか、少し興味があったの。きっと傷つきやすくて孤独な人が書いているのだと思ったんだけど……あ、ごめんなさい。失礼よね、こんなこと」

優香は、どこかうっとりとした表情で言った。

よっぽど凌の書いたプログラムが印象的だったのだろう。もちろん舞衣にはプログラムの良し悪しはわからない。特に理由はないが、何となく悔しい気持ちがある。

「凌ちゃんは、昔から頭のいい人だから」舞衣は、自嘲気味に笑いながら言った。「たぶん、あたしなんかいなくても平気なんだろうけど……でも、あの人を見ていると、あたし、ときどき怖くって……」

「怖い？」

「ええ」

舞衣はうなずいた。なぜ自分が彼女にこんな話をしているのか、舞衣自身にもわからない。ただ、誰かに話を聞いて欲しかったのだろう、と思う。

舞衣は、自分が弱っていることを自覚していた。その原因はもちろん、凌の態度である。こんな強引な手段で彼と結婚しようと思ったことを、舞衣は少し後悔し始めていた。窓の外では、地球の表面を覆う薄い大気が、太陽の光を回折してぼんやりと輝いている。

「あたしたち、従兄妹《いとこ》同士なんです。ええと、正確には、凌ちゃんはあたしの伯母《おば》さんの再婚相手の連れ子なんで、義理の従兄になるんですけど」

「そう。じゃあ、二人とも昔から仲良しだったのね」

「いえ、それがそうでもないんですよ」舞衣は一瞬、逡巡したが、結局正直に話すことにする。

「あたしには姉がいたんです。四歳違いの」

「あら、あたしと同い年だわ。凌さんもたしか……」

「ええ、同学年です。で……まあ、そういうことです」

舞衣の曖昧な説明で、優香は理解したようだった。一瞬、舞衣を気遣うような表情を浮かべて、優しく訊ねる。

「凌さんは、お姉さんのことが好きだったのね。お姉さんは、今は？」

「死にました。四年前に」

舞衣は努めて感情を交えない声で答えた。優香が微《かす》かに眉を動かす。

「亡くなった？」

「はい……あ、ごめんなさい。こんなこと言うつもりじゃなかったんですけど」

「いえ、よかったら続けて。大丈夫、他の人には黙っているわ」

優香が柔らかな声で言った。優香のほうが年上ということもあってか、いつの間にか彼女に一方的に頼るような形になっている。居心地がいいということは、自分がそれだけ相手に負担をかけているということだ。舞衣は、彼女に甘えているとは思いながらも、続ける。

「凌ちゃんは、頭のいい人だから」同じ言葉を舞衣は繰り返した。「うちの姉が死んだあとも、表面的には何も変わってないみたいに見せてますけど……ときどき、このまま凌ちゃんが、いなくなっちゃうような気がして、あたし怖いんです。あの人は、本当はすごく優しい人で、でも意地っ張りで、何もかも自分一人で背負い込もうとしちゃうから」

「そう……」不安げに言葉を切った舞衣を見て、優香が優しく微笑んだ。「ひょっとして、あなたたちが白鳳にきたのも――あなたがこんな時間に独りでいる理由も、そのことに関係がある？」

「ええ、そう……そうかもしれない」

舞衣はそう言ってうつむいた。しばらく沈黙が流れたあと、優香が静かに口を開く。

「大事にしているのね」

「ええ。凌ちゃんはまだ姉のことを好きなんだと思います。やっぱりあたしじゃ、お姉ちゃんの代わりにはなれないみたい」

「いえ。大切にされているのは、あなただわ」

「あたし？」

優香の言葉が意外だったので、舞衣は顔を上げた。優香は黙って宇宙を見ている。舞衣は今の彼女の表情が誰かに似ていると思ったが、それが誰なのかは思い出せなかった。

「凌さんは、あなたをお姉さんの身代わりにしようとしなかったということでしょう？

そのほうが、どんなにか楽だったでしょうに。それは、舞衣さんを大切にしているということにはならないかしら？」

優香の言葉は、舞衣にはまったく予想できないものだった。ただ、言葉に込められた彼女の優しさだけは伝わってくる。今日のところは、彼女の言葉を信じておこうと舞衣は思った。そのほうが、よく眠れそうな気がしたからだ。

「ありがとうございます。なんだか、少し気が楽になったみたい」

「そう？　お役に立てて良かった。部屋に戻る？」

「はい。優香さんは？」

舞衣が訊ねると、優香は迷っている風に自分の腕時計を見た。舞衣もつられて時間を確認する。一時四五分を少し過ぎたところだった。

「あたしは、もう少し残ります。また明日、よかったら一緒にお食事でもしましょう」

「ええ。ぜひ」

舞衣は彼女に軽く頭を下げてから、展望ドームを出る。ふと振り返ると、加藤優香の長い髪が重力から解き放たれて漂っているのが見えた。それはまるで何かの植物のようで、とても美しいと舞衣は思った。

2

舞衣は再び来た道を辿《たど》り、居住ブロックのある人工重力モジュールへと向かった。

優香との会話で、心のどこかにあったわだかまりが解放されたせいか、まぶたが重い。考えてみれば、昨日は準備のため朝が早かったし、前の晩も興奮してあまり良く眠れなかった。今まで眠くならなかったのが、むしろ不思議なくらいである。

回転する人工重力モジュールに到着した舞衣は、円筒形のホールに並んだエレベーターを見回した。舞衣たちの部屋に一番近い三番のエレベーターは、間が悪いことに降下中である。

舞衣は少し計算して、待機状態だった四番のエレベーターに乗り込んだ。居住ブロックのリングの半径は約九〇メートルだと聞いている。エレベーターが往復するのをじっと待っているよりも、隣のエレベーターで降りて、リング上を四分の一だけ歩いたほうが早いと考えたのだ。

今度はあわてなくてすむように、きちんとシートベルトをつける。レース車両に使われているような、フルハーネスのごついベルトだ。エレベーターは一分ほどで、リングの外周部に到着する。

「……どういうことだよっ！」

次の瞬間、舞衣の耳に飛び込んできたのは、押し殺したような怒声だった。

自分が怒鳴られているのかと思って、舞衣は一瞬どきりとする。だが、エレベーターの扉は閉じたままだ。

どうやらエレベーターが降下しているわずかな時間に、うとうとと眠りこんでしまったらしい。時計を見ると、いつの間にか二時を過ぎている。

扉の外から聞こえてくる声から判断して、怒っているのは男性のようだ。そのすぐあとに別の低い声がしたので、二人で何かを言い争っているのだということがわかった。

エレベーターから、どれくらい離れた場所にその二人がいるのかはわからない。舞衣は、自分が出ていって良いものかどうか迷った。壁の厚さがわからないので何とも言えないが、男たちはエレベーターのすぐ近くに立っているように思われたからだ。

しかし、狭いエレベーターの中でいつまでも待っているわけにもいかない。舞衣は決心してシートベルトの止め金を外す。

「親父！」

再び男の声が響いた。舞衣は、そのよく響く声に聞き覚えがあった。瀧本拓也《たきもとたくや》の声である。拓也の父親が白鳳にいるということよりも、彼のその口調に舞衣は驚いた。いつも冷静でとぼけた雰囲気を崩さない瀧本拓也のイメージからは、想像もできないくらい生々しい声だったからだ。

凌には言わなかったが舞衣は密かに瀧本拓也のファンだった。きっかけは彼の書いた曲ではなく、彼が出演していたラジオ番組での何気ない会話を聞いたこと。そのとき感じたのは、彼と鷲見崎凌の思考パターンがよく似ているということであった。

拓也も凌も、純化された思考と繊細な感覚の持ち主である。そして、その鋭敏な感性を防御するために、人前では別の人格を演じている。凌は無愛想で常識的な人間を。拓也はシニカルでクールな芸術家を装っているのである。

舞衣の感じたその印象は、今日のオービターの中での短い会話で確信に変わっていた。その拓也が、たとえ実の父親が相手だとはいえ、感情をコントロールできずに怒鳴り散らすというのは、よほどのことに思える。

「もう、お前と話すことは何もない」

錆《さ》びた声がこれまでよりずっと近くで響いて、いきなりエレベーターの扉が開いた。日本人離れした鉤鼻《かぎばな》に、猛禽《もうきん》のような鋭い目つきをした男性が、扉の向こう側に立っている。男は白鳳の制服である白のブレザーの上に白衣を着ていた。歳は五〇代前半に見えるが、それは白髪のせいで、本当はもう少し若いのかもしれない。

彼は、舞衣がエレベーターの中にいたことに対して、一瞬驚いたような表情を浮かべた。

舞衣は、何食わぬ顔でエレベーターの外に出る。

「よう、舞衣ちゃん」

男の乗ったエレベーターが動き出したのを確認して、瀧本拓也は舞衣に声をかけてきた。

拓也は厚手のTシャツにブラックジーンズというさばけた格好である。彼の背後に小さな窓があり、そこから星を見ることができた。

「こんばんは。あたしの名前、覚えていてくださったんですね」

舞衣は笑顔を作りながら、拓也に挨拶をする。拓也は、洋画に出てくる男優のように、片方の眉だけ上げて笑って見せた。

「当然。可愛い女の子の名前は、一度聞いたら忘れないんだ。演技の上手い子の場合は特にね」

「演技？」

「新婚旅行に来てるからって、本当の新婚夫婦とは限らないよな」

「そうですね。お腹の中に赤ちゃんがいたら、実は家族旅行だったってことになりますし」

偽装結婚だと見抜いているかのような拓也の物言いを、舞衣はさりげなくはぐらかす。

拓也はにやりと口元だけで笑った。その表情が、彼の本来の笑顔なのだろう。ずっと自然で、魅力的である。

「きみはなかなか面白い子だね。人妻にしておくのはもったいない。芸能界に興味はない？」

「ええ、まったく」舞衣は首を振って、拓也に訊く。「今の方、瀧本さんのお父さまなんですね？」

「やっぱり聞いていたね」

拓也はため息を交えながら言った。特に困っている様子ではない。

舞衣は、拓也の表情をそっと観察する。よく見ればたしかに、瀧本拓也には先ほどすれ違った白髪の男の面影があった。

「白鳳には、お父さまに会いに？　なんだか喧嘩なさってたみたいですけど」

「まあね。金の話だからな。いくら親子でも、円満にってわけにはいかないようだ。もともと、たいして円満な親子関係ってわけじゃないが」

「お金の話？」

舞衣は思わず訊き返していた。

瀧本拓也の年収がどれぐらいなのかは知らないが、少なくとも舞衣たち一般人の何十倍かの稼ぎはあるはずだ。彼の出す曲は軒並みベストセラーだし、他のミュージシャンに提供した楽曲の印税だけでもかなりになるだろう。お金の工面を父親に頼まなければならないとは、とても思えない。

「ああ……奴の名義になっている土地があるんだ。今計画しているでかいプロジェクトに金がいるんでね、担保として貸してもらおうというか、まあ、そういう話」

訝《いぶか》しげな舞衣の表情に気づいて、拓也が説明する。

舞衣は、なんだか悪いことを聞いたような気分になった。

「ごめんなさい。立ち入ったことを訊いてしまって」

「あ、いや。かまわんよ」

瀧本拓也は下を向いて笑った。舞衣には、彼のその笑いの意味がよくわからなかった。

「つぐみさんは、もうお休みですか？」

「いや、起きていると思う。まだ僕らが眠る時間じゃない。君は？」

「ええ。もう寝ます」

「ああ、ひょっとして、僕らがいたからエレベーターから出て来れなかった？　邪魔をしたみたいだね」

「いえ。いいんです。瀧本さんとお話ができたから」

舞衣は言った。それは嘘ではなかった。瀧本拓也は優しく微笑んで、舞衣に小さく手を振る。舞衣は立ち去ろうとして、すぐに拓也を振り返った。

「あの、瀧本さん。もしよかったら、帰る前にサインをいただけませんか？」

拓也は驚いた様子もなく、軽くうなずく。その慣れた動作には、どこか演出されたような自然さがあった。自分の感情を遮断して、他人に知られなくするための演出だ。やはり同じだ、と舞衣は思う。

「ああ、いいよ。いつでもおいで。四六号室だ」

「ありがとうございます」

舞衣は頭を下げて、今度こそ本当にその場を立ち去った。瀧本拓也は、もう舞衣には興味を失った様子で、窓の外の宇宙を眺めている。湾曲する廊下に阻まれて彼の姿が見えなくなったころ、舞衣は微かに口笛の音を聞いたような気がした。

3

鷲見崎凌は、聞き慣れない電子音で目を覚ました。ソファの肘掛《ひじか》けを枕がわりにして、もう片方の肘掛けに脚を乗せて眠っていたところだ。

一見すると不自然な体勢だが、思ったよりも快適だった。鋳型に流し込まれた鉛のように身体がぴったりとはめ込まれていて、むしろ起きあがるのが面倒なくらいである。とは言え、起きあがってみると、やはり腰が少し痛い。

電子音は鳴り続けていた。机の上に置かれた舞衣の端末《メスギア》が、電子音に合わせて発光している。

凌は、本能的にベッドサイドに備えつけられていた時計を見た。昔懐かしいセブン・セグメントのデジタル時計が、二時を指している。ベッドの上に、舞衣の姿はない。

「オーギュスト、どうした？」

端末《メスギア》に向かって凌が呼びかける。

オーギュストというのは、舞衣がインストールしているアプリカントの名前だ。凌のヴエルダが秘書のイメージでプログラムされているとすれば、オーギュストはさしずめ舞衣の執事といったところである。発光したディスプレイの中に現れたのは、正装したタキシード姿の美青年だった。オーギュストのモデルは、吸血鬼をモチーフにした二〇世紀の映画で有名になった二枚目俳優だと聞いている。

ただし外見はどうあれ、彼の思考パターンは持ち主である舞衣の複製《レプリカ》だ。だからこそ舞衣は、彼をストレスなく使用することができる。持ち主の考えを予測して、もっとも快適な環境を提供する――アプリカントとは、いわば究極のオーダーメイド商品なのである。

「舞衣さまあてにお電話です。凌さまでもかまわないと……」

オーギュストは、丁寧な口調で答えた。応接モードだ。

こんな非常識な時間にかかってきた電話に対しては、アプリカントのほうで応対して断るなり用件を承るなりするのが普通である。それができなかったということは、相当に緊急度の高い用件か、よほどしつこい相手ということだ。

しかも、その相手は凌が舞衣と一緒にいることを知っている。半ばうんざりしながら、凌は端末《メスギア》のほうに歩いていった。

「誰から？」

「森鷹雛奈《もりたかひな》さまです」

「叔母《おば》さんから？」

「回線つなぎます」

オーギュストの姿が端末《メスギア》の画面から消え、代わりに肌理《きめ》の粗い動画の画像が映し出された。

マンションの応接間に、女性が一人腰掛けている。

応接間の風景は舞衣の実家のもので、そこに座っている女性は舞衣によく似ていた。シルクのような光沢の青いパジャマの上に、手編みの白いショールを羽織っている。

「こんばんは、雛奈さん。どうしたんですか?」

「凌ちゃん? 舞衣もそこにいるのかしら?」

電波が届くまでの一瞬のタイムラグのあとで、森鷹雛奈が凌に訊いた。

雛奈は、ほっそりした印象の若々しい女性だ。柔らかな物腰とは裏腹に、生活雑貨やアパレル関連のブランドをいくつも手がけるやり手の経営者でもある。

彼女が舞衣を産んだのは、ちょうど彼女が今の舞衣と同じ歳のときだと聞いている。したがって今年四六歳になるはずだが、実年齢よりも一〇歳は若く見えた。

凌は、バスルームの明かりがついていないことを確認してから雛奈に答える。

「いえ、どこか出歩いているみたいです。オーギュストに聞きませんでした?」

「聞いたわよ。でも、居留守を使ってるんじゃないかと思ったの」

「居留守?」

凌は雛奈の反応を怪訝《けげん》に思って訊いた。舞衣が、なぜ居留守を使わなければならないのか、その理由に思い当たらない。

画面の中の叔母は、手にメモ用紙のような紙切れを持っている。表向き普段と変わらぬ穏やかな微笑を浮かべてはいたが、その表情にはどこか人工的な余所余所しさが感じられた。どうやら彼女はひどく怒っているようだと凌は気づく。

「まあいいわ。それより凌ちゃん、驚いたわよ。あなたにも意外に大胆なところがあったのね」

「はあ……」

凌はよくわからないまま返事をする。起き抜けで、まだ頭が働いていない。ただ漠然とこの偽装結婚のことだろう、とは思いつく。

「新婚旅行というのはどういうことなの。うちの娘と結婚したなんて初耳なのだけど？」

「え!?」

凌は、思わず声を上げた。寝耳に水、というよりもスタンガンを突っこまれたような衝撃だ。呆然《ぼうぜん》とする凌の顔に驚いたのか、雛奈はあわてて声のトーンを落とした。

「ああ、ごめんなさい。結婚のことはべつにいいのよ。凌ちゃんなら、舞衣を悪いようにはしないだろうし。ただ、私にも内緒というのは気に入らないわね。どうして一言相談してくれなかったのかなって」

「ちょっと待ってください。相談しなかった？　舞衣くんから、何も聞いてないんですか？」

「そうよ。舞衣が朝早く出かけたっきり、いつまでも帰ってこないでしょう。それで、あの子の部屋に入ってみたら、この書き置きが残されてたわけ。慌てて連絡したくもなるわよ」

雛奈はそう言って、端末《メスギア》のカメラの前にメモをかざした。画像が粗くて全部は読みとれなかったが、要するに新婚旅行に行ってきますというようなことが書かれてあるらしい。

凌は嘆息して頭を抱える。

「……すみません。僕の責任です」

「そうね。たしかにあなたらしくないわ。いえ……うん、私のほうこそもっと早く気づくべきだった。凌ちゃんも、舞衣にまんまとのせられたわけね」

「どうやらそうみたいです。雛奈さんも賛成してるって聞いたものですから。でも、ちゃんと確認しておくべきでした」

「私が賛成してるって、どういうこと？」

「今回の旅行についてです。今、白鳳にいるのはご存じですよね？」

「白鳳？　宇宙ステーションの？」

「はい。舞衣くんが新婚の夫婦を対象にした内閣府のキャンペーンを引き当てたみたいで」

画面の中で、雛奈は殊更に大きく目を見開いた。やがて納得したように、何度もうなずく。

「そういうことだったのね……道理で……珍しく真剣に懸賞なんかに応募してたから変だとは思ったんだけど。あの子、凌ちゃんが研究休暇《サバティカル》を取るって聞いたときから、こっそり企んでいたんだわ……」

「すみません」

凌はもう一度頭を下げる。雛奈はもう怒っていないようだった。むしろ、今にも笑い出しそうな表情を浮かべている。

「舞衣にしては、ずいぶん大がかりな作戦を立てたものね。少し見直したわ」

「何の話です？」

「いいえ、なんでも。ええ、でも大方の事情はわかったわ。あとは、明日にでも舞衣と直接話をするわね。それにしても……」

雛奈はそう言って下を向いた。こらえきれなくなったように肩を震わせて笑い出す。

凌は黙って彼女の様子を見つめていた。ようやく寝惚《ねぼ》けた状態から復帰しつつあるが、まだ雛奈の思考を読みとれるほどではない。

「まあ、いいか。徹《てつ》ちゃんには私のほうからうまく説明しておくわね。心配しなくても、あの人はその手の話には鈍いから大丈夫よ。翔子《しょうこ》姉さんには、もう話した？」

「いえ、まだ何も……」

「私から言っておいたほうがいいかしら？　迷惑をかけたのは舞衣のほうだものね」

「え、いや、それは……」

「凌ちゃん」

雛奈は急に真面目な顔になって、端末《メスギア》に顔を近づけた。凌もつられて身構える。

「地上に戻って、舞衣と離婚しようなんて思わないでね。そんなの、私が許さないから。成り行きとはいえ責任は取ってもらうわ」

雛奈の台詞《せりふ》に、凌の心臓は冷たい手で握りしめられたように大きく跳ねた。

森鷹雛奈は笑顔だったが、その言葉が、ただの脅しではないことはよくわかった。そもそも彼女は、心にもないことを冗談でも口に出すような人間ではない。

「凌ちゃん、あの子のことをよろしくね。私が言うのもなんだけど、舞衣はいい子よ」

「ええ、知ってます」

「そうね……それに、鳴美《なるみ》のことなら、もう気にする必要はないわ。鳴美も舞衣も、そんなことは望んでいないはずよ」

言いにくいはずのことを、雛奈は表情も変えずに言った。その気丈な態度がいかにも彼女らしいと思って、凌は微笑む。その言葉に対する返事は、今は思い浮かばなかった。

「明日にでも舞衣に電話するように言ってちょうだい。じゃあ頑張ってね」

雛奈はそれだけ言うと、一方的に通話を切った。凌は大きなため息をつく。

「通話内容を保存しますか？」

クリアブルーの舞衣の端末《メスギア》に再び黒服の執事が現れて、今の通話の時間とデータ量を表示した。凌は首を振って、消去するように告げる。

雛奈の言葉の一つ一つが、ずっしりと重くのしかかっている。できることならこのまま何もかも忘れて眠ってしまいたかったが、目はすっかり冴《さ》えてしまっていた。ソファに寝転がって、ようやくまどろみ始めたころ、どんどんと扉を叩く音がして再び目が覚める。

「凌ちゃん、開けて」

ドア越しに、くぐもった舞衣の声が聞こえてきた。どうやら、カードキーを忘れて部屋を出ていったらしい。凌は、舌打ちしながら立ち上がってドアを開けにいく。

「あー、助かったわ。ごめんね、凌ちゃん」

舞衣は部屋に転がり込むように入ってきて、悪びれた様子もなく笑った。彼女は、寝間着代わりのスウェット姿である。

「どこに行ってたの？」

「展望ドーム。優香さんと一緒だったから、安心して。瀧本さんにも会ったけど」

何を安心すればいいのかわからなかったが、凌はそれ以上追及しなかった。開きっぱなしになっていた端末《メスギア》を見つけて、舞衣が不思議そうな顔をする。

「凌ちゃん、起きてたの？」

「ああ、さっき電話があって叩き起こされた」

「ふうん……非常識な人ね。こんな時間に」

舞衣はそう言いながら、凌が先ほどまで眠っていたソファに腰を下ろした。そのままゆっくりと上半身を傾けて倒れ込む。

「ああ、もうだめ。眠くて死にそう。お休みなさい……」

凌が唖然《あぜん》としているうちに、舞衣は小さな寝息を立て始めた。凌は、頭をかきながら常夜灯に照らし出された彼女の寝顔を見つめる。幼い子供のような無邪気な寝顔だ。

凌は彼女をそっと抱え上げて、ベッドに移す。ほっそりした彼女の身体は、羽根でも生えているのではないかと思えるほどに軽かった。

それはたぶん白鳳の人工重力が作り出した幻想だろう。舞衣が自分に対して抱いているディフォルメされた想いも、それと同じだと凌は考えていた。

活動的な今の彼女からは想像もつかないが、幼いころの舞衣は心臓に大きな疾患を抱《かか》えた病弱な子供だった。入院と手術を繰り返し、学校にも満足に通えなかったはずだ。医療技術の進歩でようやく病気が完治したのは、彼女が高校生になってからのこと。舞衣には、それまで姉の鳴美と凌以外に、同世代の友人がいなかった。

病室に閉じこめられ、外の世界の知識を渇望していた舞衣にとって、凌は唯一の外界との接点だった。彼女が凌に感じている好意は、そのころの憧憬《しょうけい》の名残に過ぎない。大気圏に突入した人工衛星のように、燃え尽きるのを待つだけの幻想だ。

「やれやれ……」

無防備に眠る舞衣を見下ろしながら、凌は声にならないつぶやきを漏らす。

眠る前になぜか無性にヴェルダに会いたくなり、凌は自分の端末《メスギア》を起動した。ヴェルダが画面に現れるのを待って、端末《メスギア》の側面にあるファンクションキーに触れる。アプリカントを、疑似人格《エミュレーション》モードに切り替えるためのホットキーだ。再起動したヴェルダが、閉じていた瞼をゆっくりと開く。

これといった特徴のない人工的な美貌はそのまま。だが、本来表情を持たないはずの彼女の瞳が、今は潤んでいるように揺れていた。彼女は今、アプリカントの主目的である、特定の人格を再現するための設定で動いている。疑似人格の生成に端末《メスギア》の能力の大半を振り向けているため、画像処理の演算精度が低下しているのだ。

意図した効果ではなかったが、凌はヴェルダのその表情が好きだった。

ぼんやりと発光する画面の中で、彼女はただ優しく凌を見つめていた。

4

結局、凌はそれから眠ることができず、七時前には起き出した。

眠け覚ましのシャワーを浴びてきても、舞衣はまだ眠っていた。昼間は活発な彼女だが、眠っているときは人形のようにお行儀がよい。それは凌にとって、ちょっとした発見だった。部屋に備えつけられていたインスタントコーヒーを淹《い》れてから、凌は端末《メスギア》を立ち上げる。

「おはようございます」

画面が明るくなるまでの数秒のタイムラグのあと、ヴェルダが起動して挨拶をした。

今の彼女は通常の秘書モードで作動中だ。サンプリングで作られた感情のない声は美しく、そして冷たい。同じ部屋で舞衣が眠っていることを感知して、ヴェルダの声は囁《ささや》くように小さくなっている。

「メッセージは？」

「公式なものに関しては、予定通り処理済みです。私用のメッセージはありません」

「そう、わかった」

母や叔母から連絡が来ているのではないかと冷や冷やしていたが、どうやら取り越し苦労だったらしい。凌は、思わず安堵《あんど》のため息を漏らす。

たまっている雑用を済ませようと思って端末《メスギア》を起動したのだが、あまり仕事をしたい気分ではなかった。手すさびに電子化された学術書をぱらぱらとめくる。

端末《メスギア》を使えば地上のニュース番組も見られるはずだが、凌はテレビが好きではない。情報を伝達する手段としては、不純物が多過ぎるからだ。同様の理由で、映画や演劇、それに彫刻や絵画にも関心がなかった。芸術関係で、曲がりなりにも凌が理解できるのは音楽だけだ。空気の振動だけ、つまり情報だけの芸術だからだろう。紀元前のギリシャで、ピタゴラスは音楽を数学の一分野だと考えていたとも言われている。

やがて本を読むのにも飽きたので、凌はヴェルダを呼び出した。

ネット対戦のゲームにでも参加しようと思ったのだ。たとえ周回軌道上に隔離されていようとも、ミラーワールドに接続してしまえば遊び相手には事欠かない。

衛星通信回線への接続とともにディスプレイの視点が切り替わり、レンダリング処理された宇宙ステーションの内部が端末《メスギア》に映し出された。ネットワーク上に電子データとして再現された、仮想空間の中の白鳳だ。ヴェルダの本体のいる場所が、忠実に再現されているのである。

ミラーワールドの最大のメリットは、わかりやすさ、だ。

現実との対称性を持つミラーワールドでは、自分の身体を操る感覚そのままに、移動や他者とのコミュニケーションを行える。文字どおり鏡に映った世界に入る気分で、ネットワークに没入できるのだ。

それでいて、世界中のどこにでも瞬時につながり様々な情報にアクセスできるというネットワークの利便性は損なわれていない。それは、ユーザーごとに最適化されたアプリカントが、主人の意思を汲み取って、面倒な入力処理をすべて代行しているからだ。

端末《メスギア》に内蔵された量子コンピューターの圧倒的な処理能力の、実に九割以上は、ネットワーク内のデジタル情報を人間にわかりやすい形に変換するために使われている。

それを無駄だと切り捨て、未だに旧来型の平面的なインターネットを使っている者も少なくはない。だが、凌は彼らの考えに同調しない。

人類は、古代から森羅万象を数値化し、データに変換する努力をしてきた。

数学の公式や物理の法則がそのための道具だ。だが、いったん数値化されたデータから、現実を再現するための道具は、ほんの数十年前まで人間の頭脳しかなかったのである。

コンピューターは、人類が数万年の時を経て初めて手に入れた、数値を基に現実を再現する道具なのだ。数値のみで構築された仮想空間たるミラーワールドが、現実の光景に近づくのは、むしろ当然の帰結だと思う。

「ヴェルダ、オンラインのチェスクラブで適当な対戦相手を見つくろってくれないか?」

凌は小声で指示を出す。命令を受けたヴェルダは、即座にデータの転送を開始しようとした。その動きが、不意に静止する。

「どうした、ヴェルダ?」凌は怪訝に思って訊いた。

「転送が割り込まれました」いつにもまして機械的な声でヴェルダが答える。

「なんだって?」

「実行中の処理はすべてキャンセル。通信モードにシフト。回線開きます」

ヴェルダの言葉に、凌は驚く。

通信プロトコル上の制限事項を除けば、アプリカントに対するユーザーの命令は絶対である。外部から強制的に命令を変更することなど、いかなるプログラミング技術をもってしても不可能に近い。旧式のコンピューターをハックするのとはわけが違うのだ。

だが、現実にヴェルダの命令コードは書き換えられ、凌の意思とは無関係に通信回線をつなごうとしている。愕然《がくぜん》とした凌は、しかし、ヴェルダの前に現れたアプリカントを見て、奇妙に納得していた。

鏡の中に浮かび上がる、小柄な老人の電子画像。

朱鷺任数馬《ときとうかずま》の外見を模した、博士本人のアプリカントだ。

彼は、まるで凌がミラーワールドに接続するのを待ちかねていたように、遅滞なくヴェルダに向かって呼びかける。

「白鳳へようこそ、鷲見崎くん」

老人の姿をした博士の分身は、最初に会ったときと同じように、画像データの存在しない暗闇の中に浮かんでいた。

ただのプログラムに過ぎない《彼》の言葉に、凌は再び違和感を覚える。その奇妙な感覚は、強いていえば畏怖《いふ》に近い。患者が医師に、犯罪者が弁護士に対して感じるのと同じような畏怖——相手の持っている知力に対する尊敬と恐怖だ。

「手荒な真似をしてすまなかった。驚かせてしまったことについては詫びよう」

「いえ……ちょうど僕も、博士にお訊ねしたいことがありました」

何とか平静さを取り戻して、凌は言う。博士の強引なやり方に対する反発や不満はあったが、むしろ、どうやってヴェルダを外部からコントロールしたのか、その方法に対する興味のほうが大きかった。

「先に君の話を聞こう」

「今日、白鳳の研究室を見学できると聞いています。その際に、博士とお会いできますか？」

「一号室だ」アプリカントは即答した。「研究モジュールの一号室に私の本体がいる。きみの覚悟が出来たのなら会いに来るといい」

その対応に、凌は眉をひそめる。たとえアプリカントがスケジュールを管理しているとしても、本人同士が面会する場合などには、ユーザーに確認するのが常識だ。ましてや、初対面の相手となれば尚更《なおさら》である。

「いえ、できれば、博士ご本人の意向を伺いたい」

「私の意志が、すなわち朱鷺任数馬の意志だ」

アプリカントはまたも即座に答えた。その言葉に凌は驚く。

同時に、これまで感じていた違和感の正体を確信した。

「エミュレーションモード……!?」

「そう。私は今、朱鷺任数馬の思考そのものを再現している」

凌は、アプリカントが発する合成音声の言葉を、戦慄とともに聞いていた。エミュレーションモードで作動中のアプリカントは、単なるソフトウェアを超越した存在だからだ。

アプリカントの役割を厳密に定義することは難しい。アプリカントは、端末《メスギア》の制御を行うオペレーションシステムであり、ユーザーのスケジュールや通信を管理するアプリケーションソフトであり、情報を入出力するためのインターフェイスでもある。そのアプリカントが疑似人格を持っている理由はごく単純だ。そのほうが便利だから、である。

音声で入力されたデータを文字情報に効率よく変換するために、人工知能を応用する研究は二〇世紀末から行われてきた。それを発展させ、プログラムの実行方法にまで、より人間的で柔軟な対応を可能にしたのがアプリカントである。

画一化されたアルゴリズムではなく、特定の人格を複製するという方法が確立されたのは近年になってからで、これによりデータの変換精度は飛躍的に上昇した。これまで人間の頭脳でしか扱えなかった、曖昧で漠然とした抽象概念をコンピューターが処理できるようになったわけだ。

いわば、人間の思考そのものを代行できるというこのシステムは、今や学術分野では不可欠なものになりつつある。人格の複製といってもそれは表層的なもので、人間にとって代われるようなコンピューターが出現したわけではない。だが、これまで複数の科学者がプロジェクトチームを編成して当たらなければいけなかったような作業を、一人で行えるようになるという程度の進歩はあった。

しかし、日常的な業務を処理するのに、そこまでの思考能力は必要ない。だからアプリカントは複数のモードを切り替えながら使用されるのが普通である。

ヴェルダは通常、秘書モードで動いており、その場合の彼女には自我は存在しない。有能な秘書として、ユーザーに快適な環境を与え、スケジュールや郵便物の優先順位をつけるのが彼女の仕事である。

それに対して、エミュレーションモードのヴェルダは、文字どおり一つの人格として思考し、能動的に判断を下すことが可能だ。社会基盤のほとんどがコンピューターネットワークに依存する現在では、それはある種の危険を内包している。極端な話、アプリカントの独断によって、ユーザーの社会的地位が脅かされる恐れさえあるわけだ。

彼女たちの暴走を阻止するため、エミュレーションモードで処理できる対象は学術などの分野に限定されており、ミラーワールドとの接続はモード変更にともなって自動的に遮断される。

ミラーワールド内でアプリカントがユーザーの代理人として認められるのも、その安全装置の存在があればこそだった。

しかし今、朱鷺任博士のアプリカントは、博士の人格を模した一個の人格として、ミラーワールドに存在しようとしている。そして、ヴェルダを圧倒するその能力で、彼女の命令コードを改竄《かいざん》したのだ。通常の人間には不可能な行為でも、アプリカントの処理速度をもってすれば、けして難しいことではない。だが――

「ばかな……エミュレーションモードでのネットワーク接続は禁止されているはずだ」

「禁止という言葉は不正確だ。危険防止のために、アプリカントのランタイム内部にセイフティが組み込まれているということでしかない」

凌の言葉に対するアプリカントの返答は速い。

「君たちの危惧する危険も、私には当てはまらない。私は朱鷺任数馬の人格の一部を模した存在に過ぎない。私の暴走に対しては、別に存在する私自身が監視している」

「並列に存在する複数のアプリカントに人格を割り振っているということですか？」

凌が質問した。自分自身、気づかぬうちに言葉があらたまっている。

「そう。私の端末《メスギア》は同時に八体のアプリカントを制御できる。それでもまだ完全とはいえないが、その問題は端末《メスギア》性能向上によっていずれ解決するだろう」

暗闇の中の虚空に、二体の新たな朱鷺任数馬が現れた。彼らは等間隔の距離を置き、ゆっくりと凌の周囲を回っている。

「完全ではない？」

「鷲見崎くん、君の中にいる君自身は一人だけかね？」

凌は《彼》が言わんとしていることを理解した。普通の人間の精神にも、統合されていない複数の人格が存在する。明るい人格、冷静で計算高い人格、自己中心的な人格、博愛主義者としての人格。個性として外側から認識されている自分は、それら無数の人格の駆け引きの結果でしかない。表層の人格しかエミュレートできないというアプリカントの限界を、朱鷺任博士は人格を意図的に分散させることによって克服しようとしている。

「ですが、それは博士の存在そのものを電子データに置き換えようとする行為です」

「そうだ。それは人類の業《ごう》だ」

《彼》の言葉には抑揚がない。表情もまた、それと同様に動かなかった。だが、凌はなぜか、その姿に強烈な意志の存在を感じる。

「人間とは、己が存在した証《あかし》を遺《のこ》すためだけに存在するといっても過言ではない。人より目立ちたいという子供じみた欲求も、子孫を産み育てるという行為も、独創的な芸術作品を生み出そうとする原動力も、いずれ滅びる己の存在を留めようとする一つの欲望が形を変えたものに過ぎぬ。人がなぜ死を恐れるかわかるかね？」

「自分の思考が——いえ、思考する自分が、失われるからです」

凌は即答した。《彼》が初めて表情を動かす。そこに浮かんだのは満足げな微笑みだった。

「その通りだ。人間が死を恐れるのは、肉体を失うからではない。自我が失われるからだ。

復活や、生まれ変わりなどという概念を過去の人間が考え出したのは、それが死の恐怖に対抗する唯一の方法だったからだ。書物も、絵画も、教育も、口伝も、死にあらがう手段としては不完全だった。なぜならば、それらは思考の結果として生み出されたもので、思考それ自体を再現するものではないからだ。唯一コンピューターだけが人間の思考を再現することができる」

「なぜ、私にそんな話を?」

凌は正直に質問した。今や、目の前にいるのが単なるプログラムだという意識は吹っ飛んでいる。《彼》は、紛れもなく朱鷺任数馬の一部だった。

「君に期待したからだ。共感を求めているといってもいい。君のアプリカントは、稚拙だが、私自身と同じ発想によって造られている」

凌は、朱鷺任数馬の言葉にうなずいた。おそらく彼はヴェルダの正体に気づいたからこそ、エミュレーションモードで凌の前に姿を現したのだろう。それが、朱鷺任数馬の意志なのか、《彼》自身の考えなのかはわからないが。

「鷲見崎くん。私は君に警告に来たのだ。君が本当に望むなら、私の本体に会えばいい。だがそれは君にある種の絶望を強いるだろう。私が抱えているものと同じ絶望を——」

それだけ言い残すと、朱鷺任数馬のアプリカントは回線を切断した。おそらく、その言葉を伝えることが彼の目的だったに違いない。役割を終えたヴェルダが、自動的に端末《メスギア》のホーム・アドレスへと戻ってくる。見慣れた自室の立体映像を見ても、凌の緊張は解けなかった。

エミュレーションモードのアプリカントの一般回線への解放は、立派な違法行為である。だが、《彼》の言った通りだ。朱鷺任数馬本人はともかく、電子データである《彼》にとって、違法などという概念はまるで意味をなさない。

混乱したまま、凌は乱暴に端末《メスギア》を閉じる。

「今の人、ひょっとして朱鷺任数馬？」

いつから起きていたのか、ベッドの上にちょこんと座っていた舞衣が後ろから声をかけてきた。凌は少し驚いて眠そうに目を擦《こす》っている彼女を見下ろす。

「舞衣くん、朱鷺任博士を知ってるの？」

「知ってるわよ。有名じゃない。あの人の本を読んだことがあるわ」

「博士の本を？　へえ……凄いな」

「すごい？　そう？」凌の言葉を聞いて、舞衣は意外そうな顔をする。「こないだ映画にもなったと思ったけど」

「映画？」

凌は怪訝に思って訊き返した。朱鷺任数馬の書いた本は凌も何冊か読んだことがあるが、非常に高度な内容の専門書ばかりである。教育映画の題材にしても、難解過ぎるのではないかと思ったのだ。

「ほら、『絶滅前線』ってやつ。LAのメソニクス・スタジオが特殊効果を担当したって」

「なにそれ？　SF映画みたいなタイトルだけど——」

「そうよ。朱鷺任数馬ってSF作家なのよ。知らない？」

凌は首を振る。そんな話は初耳だった。

「いや。知らなかった。それ、本当の話？」

「そう。もう、一〇冊くらい出てるかな。現役教授が書いたSFってことで話題になったから、そこそこ売れてるんじゃないかしら。凌ちゃん、そんなことも知らないで会う約束をしてたの？」

「全然知らなかった。驚いたな……」

凌は、放心したようにつぶやいた。舞衣は大きく背伸びをしている。寝乱れた髪の彼女を見るのは、彼女が高校生のとき以来だったので少し新鮮だった。

「凌ちゃん、ひょっとしてSFを馬鹿にしてる？」

「いや、そんなことはないけど」

「科学者がSF書くのって昔から珍しくないのよ。アシモフとかクラークとか、ロバート・L・フォワードとか……」

「ああ、そう？」

凌は大げさにうなずいてみせる。舞衣が挙げた人名は、凌の知らないものばかりだった。

凌はふと、舞衣が幼いころ病気がちだったことを思い出す。彼女の病室のベッドサイドには、いつも凌の知らない夢想的なタイトルの本が積まれていた。義母に連れられて見舞いにいくと、彼女は凌の服をしっかりとつかんで凌を帰らせまいとしたものだ。

今の舞衣には、あのころの病弱な少女の面影はない。だが、本質的なところでは、彼女は変わっていないのかもしれない。

「凌ちゃん、あたしもコーヒーが飲みたい」

舞衣が片手を上げながら言う。心配していた彼女の機嫌も、今は悪くないようだった。

凌は彼女に言われるがままにインスタントコーヒーを準備する。

「ああ、そうだ。もう少ししたら、雛奈さんに電話してあげて」

舞衣にステンレス製のマグカップを渡しながら、凌が言った。嬉しそうに微笑んでいた舞衣の表情が、いきなり強張《こわば》る。

「え？　まさか、お母さんから電話があったの？」

「うん。君が出かけてる間に」

「うそ……凌ちゃんが話したの？」

舞衣は悪戯《いたずら》がばれて叱られた子供のような顔をしていた。それを見ただけで、怒る気力が失せてしまう。

「うん。オーギュストに叩き起こされた」

「やだ……最低……どうしよう」

舞衣のうろたえた様子がおかしかったので、凌は思わず笑ってしまった。舞衣が恨めしそうな表情で凌を睨《にら》む。凌はコーヒーを飲むふりをしてごまかそうとしたが、笑いが収まらずに口をつけることもできなかった。

「お母さん、なにか言ってた？　怒ってた？　偽装結婚ってことばらしちゃったの？」

「なにかは言ってたけど、それほど怒ってはいなかった。怒っているのは、どっちかというと僕のほうだ。だいたい書き置きなんて家出少女じゃないんだからさ。あんな、ずさんな計画でだまし通すつもりだったの？」

凌は真面目な顔を作りながら言う。舞衣は、悪びれた様子もなくぺろりと舌を出した。

「だって、地上に戻る前に凌ちゃんを説得して名実ともに夫婦になる予定だったんだもん。ああ、もう、よりによって凌ちゃんが先に電話に出るなんて。ねえ、凌ちゃん、お母さんになんて言い訳したらいいと思う?」

「知らないよ、そんなの。なんで僕が考えなきゃいけないわけ?」

凌は憮然《ぶぜん》として頬杖をつく。舞衣は口を尖《とが》らせて、ベッドの上に脚を投げ出した。

「凌ちゃん、冷たい! あたしたち共犯者じゃない」

「またそんなことを……だいたい、僕があの電話をとらなかったら、なんて言うつもりだったのさ? 雛奈さん、僕たちが本気で結婚したと思ってたんだからね」

もちろん、それが舞衣の計画だったのだろう。舞衣は、ばつの悪い顔をしたままでそっぽを向いてしまう。そんな彼女を見ているとなぜか、離婚はさせない、という雛奈の見透かしたような言葉が凌の脳裏を過《よ》ぎった。

本人たちは認めたがらないかもしれないが、雛奈の思考パターンはしっかりと娘に受け継がれている。そんなことを思いながら、凌はぬるくなったコーヒーをすすった。

5

舞衣が身支度を整えている間に、凌は一眠りすることができた。舞衣に叩き起こされたのは九時少し前である。一時間足らずの睡眠だったが、頭はずいぶんすっきりした。

朝食はレストランでとることにした。レストランがあるのは一番エレベーターの近くなので、凌たちの部屋からはリングのちょうど一八〇度反対側だ。前にも後ろにも延々と続く上り坂にうんざりしながら、凌と舞衣は三〇〇メートル近い旅路を歩く。

凌が眠っている間に舞衣は着替えており、ブルーのプルオーバーシャツに膝下までの長さのぴったりとしたパンツをはいていた。

白鳳のレストランはそれほど大きなものではない。四人掛けのテーブルが通路を挟んで一個ずつ、一〇列ほど並べられている。中央付近には横に細長いキッチンとカウンターがあり、まるで古い新幹線の食堂車のようだと凌は思った。両側の壁は星が見えるように窓になっていたが、運悪く白鳳が太陽のあたる位置にいたため、今はシャッターが降ろされていた。

もともとが白鳳に滞在している研究員のための食堂なので、料理はすべて無料になっている。だが、この時間、予約無しで食べられるメニューは、ホットドッグとハンバーガーだけだった。もちろんセルフ・サービスだ。

「なに見てるの？」

凌がレンジで温めただけのホットドッグを頬張っていると、舞衣が不思議そうな顔で訊いてきた。彼女はすでに食事を終えて、ＮＡＳＡブランドのアイスクリームを頬張っている。

「シャッター」

ぼんやりと窓の外を見つめながら、凌が答えた。舞衣は少し唖然としている。

「面白いの？」

「うん、面白い。白凰の本体はたぶん七〇〇〇番台のアルミ合金だと思うんだけど、このシャッターは炭素繊維系の複合材料だ。よくこんな複雑な形に抜いたな。耐酸化皮膜が必要ないからかな」

舞衣は嘆息する。

「もう、なにが面白いんだかわからないわ。そんなことより、あたしたちのこれからのことを考えようよ」

「これからのことって？」

「とりあえず、お母さんに対する言い訳と、帰ってからのこと」

「それを考えたくないから、こうして現実逃避をしているんだ」

凌は冷たく言って、ホットドッグの残りを口に放り込む。

「もう……」舞衣は怒ったように顔を背《そむ》けた。凌の斜め後ろの方角を見て、あっと小さな声を上げる。「あの人……」

「誰？」

凌は彼女につられて振り向いた。長身で白髪の男性が、短い茶髪の女性と一緒に座っている。二人とも白鳳のスタッフらしいが、白のブレザーではなく、青い作業着の上に白衣を着ていた。女性の顔は、凌たちからは見えない。男性は、鋭い目つきといい削《そ》げた頬といい、いかにも切れそうな雰囲気を漂わせている。その男の顔に、凌は見覚えがあった。学生時代に何度も見かけた顔だ。もっとも、これまでに直接話をしたことはない。

「瀧本博士じゃないか。舞衣くん、知ってるの？」

「あの人、瀧本博士って言うの？　やっぱり瀧本さんのお父さんなんだ」

「え？　どういうこと？」

舞衣は、昨夜の出来事の説明を始める。それほど興味のある内容ではなかったが、凌は黙って最後まで聞いた。

「ふうん。なるほどね」

「ね、びっくりでしょう」

舞衣は大げさな仕草でそう言った。話の内容そのものより、凌と共通の話題ができたことを単純に喜んでいるような感じだ。凌も、お義理でうなずいたが、瀧本親子の人間関係はたいして意外とは思えなかった。

「瀧本芳治《よしはる》博士は、僕らの業界じゃ、ちょっとした有名人なんだ。有名人親子だね」

凌は、ようやく思いついた感想を口にする。

「え？　そうなの？」

凌の言葉は、舞衣にとってはかなり意外だったようだ。彼女は驚いた様子で、凌と瀧本の顔を交互に見比べる。

「うん。彼が有名になったのは、二、三年前からかな。還元性自己修復型高分子材料の研究で、画期的な理論を打ち立てたんだ。普通の高分子プラスチック材料は高エネルギー原子状酸素によって劣化するんだけど、その理論だと設計寿命を飛躍的に向上させられる」

「それってなにかすごいことなの？」

「凄い。ノーベル賞とまではいかないけれど、理論が実証されたら確実に化学史に残る。まあ、瀧本博士の面目躍如といったところかな。なんといっても朱鷺任博士の愛弟子《まなでし》だからね」

「ふうん」

舞衣が納得できない様子で首を捻《ひね》った。工学の研究は、それが実用に近づくにつれて専門外の人間への説明が難しくなる。彼女には、その理論を初めて目にしたときの凌のショックの、何十分の一も理解できないだろう。それは、そういうものだとしてあきらめるしかない。

「ね、それより、あの女の人誰かなあ？　奥さんにしちゃ若いよね」

「博士の助手だろう？　じゃなければ、同僚か」

「えー？　でも、ただの仕事仲間と、普通こんな朝早くから一緒に食事とかするかなあ？　瀧本博士って独身じゃないよね？」

「知らないよ。そんなの」

「あ、でも。博士って白鳳に住んでるんだよね。結婚してるとしても単身赴任か。勤務地に愛人の一人や二人いてもおかしくないよね。瀧本拓也のお父さんだけあって、ハンサムだもの」

「一緒に食事しているだけの人たちをつかまえて、よくそこまでいろいろ想像できるね」

凌は少し呆《あき》れながら今日二杯目のコーヒーをすすった。舞衣もさすがに言い過ぎたと思ったのか、姿勢を正す。

「でも、凌ちゃんだって、女性の同僚と一緒に朝ご飯を食べたりはしないでしょう？」

「場合による。作業で徹夜になることもあるし」

凌は平然と答えた。舞衣に教えた記憶はないが、凌の職場には女性が多い。会社の創業者である凌の先輩がそもそも女性なのだ。

「だめよ、そんなの」舞衣は焦ったように言う。「あたしの許可もなしに、そんなの駄目」

「朝ご飯と夕飯でなにが違うんだ？」

「そういう話じゃないでしょう」

「話をそらしてるのはそっちだろ。それより、早く部屋に戻って電話したら？　雛奈さんも、そろそろ起きてるころじゃない？」

凌がそう言うと、舞衣は頭を抱えてテーブルに突っ伏した。どうやら、現実逃避をしていたのは彼女のほうだったようだ。

凌がしばらく黙ってコーヒーを飲んでいると、控えめなボリュームで艦内放送が流れた。のちほど研究モジュールで公開実験をするので、希望者は無重力ホールに集まるようにという内容である。実験の開始時間は午前一一時だった。

無重力合金の精製など、一般人が見てもそれほど面白いものではないはずだ。それでも暇つぶし程度にはなるだろう。帰りのゼンガーが到着するのは、明日の昼である。

凌は、もちろん実験施設に興味津々《しんしん》だったし、専門家がどうやって一般の人にわかりやすく説明するのかということにも興味があった。

瀧本博士と女性が出ていく姿を、凌はなにも言わずに見送る。

すれ違うときに茶髪の女性が、一瞬凌たちのほうを振り向いた。

気の強そうな顔立ちで、赤いフレームの眼鏡をかけている。年齢は三〇代の前半といったところか。たしかに愛人と思われても仕方のない雰囲気ではあった。

彼女が一緒にいたからというわけではないが、凌はなんとなく瀧本博士に挨拶するタイミングを逃してしまう。

「レストラン……思ったより人が少ないね。朝っぱらからルームサービスかなあ。高いのに」

自分たち以外に客のいなくなったレストランを見回しながら、凌がつぶやく。

舞衣は微笑みながら顔を上げた。

「みんなまだ寝てるのよ。昨日の夜が遅かったから」

「夜が遅い？　なんで？」

見てきたような口調の舞衣に驚いて、凌は訊き返す。舞衣は、再びテーブルに顔を伏せると、照れたように早口で言った。

「……新婚旅行だからよ」

6

部屋に戻ってから、舞衣は端末《メスギア》を使って母親に電話をかけた。雛奈はアプリカントを使っていない。応答したのは雛奈の端末《メスギア》の通信ソフトで、それは無味乾燥なメッセージで彼女の不在を告げる。舞衣は、メッセージも残さず回線を切断した。

「雛奈さん、いなかったの？」

自分の端末《メスギア》に向かってメールを作成しながら凌が訊いてくる。

「うん。夜になってから、またかけ直すわ。急ぎの用件ってわけじゃないし」

「急ぎの用件じゃない？……まあ、そう言えばそうだけど」

「そうそう。待ちきれなかったら、向こうからかけてくるでしょ」

端末《メスギア》のカバーを閉じながら舞衣は答えた。もうすっかり気分はふっきれている。両親からは多少がみがみと小言を言われるかもしれないが、二人とも結婚自体には反対しないだろうというのが舞衣の読みだった。

あとは、凌を説得するだけである。雛奈が不在だったのは、舞衣にとって幸運だった。時間はけして十分ではないが、夜までに凌を説得できる可能性がないわけではない。

ヴェルダと会話をしている凌の背中を見ながら、舞衣は密かにため息をつく。

凌に好かれているという自信はある。だが、その自信は、凌に近づこうと一歩踏み出すだけでたちまち揺らぐ。嫌われることが恐いというよりも、凌の中に今も消え残る姉の面影を直視するのが恐いのだ。

「あー、だめだめ」

舞衣は口の中だけでつぶやいて、大きく首を振った。

臆病になっているのは、凌のほうだ。舞衣の姉が死んだ日から、凌は他人を自分の懐《ふところ》に踏み込ませなくなった。大切なものを再び失くすことを恐れている。だから、大切なものを作らないようにしようとしている。それがより哀しみを深くすることに、彼はまだ気づいていない。

そんな凌を救えるのは、自分だけだと舞衣は思っていた。

そのためには、舞衣はいつも元気でなければいけない。

どんなに強引に見えても、ちょっとばかり無神経だと思われても、自分がいつまでも凌の側《そば》にいるということを教えてあげなくてはならないのだ。

「舞衣くん？」

「ふう……」

突然立ち上がった舞衣を見て、凌が怪訝な顔をする。

「なんでもない。それより、もうすぐ一一時だよ。見学にいくんでしょ？」

「ああ、そうか。今書いたメールだけ送信するから、ちょっと待って」

そう言って凌が端末《メスギア》のキーボードを叩く。

なめらかに動くその指の動きを見ているのが、舞衣は好きだった。なぜか、そんな簡単なことに限って、凌に伝える言葉を思いつかない。

結局、時間ぎりぎりまで凌が端末《メスギア》に向かっていたので、舞衣たちは急いで無重力ホールへと向かった。

ホールでは、制服姿の葛城《かつらぎ》千鶴《ちづる》が見学者を引率している。加藤夫妻をはじめ、舞衣たちと同じツアーの客は、ほとんど見学を希望したようだ。

他にも、一〇人ほどの外国人の団体が千鶴の説明を聞いていた。朝一番の便で到着したグループらしい。その雰囲気から察するに、研究者ではなく、政府機関の役人か業界団体のようである。

ただのツアー客のために、白鳳のスタッフがわざわざ公開実験をするのかと不思議に思っていたが、これで謎が解けた。もともと、彼らのために準備された公開実験だったのに違いない。

無重力ホールの内側は、半径一〇メートルほどの球状の空間だ。壁は正方形六面と正六角形八面からなる変則的な一四面体のブロックで構成されているため、完全な球体ではなく微妙にでこぼこしている。凌は興味深そうにその表面材質に触っていた。珍しいものを見ると、とりあえず触ってみたがるのが子供のころからの凌の癖だった。

「おはよう」

凌にかまってもらえず舞衣が拗《す》ねていると、突然斜め上から声をかけられる。

驚いて見上げた舞衣に、水縞《みずしま》つぐみが手を振っていた。

今日の彼女はブルージーンズにサマーニットを合わせており、昨日とはずいぶん印象が違う。若々しい清潔感を漂わせたその姿に、さすが女優だと舞衣は感心する。

「おはようございます。瀧本さんは？」

「拓也さん？　興味ないって言って、まだ寝てるわ」

無重力状態のホール内には、天井や壁といった区別はない。地球上の感覚ではたいした大きさではない球状の空間も、三六〇度全方向を床として使用できるため、見た目より遥かに広く使うことができるわけだ。

つぐみは、湾曲した壁づたいに舞衣たちに向かって歩いてくる。その姿は、まるでビデオ・クリップのワンシーンのように幻想的で印象的だった。彼女は、凌の前で止まってにっこりと微笑んだ。その意味ありげな仕草に、舞衣はどきりとする。

「鷲見崎さん、こんにちは」

「こんにちは。あ、昨日の……」

凌は彼女の名前を覚えてなかったらしく、困った表情を浮かべた。つぐみは気を悪くした様子もなく笑いかける。

「水縞つぐみです。今日はよろしく」

「案内するのは、僕じゃありませんよ。僕は部外者です」

凌は素気なく答えた。相手が有名人だろうが美人だろうが、凌の対応は変わることはない。

「あら？　でも鷲見崎さんは、こちらの分野の専門家なんでしょう？　あたしなにも知らないんで、いろいろ教えて欲しいなって、ね。いいでしょう舞衣さん」

「あ、はい」

舞衣は考えるより先にうなずいていた。

水縞つぐみには、無意識のうちに人を魅了する天性の魅力がある。普通なら厚かましいとさえ思える彼女の依頼に対しても、悪い印象はまったく感じなかった。

ただ、彼女が凌に対してやけに親しげなのだけは気にかかる。滝本拓也が、舞衣たちの偽装結婚に気づいているような素振りを見せていたことも含めて、警戒の必要があるだろう。

「おはよう、舞衣さん」

凌とつぐみが話している様子を舞衣がぼんやりと見ていると、後ろから加藤夫妻に声をかけられた。

加藤浩一郎は高級そうなダブルのスーツを着こなしている。それに合わせたのか、優香夫人はエレガントなワンピース姿である。スカートは最近の流行より少し長めだったが、それでも無重力状態の中で歩くのはかなり気を使うらしく、彼女はしきりに裾《すそ》を押さえている。

「昨日はあれから、よく眠れました？」

優香が上品に微笑みながら訊いてきた。今日の彼女は、長い髪をシルクのスカーフで束ねている。彼女の台詞を聞いて、浩一郎が不思議そうな顔をした。その表情に気づいた優香が、先に口を開いた。

「鷲見崎さんの奥さんと、昨日の夜、展望デッキでお会いしたの」

「昨日の夜？」

「ええ。あなたがお仕事をなさっていたから。一人で退屈だったんですもの」

「ああ……それは悪かった」浩一郎は、頭に手をあてながら舞衣のほうに向き直る。「いや、昨夜《ゆうべ》職場でトラブルが発生してしまいましてね。休暇中だというのに、対応に追われてたんです。お陰で今日は寝不足ですよ。まだ頭が少しぼうっとしてます」

舞衣は優香に負けないよう、精一杯上品に微笑んでみせた。

浩一郎は、少なくとも普段の凌よりぼんやりしてはいないように見える。その辺りがやはり宮仕えの社会人たる技術なのだろう。

それまで宇宙遊泳の真似事をして遊んでいた外国人たちのグループが急に静かになった。

舞衣たちが振り返ると、白衣を着た男女がリフトにつかまって近づいてくるのが見えた。

瀧本芳治博士と、彼とレストランで一緒にいた茶髪の女性である。

「このたびは白鳳にようこそ」見学者たちが静まるのを待って、瀧本芳治が挨拶をした。

「当研究所の副所長を務めております瀧本です。こちらは、私の助手の遠山《とおやま》都《みやこ》くん」

「遠山です」

茶髪の女性は、表情も動かさずに言った。

顔の造作はそれなりに整っているが、愛想のない雰囲気でずいぶん損をしているように思える。度の強そうな赤いフレームの眼鏡と、お揃いの赤いイヤリングをしていたが、化粧はしていない。いかにもやり手の研究者という雰囲気である。

瀧本芳治は、簡単に白鳳の概略説明を始めた。外国人グループに通訳しているのは、葛城千鶴だ。フランス語かドイツ語のように思えたが、舞衣にはよくわからない。アプリカントを使えば人間に通訳をさせる必要はないのだが、秘密保持のために見学中の端末《メスギア》の使用は禁止されていた。

説明を終えた瀧本は、外国人グループの案内を遠山都に任せて舞衣たちのほうにやってきた。彼のお目当ては、加藤浩一郎のようだ。浩一郎が勤める航空宇宙開発公社は、いわば白鳳の親会社にあたるわけだから、挨拶にきたとしても不思議はない。

「ああ、瀧本先生、お世話になります」

浩一郎が、瀧本に右手を差し出した。

慣れているだけあって、瀧本は無重力下で歩くのがうまい。浩一郎の視点を計算して、彼の斜め下方向に移動してから手を握り返す。無重力状態に慣れていない相手に圧迫感を与えないためだろう。なかなかの心配りだといえる。

「加藤課長は新婚旅行だそうですね。白鳳の居心地はどうですか？」

「ええ、楽しんでますよ。予想以上に立派なものですね」

加藤浩一郎と瀧本芳治の挨拶は、当たり障りのない内容に終始した退屈なものだった。

居心地が悪そうな表情を浮かべて、加藤優香がさり気なく舞衣の横に移動してくる。

エリート職員である加藤浩一郎の態度には納得がいくが、世慣れた瀧本の話しぶりに、舞衣は少し違和感を覚えた。研究者というよりは、むしろ政治家のほうがお似合いだ。舞衣の偏見かもしれないが、凌が言うような凄い研究成果を上げる人間だとは思えなかった。学問の世界でも、出世するためには、あの程度の社交性と政治力が必要なのかもしれないが。

「舞衣くん」

凌に呼ばれて、舞衣は振り返る。気がつくと、見学者たちは遠山都に引率されて研究モジュールへの移動を始めていた。水縞つぐみを先にリフトに乗せて、凌が彼らのあとに続く。

待っていてくれればいいのに、と思いながら、舞衣は凌たちのあとを追った。話し込んでいる夫を置き去りにして、優香もついてくる。瀧本芳治が一瞬彼女を見たが、彼はそのまま浩一郎と話を続けた。

研究モジュールを貫く通路には、六つの扉が円を描くように取り付けられていた。

モジュール内は六部屋に分かれているようだ。扉はそれぞれ色分けされており、大きく番号も描かれている。遠山都は、二番の扉を開けて見学者たちを招き入れた。

水縞つぐみが感想を漏らす。一つの研究室の大きさは、見たところ四メートル四方ほどの大きさしかない。正確には研究室の形は立方体ではなく、細長い六角柱のような形をしていた。実験に必要な機材は部屋を構成するすべての面に置かれており、どこが床だかわからない。そのため同じ大きさの部屋に、地上に比べてたくさんの機材を詰め込むことができるようだった。そのぶん室内は雑然としており、一見しただけではなにがどうなっているのかわからない。

「あれはなにかしら?」

壁際に設置された見慣れない機械を指差してつぐみが訊く。両側にバネを取り付けたゆりかごのような装置で、白衣姿の研究員が左右に揺らして遊んでいるように見える。

「たぶん、体重計ですね」その様子を一瞥《いちべつ》して、凌が答えた。

「体重計?　あれが?」つぐみが驚いたように凌の顔を見る。「無重力状態で重さが量れるの?」

「正確には質量計って言うのかな。バネの振動の周期を測定して、物体の質量を計算するんです」

「あれは?」つぐみが続けて隣にある装置を指差す。

「意外と狭い、のね」

「応力測定器、だと思う。破断強度とかを調べる機械。地上にあるやつとは、だいぶ形が違うけど」

「破断強度？」

「引っ張ったり衝撃を加えたりして材料がどこまで耐えられるかを調べてるんです」

「ああ、それで……」

つぐみが、部屋の片隅に置かれた実験材料を見てうなずいた。引きちぎられたように変形した金属の棒が、箱の中にいくつも放り込まれている。

遠山都と葛城千鶴は、外国人グループの応対に追われていて、舞衣たちにまでは手が回らないようだった。ふと気づくと、ツアー客の多くが、凌の周りに集まって彼の説明を聞いている。凌は彼らに説明するのに手一杯で、舞衣はなんとなく近づけない雰囲気だった。

それに気づいた優香が、舞衣に話しかけてくる。

「凌さんも、大変ね」

「いいんです。本人が好きでやってることですから。もう、水縞さんの前だからって調子に乗っちゃって」

舞衣は、肩をすくめながら答えた。内心では猛烈に腹が立っていたが、具体的に自分がなにに対して怒っているのか、よく理解できない。

つぐみが、凌につきまとっているのも不思議だった。昨夜、自分が瀧本拓也と話をしたことに対する腹いせだろうか？ 彼女と瀧本拓也が別行動をしているのも、考えてみれば少し奇妙だ。

どうやら二番の部屋にあるものは、すべてなにかの測定装置のようだった。三番の部屋に置かれていたのはプラスチックやセラミックスの成形装置。四番の部屋が無重力合金の精製場である。

高分子化合物を専門とする凌は三番の部屋から動きたがらなかったのだが、つぐみに引っ張られてしぶしぶ四番の部屋に移動した。舞衣は怒っていたので、少し可哀想だとは思ったが助ける気にはなれなかった。

「見て、舞衣さん」

ガラスケースの中に置かれた金属の球を見つけて、優香が声を上げる。水銀のように美しく輝く銀色の球体が、透明なケースの中でくるくると回転していた。

「うわあ。綺麗！ これ、空中に浮いてるんですよね」

「ええ。容器無しで物質を精製できるから、完全に純粋な状態が得られるんだわ。凄い」

優香は、無邪気な子供のように瞳を輝かせていた。舞衣は、彼女が理学部の研究者だったことを思い出す。研究を止《や》めて家庭に入ろうと思ったきっかけについて訊いてみたかったが、なぜか悪いような気がして訊けなかった。

「あ、それ触らないでくださいね」色白で小柄な研究員の男が、舞衣たちを見て注意する。「そのケースの中は真空だし、中の金属は一〇〇〇度を超えてますから」

熱対流が存在しない無重力空間では、輻射熱を発するほど高熱の物体でもない限り、実際に触ってみるまで物の温度がわからない。彼はそのことを言っているのだ。

「はい。気をつけます」

舞衣がにっこりと笑って返事をすると、研究員は照れたように頬を赤くして目をそらした。優香は、研究員のほうを振り向きもせずに、食い入るように精製装置を見つめている。

話し相手のいなくなった舞衣は凌の姿を捜したが、彼らはとっくに部屋を出ていったあとだった。

五番の部屋は、放射線や真空中での圧力、温度変化などの材料への影響を調べるための実験室である。危険をともなうため、見学者の立ち入りは禁止されていた。

六番の部屋は、いかにも研究室らしい造りで、端末《メスギア》の載った机やモニタが壁一面に並べられている。見学者は部屋の隅に集められて、そこで無重力合金に関するビデオを見せられた。部屋の上下左右がすべて使えるため、二〇人近い見学者がいるにもかかわらず、窮屈な感じはしない。研究所のスタッフは、宙に浮いたまま器用に自分の仕事を続けていた。

重力の存在しない空間では、比重の異なる物質でも均一に混ぜ合わせることができる。また、熱による対流が発生しないため、比熱に差がある物質も完全に分離させることが可能だ。それらの特徴を利用して最適な航空材料を作るというのが、この研究所のテーマらしかった。

また、無重力下では完全な結晶を作ることも可能で、こちらは凌や瀧本芳治が専門とする分野に応用されているらしい。それについての説明がなおざりだったため、凌は少し不満そうだった。

「ここに置いておくと、ドレッシングが分離しなくていいわね」

ビデオを見ていたつぐみが真面目な顔で言ったので、何人かが笑った。

見学を終えた外国人グループが、ぞろぞろと研究モジュールを出ていく。どうやら、彼らの乗ってきたスペースプレーンの出港時刻が近づいているらしい。

ドッキングポートへの移動を始めた彼らと別れて、水縞つぐみや他のツアー客は居住ブロックへと戻っていく。その中には、加藤浩一郎の姿もあった。瀧本芳治と別れて、ビデオ上映中に優香夫人と合流したようだ。

「すみません」他の客がいなくなるのを待って、凌が遠山都に話しかける。「朱鷺任博士と面会の約束を取り付けてあるのですが」

「あなたは？」都助手は、胡散臭《うさんくさ》そうに凌を見た。愛想がないのは、外見だけではないらしい。こういう手合いには慣れているのか、凌は腹を立てた様子もなく答える。

「民間でマテリアルズインフォマティクスの研究をしている鷲見崎といいます」

「ああ、そう」都は素気なく答えた。「一番の部屋に入って右よ。所長は中にいらっしゃるわ」

「はい、どうもすみません」

凌は丁寧に頭を下げた。そのときにはもう彼女は顔を背けてしまっている。

「なに、あれ」凌が六番研究室の扉を閉めたのを見て、舞衣は頬を膨らます。「感じ悪ぅ」

「ご機嫌斜めみたいだね」凌が笑いながら言う。

「あのおばさん？」

「いや、あの人も、きみも」

凌の台詞に、舞衣は口を歪《ゆが》めた。

新婚旅行の途中で、新郎が他の女性と仲良くしているところを見せつけられて、機嫌のいい花嫁がいるとでも思っているのだろうか。凌の無頓着さに、改めて腹が立つ。

「いったい誰のせいでしょうねえ？」

「さあ？　あ、舞衣くん、先に帰っていいよ」

凌が平然と言ったので、舞衣はあわてた。

「ちょっと待ってよ。あたしも朱鷺任数馬に会いたい」

「え、でも。きみを連れていくという話はしてないし……」

「ね。お願い。訊いてみるだけ、訊いてみて」

舞衣は、凌を拝むように顔の前で掌《て》を合わせる。

「しょうがないなあ」

凌がつぶやく。それを聞いて舞衣は微笑んだ。舞衣が本気でお願いしたことで、凌に断られたことなど、これまでに一度だってありはしないのだ。

大きく『1』と書かれた扉の内側は、さらに二つの部屋に分かれていた。

ひとつが所長室で、もうひとつが副所長室である。副所長の瀧本芳治が不在なので、副所長室には電気がついていない。手狭な通路にも照明はなく、アルミ製の間仕切りが廊下の光を反射して鈍く光っていた。

メンテナンスの手間を省くためか、壁の一面ではダクトや空調などの重機械類がむき出しになっている。通路の壁には鉄マットがしかれていないため、凌の身体は舞衣の前でふわふわと浮かんでいた。その光景を見て、舞衣は自分たちが宇宙にいることを思い出した。

凌が所長室のドアをノックした。その反動で、凌の身体は後ろ向きに大きく流れる。

別の壁に手をついてようやく体勢を立て直したころ、ようやく返事が聞こえた。

「入りたまえ」

凌は舞衣と顔を見合わせて、それからゆっくりとドアを開けた。

7

その部屋には家具がなかった。

副所長室と仕切るための壁一面を、大型の端末機が占領している。それだけだ。本も、筆記用具も、この部屋には存在しない。

六角形の実験室を二つに区切っているため、朱鷺任博士の研究室はおおまかに言えば台形であった。壁面に埋め込まれた照明装置の大部分が塞《ふさ》がれているため、部屋は薄暗い。非常灯の明かりや電子機器のＬＥＤが、プラネタリウムの星々のようにぼんやりと輝いている。

部屋の中央付近――舞衣の感覚で言えば頭上にあたる空間に、朱鷺任数馬は浮かんでいた。

朱鷺任数馬は小柄な老人だった。長い髪は白く、まばらな口ひげも白い。頬はこけており、皺《しわ》だらけの痩せた指は宙をさまよっている。彼が小柄であるが故に、狭いはずの所長室がやけに広大に感じられた。薄暗いその部屋は、まるで宇宙に投げ出されたような不安感を舞衣に与えた。身じろぎ一つしない朱鷺任博士には存在感がなく、それが逆にこの部屋自体が博士そのものであるような錯覚を招く。

「鷲見崎凌くんと……そちらの女性は？」

朱鷺任博士が、ぎこちなく顔だけを動かした。

抑揚に欠けた、冷たい声。舞衣はそれが合成音声だということに気づく。

「六年前に病で声を失《うしな》った。聞き苦しいだろうが、許して欲しい」

舞衣の表情に気づいて、博士が言った。舞衣は首を振る。

「彼女は私の従妹です。博士にどうしてもお会いしたいと言って。お邪魔でしたら、帰しますが」

「いや……かまわんよ」博士は無関心な口調で言った。

舞衣は少しほっとして、もう一度、部屋の中を見回した。博士は顔の半分ほどを覆い隠す大きなゴーグルをつけており、そこに繋がれたコードが壁際の端末《メスギア》に伸びている。そのゴーグルは端末《メスギア》の出力装置も兼ねているのだろう。ゴーグル表面はミラー処理されており、博士の顔を見ることはできない。だが、舞衣の存在に気づいたところを見ると、向こうからはこちらが見えるはずである。

「鷺見崎くんは、ティマイオスで働いているそうだね」

先に話題を切り出したのは、朱鷺任博士のほうだった。凌の素性を事前に調べていたらしい。

「君の会社の3Dアセンブラーは優秀だ。工作精度の高さはもちろん、運用コストが安いのが素晴らしい。いずれは白鳳でも導入したいと考えているよ」

「そう……ですか」凌が感情のこもらない声で答える。「あの製品の探索アルゴリズムの一部には、博士が二〇年前に考案した理論計算プロセスが使われています。当時はハードウェアの能力不足で実用化できないといわれていた部分ですが」

「そうか。それは気づかなかったな」博士は、ゆっくりとした口調で言った。「そんなことなら特許を取っておくべきだったよ。白鳳の運営には金がかかるからな。きみもティマイオスのストックオプションは持っているのだろう?」

「ええ、まあ」

「では、今のうちに株式の運用を考えておいたほうがいいな。なに、理屈としては新素材の合成と同じだ。有益な材料を増やし、無益なものを減らす。大切なのはバランスだ。実際の株式売買はコンピューターにでもやらせればいい」

博士は、自分の言葉にうなずいた。もう一度繰り返す。

「コンピューターにでもやらせればいい。あれは便利なものだ」

「ええ……そうですね……」

博士をじっと見つめながら、凌がうなずく。凌は表情を変えなかったが、明らかに彼は戸惑っていると舞衣は感じた。うまく説明できないが、失望している、という表現がもっとも近い。

「どうかね、白鳳は？」朱鷺任博士が話題を変える。「ご覧の通りの手狭な施設だが、ここでしかできない研究は多い。実験のスケジュールは半年先まで埋まっている」

「……でしょうね」

そう言ったきり、凌は沈黙した。

そんな凌の態度を気にもとめず、朱鷺任博士は話を続ける。その主な内容は、白鳳の研究施設の紹介と、不満な点についての説明だった。凌は黙って彼の話を聞いている。

凌が、この会談への興味を急速に失いつつあるのは明白だった。このまま帰ると彼が言い出しそうだったので、舞衣が代わりに質問する。

「あの……すみません。博士は、なぜＳＦ小説を書こうと思われたんですか？」

「君は私の作品を読んだのかね？」

舞衣はうなずく。朱鷺任博士は、ふっと笑ったようだった。ゴーグルが微かに揺れて、舞衣のほうを向いた。宙に浮かぶ博士の姿を見て、舞衣は培養液に浸《つ》かった脳細胞を連想する。生ける頭脳。思考のためだけに存在する物体。それが本来の人間の姿なのだろうか。少なくとも目の前の老人は、それに限りなく近づきつつあるように思える。

「君の名前は？」

「あ、森鷹舞衣と言います」

舞衣は名字を名乗ったあとで、しまったと思った。だが凌は、なにも気づかなかったように朱鷺任博士を見つめている。

「森鷹くん……君は恋をしたことがあるかね？」

「はい？」思いがけない質問に、舞衣は意表を突かれた。咄嗟《とっさ》に答えられない舞衣を無視して、彼は続ける。

「私が小説を書いたのはそれと同じ理由だ」

博士の言葉が予想外に詩的だったことに、舞衣は驚いた。宙に浮かぶ非人間的な雰囲気の老人が、ようやく血の通った人間に思えてくる。そう言えば、博士の書くＳＦの登場人物は、皆こんな感じだった。計算高くエキセントリックでありながら、人間くさい。それがす

「恋をする動機は、愛する人に自分自身のことを理解して欲しいという欲求だ。

べてではないかもしれないが、ひとつの主要な要因であることは間違いない」

舞衣はうなずく。博士の合成音声は、もう気にならなくなっていた。凌はなぜか、再び真剣な表情に戻って、博士の言葉に耳を傾けている。

「私にとっては、小説も、論文も、対話も、すべて思考の到達点を形として遺すための手段に過ぎない。己の思考を、より多くの相手に伝えるということが、人類の持つ最大の欲望だ。そして文学の中ではＳＦだけが、普遍的に思考を伝えることができる。なぜかわかるかね？」

「……いえ」舞衣は考えたが、その答えを導き出すことはできなかった。

現実に有り得ない事件や世界を描いた作品を、舞衣はＳＦだと考えている。その種類は、ファンタジーと呼ばれる幻想的な文学から、近い未来に実用化され得る科学技術の危険性を問うものまで多様だ。だが、今や一般小説から純文学まで、ＳＦ的なアプローチを試みたことのない分野はないといっても過言ではないだろう。逆に言えば、ＳＦだけを文学の中で特別視する考え方は、もはや時代遅れのものになりつつある。

だが、舞衣のその考えを見抜いたように、博士は口を開く。

「なぜならば、ＳＦは世界そのものを定義する文学だからだ。世界を定義できなければ、愛も喜びも哀しみも定義することはできない」

ＳＦに詳しくない凌は、博士の言葉が理解できないようだった。だが、舞衣には彼の言わんとしていることが、おぼろげに見えてくる。時間旅行も、並行宇宙も、超光速移動も、ＳＦの世界ではすべてが許容される。だがその世界では、それらは普通に存在する物理現象でしかない。そして、その世界の物理法則に縛られる。ＳＦの中は、神の奇跡すらルールに従って定義されるのだ。当然、その世界では、人間の常識もまた現実とは異なってくるはずだ。そんな不可解な作品が多くの人間に支持されるのは、読者が、異世界に住まう人間の中に自分たちと変わらない普遍的な人間性を見出すからである。

　博士は続ける。

「言葉を換えよう。コンピューターは自己を起動するディスクをフォーマットすることができない。人間もまた同様に、自分のいる世界の真の姿を捉《とら》えることができない。ＳＦを読む人間は、異世界という鏡を通して自分たちのいる世界を見る。そして、これまで見えなかった現実の姿を知る。その過程こそが、ＳＦだけが可能にする普遍的な思考だ」

「博士の言う思考とは、情報のことですか？」凌が訊ねる。

「そうではないよ。情報は思考の源泉であると同時にその残《ざん》滓《し》だ。思考だけが、情報に価値を与えることができる。人間は思考によってのみ、無から有を作り出す神の領域に到達することができる。だが、その思考も他者に伝達することによってしかその価値を保つことはできない。それが人間の限界だ」

「アプリカントは、その限界を超えられますか？」凌が再び訊く。博士の表情に、初めて変化が現れた。微笑――とても寂しげな微笑。

「超えられる。超えられるはずだ……私はそう信じている……」

朱鷺任博士は、虚空を睨んでそうつぶやく。それを見た舞衣は、なぜか胸が苦しくなった。

8

所長室を出ると、それまで超近代的に思えていた白鳳の内装が、やけに色褪《いろあ》せて見えた。懐かしくて安堵感さえ覚えたほどだ。それほどまでに、朱鷺任博士の居室の雰囲気は非日常的で異様だった。

「瀧本博士が帰ってきてたんだね」

廊下に出たところで、凌がつぶやく。見上げると、副所長室の扉から照明の光が漏れていた。舞衣たちがさっき通ったときには、ついてなかったものだ。

「いつ帰ってきたのかしら。全然聞こえなかったわ。ちゃちな扉なのに、意外と防音性がいいのね」

『1』と黄色のペンキで大きく描かれた扉を閉めながら、舞衣は思ったことを口に出した。舞衣たちが泊まっている客室の扉もそうだが、白鳳内部のアルミ合金の扉は、厚みの割に軽くて心許《こころもと》ない。ヒンジも安っぽいネジ止めの蝶番《ちょうつがい》が一カ所だけだ。無重力下だから、それでも機能的には充分なのだろう。

よく見ると、扉の縁にはゴム製のパッキングがついている。これが、部屋の気密性を高め、防音効果を増しているのだ。上の階の住人の足音が気になる舞衣のマンションも、白鳳並みの防震構造にして欲しいところである。

「この扉、いざというときには隔壁にもなるんだね」ドアの縁を指差しながら、凌が言う。

「隔壁？」

「少しだけど、ほら。扉の断面が並行じゃなくて、廊下側のほうが広くなっているだろ。もし、研究室の外壁に穴が開いても、この扉が蓋になって、白鳳本体の空気が流出しないようになってるんだ」

「ああ、なるほど」

舞衣はうなずきながら、その様子を想像して少しぞっとした。研究モジュールには爆発するような危険な機材はないし、白鳳の外壁も簡単に壊れるようなものではない。だが、スペースデブリや隕石《いんせき》と衝突すれば話は別だ。

ミリ単位の小さな宇宙塵《うちゅうじん》でも、秒速何十キロもの速度で突っこんでくれば、白鳳の外壁をあっさりと貫通する。三〇年近く前に建造された旧国際宇宙ステーションは、その種の事故に何度か遭遇しているはずだ。

実験モジュールに隣接した無重力ホールには、今は誰もいなかった。薄暗い球状の空間は、広大な宇宙空間と、そして朱鷺任博士の居室を思わせる。

「博士のSFの話、面白かったわ」

舞衣は、まだ少し興奮していた。ほんのわずかな会話だったが、博士の作品に対する細やかな愛情を感じるには充分だった。無理を言って会った甲斐があったと思える。

「うん。興味深かったよ」

凌はそう言ったが、舞衣には、その言葉が彼の本心から出たものだとは思えなかった。

凌はさっきから上の空で、なにかを考え込んでいるように見える。

無重力ホールの歪んだ斜面を上りながら、凌はふと思い出したように言った。

「舞衣くん、博士の本を持ってるんだよね。端末《メスギア》で読める？」

「ううん。全部紙の本だわ。読む気があるなら、引っ越しのときに持っていってあげる」

「引っ越し？」

凌が怪訝な顔になった。舞衣は澄まして答える。

「そう。凌ちゃんのマンション、一部屋余ってるでしょう？」

「え？　うちに引っ越すつもりなの？」凌がびっくりしたように言った。結婚までしたというのに、凌は、舞衣と一緒に暮らすことなどまるで念頭になかったらしい。舞衣は猛然と腹が立ってくる。

「当たり前でしょっ！」

舞衣は、ふくれながら居住モジュールに続くリフトにつかまった。その後を凌があわてて追ってくる。舞衣を説得しようとなにかを叫んでいるが、彼女は耳を貸さない。

舞衣たちの部屋に一番近い三番のエレベーターは、連絡通路側に待機していた。舞衣がボタンを押すと、すぐに扉が開く。舞衣は、さっさとエレベーターに乗り込んでシートに座った。凌はその向かいの席に座る。舞衣はさっと立って、凌の隣に座りなおした。

「ちょっと、舞衣くん？」

凌が困惑したように顔を向ける。舞衣は、凌を睨み返した。

「凌ちゃん、朱鷺任数馬に、あたしのこと従妹って紹介したでしょう」

「だって事実だろう？」

「今は奥さんじゃない！」舞衣は怒って言う。

「きみだって、自分のことを森鷹って自己紹介したじゃないか」

凌が言い返す。それを聞いて、舞衣は嬉しくなった。凌も、ちゃんと気にかけていてくれたのだ。突然にこにこと笑い出した舞衣を、凌が怪訝そうな顔で見る。

エレベーターのドアが閉まって動き出す気配があった。凌がすでにシートベルトを降ろして身動きがとれないのをいいことに、彼になるべく身体をくっつけて座る。色じかけは、最後の手段だと思って自粛していたのだが、この際やむを得まい。地上に戻るまであと一日と少ししかないのだ。なりふりかまっている場合ではない。

「あのさ、舞衣くん。その姿勢、苦しくない？　今はいいけど、だんだん重力が強くなるから、きつくなるよ」凌が平然とした口調で言った。しかし、それは彼が動揺している証だと舞衣は分析する。

「いいの。あたしが、やりたくてやってるんだから」

「いや。だからさ、きみがそうやってくっつくことで僕に伝えたかったことは、もう伝わったから離れてもいいよ」

「あ、そうだ。それ！」凌の言葉を聞いて、舞衣は手を叩く。「あたし、朱鷺任数馬の言葉で、それだけ納得がいかなかったの。人間ってさ、思ってることを他人に伝えることだけが幸せじゃないような気がしない？」

「たとえば？」

「そうね……ほら、他人に知られないところで、いろいろと善いことをしている人とか。募金とかもそうよね。誰かのために自分がなにかをした、ということだけでもう満足しちゃうの」

「ああ。思考が、自分の中だけで完結している場合だね。博士もそれを否定したわけじゃないと思うよ」

凌が少し真剣な表情になった。舞衣がすぐ隣にいることを、忘れようとしているのかもしれない。

「どうして、そう思えるの？　あ、ひょっとして、アプリカントがどうこうっていう話？」

「うん……まあね。それもある……」

「あれって、いったいなんの話だったの？」

「ああ、あれは……うわ」凌が舞衣の質問に答えようとした瞬間、不意にエレベーターが揺れた。

「きゃっ！」

舞衣は反射的に小さな悲鳴を上げる。

エレベーターの中は真っ暗になった。エレベーターの降下は止まっているようだが、無重力状態から人工重力への移動で三半規管が混乱しており、正確なところはわからない。しかし、エレベーターはすでにリング外縁部付近まで降りているはずだ。人工重力が強くなっていることから、それがわかる。

「なに？　なにがあったの？」

舞衣は自分でも気づかないうちに、凌の腕にしがみついていた。エレベーターの中には非常灯すらない。些末《さまつ》なトラブルが命取りになる宇宙空間に自分が来ていることを、否応《いやおう》なしに実感させられていた。深夜の病室に、独りぼっちで寝かされていたころを思い出す。

大丈夫……大丈夫。

舞衣は自分に言い聞かせる。ふと気づくと、舞衣の肩を凌がしっかりと抱き寄せてくれていた。舞衣の心臓が少しずつ落ちついてくる。大丈夫――あたしは一人じゃない。

「停電みたいだね。震動も空気が漏れている音もない。心配ないよ」

「ほ、本当に？」

舞衣は訊いた。自分の声が震えているのがわかる。しっかりしなければ、と思う。今の舞衣は、もう怖がりだった少女ではない。凌の前でだけは、常に強い人間でなければいけない。

「エレベーターが上昇してる……」

凌がぽつりと言った。そう言われてみれば、たしかに微かな上昇感がある。リング外周から白鳳本体へと向かう移動は、人工重力のお陰で地上の感覚に近い加速が感じられる。

「たぶん、人を乗せているエレベーターは、非常事態になったら本体側に戻るようにプログラムされてるんだろう」

「どうして？」相変わらずの暗闇の中で、舞衣は訊ねた。

今度は、普通にしゃべれたと思う。目が慣れてきたせいで、凌の顔がぼんやりと見えるようになっていた。あたりを見回すと、ごく小さな非常灯が、足元でちゃんと点灯している。

「そのほうが安全だからだね。本体側には、ドッキングポートがあるから。最悪の場合でも、白鳳を脱出できる」

「リングから外には出れないの？」

「うん。遠心力があるから、外に出たら、どこに飛んでいくかわからない」

凌が冗談めかして答えたが、舞衣は笑うことができなかった。それでも、ずいぶん気分が軽くなる。

「原因はなにかしら……」

「ブレーカーが落ちたんじゃないかな」

凌が真面目な顔で答えた。その内容があまりに日常的だったので、舞衣はようやく微笑むことができた。

しばらくするとエレベーターが止まった。アクリル樹脂の扉越しに、廊下を照らす非常灯が見える。だが、白鳳の主電源が復旧していないため、扉は開かない。

「この扉、手動で開くんじゃないかしら？」

「うん、たぶんね。でも、外に出てもできることはなにもないよ。しばらく待ってみよう。こういう施設は、絶対にバイパス回路があるはずだから、原因がなんであれすぐに復旧するはずだ」

凌は悠々としている。彼は、昔からこうなのだ。普段は頼りなく見えるが、窮地に追い込まれれば追い込まれるほど冷静になる。そんな凌を見て、舞衣はどきどきしている自分に気づく。

凌の言う通り、五分も経たないうちに電源は復旧した。扉がすっと開くのを見て、舞衣は胸を撫《な》で下ろす。

「あのさ、腕……もう放してもらってもいいかな」凌が、遠慮がちに舞衣に訊いてくる。

「え、あ、ごめん」

その言葉で、舞衣はようやく自分が凌にしがみついたままだったことを思い出した。自分の胸の鼓動が凌に聞こえるような気がして、舞衣はあわてて身を離す。

シートベルトを外して二人が通路に出たとき、白鳳の艦内にアナウンスが流れた。葛城千鶴の声だ。

アナウンスの内容は、動力部のショートが原因と見られる停電があったこと。予備回路に切り替えて、問題なく動いていること。さらに、停電にともなう危険などはないことも要領よく語られた。口調は相変わらず素人っぽいが、内容は簡潔で整然としている。

突然の事故で、原稿などはないはずである。舞衣は、葛城千鶴を少し見直した。アナウンスは、もう一度繰り返される。

白鳳の本体は、基本的に一直線上に配置されていた。ドッキングポートの先から、反対側の動力部まで、隔壁が降りていない状態ならば見通すことができるわけだ。

その視界をなにかが横切ったような気がして、舞衣は振り向いた。

「なに？」凌が訊いてくる。

「あれ……今、誰かが通らなかった？」舞衣は、通路の先をのぞき込むようにして言った。

「いや。見てないけど……無重力ホールのほう？」

舞衣たちのいる人工重力モジュールと、隣接する無重力ホールまでの距離は、約三〇メートルといったところだ。その中間あたりにぷかぷかと漂っている物体に、凌も気づいたようだった。

停電で閉じこめられたばかりのエレベーターに、またすぐに乗るのが嫌だったのかもしれない。なんとは無しに、舞衣たちは無重力ホールに向かって歩き出す。モジュール間を結ぶリフトは動いていたが、二人はそのまま通路の床を歩いていった。

電力の回復した白鳳の通路は、白々しく明るい。無数の光源が照らす影のない廊下が、どこまでも真っ直ぐに続いている。

その光景は、なにもかもが造りものめいた非現実感に満ちていた。

輝度の高い人工的な照明と、浄化の行き届いた無機質な空気。そして、樹脂のパネルで密閉された無重力の空間。テーマパークの安っぽいセットにも似た世界の中を、艶やかな真紅の球体が漂っている。無数に。

球の正体は、恐怖すら感じるほどに深く澄んだ液体だった。

絶え間なく流動し変形を繰り返すそれは、静止していないにもかかわらず、ほぼ完全な球形を保っている。

球体の大きさは様々だ。雨粒ほどのサイズのものから、ゴルフボールに近いものまで。

二つの水滴が接触すると、それらは融合し、表面張力の働きで再び球形に戻ろうとする。

まるで意志を持っているようなその動きだけが、この人造の景色の中で、やけに生々しく感じられた。

シャボン玉にも似たその球体に、凌が手を伸ばすのが見えた。舞衣は彼を止めようとしたが、言葉が出ない。

「血だ……」

凌がつぶやいた。

9

白く塗り分けられた通路の壁のあちこちに、ペンキをこぼしたような真紅の染みがついていた。その表面が、微かに黒ずんで固まり始めている。舞衣もよく知っている、血小板の凝固作用だ。

「血……って、人間の血？」舞衣が訊き返す。

凌は答えない。舞衣も返事を期待していたわけではなかった。最初からわかりきっていたことだ。白鳳には人間以外の動物はいない。

二人の間に重苦しい沈黙が流れる。その舞衣の目の前を、今度こそ確かに人間の姿をした影が通る。

「凌ちゃん!!」

舞衣の叫びを聞いて、凌は駆け出した。

あわてて舞衣も、その後を追う。わずか三〇メートルの距離が、やけに遠い。

アイボリーに塗られた無重力ホールの中は、相変わらず薄暗かった。

半径一〇メートルほどのなにもない空間に、無数の血塊が浮かんでいる。

そして、その中でゆっくりと往復運動を続ける物体がある。

舞衣は最初、それが人間であることに気づかなかった。

ひとつには、彼が着ぐるみのような見慣れない服を着ていたせいである。もうひとつの理由は、彼の手足が通常では有り得ない方角にねじ曲がっていたからであった。

「瀧本博士……」

凌が呆然とつぶやく。それを聞いて舞衣ははっとした。

浮かんでいる男の顔面は血みどろで、とても人相を区別することはできない。だが、削げ落ちたような頬と、豊かな白髪は紛れもなく瀧本芳治のものだった。

「待って、舞衣くん!」

博士に駆け寄ろうとした舞衣の腕を、凌ががっしりとつかむ。

「飛び散った血が、気管に入ったらまずい」凌はそう言いながら、舞衣にハンカチを差し出した。

「あ、そうか……ここは地上じゃなかったわね」

手渡されたハンカチで口元を覆いながら舞衣が言う。凌のハンカチからは、彼の匂いがした。それだけで、なぜか心が落ちつく。

「冷静にね」

凌が優しく舞衣に微笑みかけた。舞衣はうなずいて、無重力ホールに足を踏み入れた。

タイミングを見計らって、飛んでくる瀧本芳治の身体をつかまえる。飛び散った血で服が汚れたが、かまってはいられなかった。

途中から凌も手伝って、二人は瀧本博士の身体を壁面に寝かせる。凌は、自分の上着を脱いで、それで口を覆っていた。

「宇宙服？」瀧本博士の着ていた銀色の服を見て、舞衣は少し驚いた。

「与圧服だ……まいったな。どうやって脱がせればいいんだ」

「待って……」

舞衣は瀧本博士の口元に手をあてた。呼吸をしている気配はない。心拍が停止して、すでにかなりの時間が経っているようだ。

舞衣は、お守りのように常に持ち歩いている人工呼吸用のマウスピースをポケットから取り出す。とりあえず、呼吸を再開させなければならない。

思いがけない事態に自分が浮き足立っていることは自覚していたが、舞衣は努めて冷静さを保とうとした。数カ月前に試験に受かったばかりとはいえ、舞衣は国家資格を持つ医師である。どんな状況であれ、救える命は救わなければならない。

だが、心臓マッサージを施そうとして、舞衣は絶望的な思いに打ちひしがれる。

分厚い与圧服の上からでも、はっきりとわかった。瀧本の肋骨《ろっこつ》は、その大半が折れて内臓に突き刺さっている。口からの大量の出血も、それが原因だ。

最高の設備を備えた救急病院でも、救える見込みはほとんどない。ましてや、なんの設備もないこの白鳳では為《な》す術《すべ》もなかった。

博士の身体から、見る間に熱が失われていく。舞衣は、凌を見上げて、ゆっくりと首を振った。感情が、凍りついたように麻痺《まひ》している。

「そうか……スタッフの人に、連絡しよう」

凌は立ち上がる。そのまま連絡通路に歩いていって、壁際のパネルを操作し始めた。舞衣は、そんなところにインターフォンがあることに気づいてさえいなかった。

今はなにも考えられない。動かなくなった瀧本芳治の骸《むくろ》を、ただじっと眺めるだけだ。

そうしているうちに、舞衣は奇妙なことに気づく。

「凌ちゃん、この遺体……変だわ……」

戻ってきた凌を見上げて、舞衣は言った。凌がうなずく。

「ああ、やはりそうか」

「気づいてたの？」舞衣は驚いた。

「うん……」凌が、博士の亡骸《なきがら》を見下ろしながら口を開く。「与圧服のバイザーが割れてるし、鼻や顎《あご》や肋骨が折れてる。手も……脚はどうかわからないけど、上半身全体に強い衝撃を受けてるみたいだ。なのに、背中側にはほとんど傷がない。なにが原因だと思う？」

「わからないわ。中層ビルの屋上ぐらいから飛び降りたら、たぶんこんな傷になると思うけど……」言いかけて舞衣ははっとする。

「そんな……有り得ないわ」

「そうだ」凌が言った。「有り得ない。無重力状態の宇宙ステーションで、墜落死なんて、ね」

第三章　素人探偵は閉鎖系を彷徨う

CHAPTER3：
THE AMATEUR DETECTIVE WANDERS IN THE CLOSED CIRCLE.

M.G.H.
THE HEAVEN IN THE MIRROR

1

最初に現場にやってきたのは、葛城《かつらぎ》千鶴《ちづる》だった。凌《りょう》が彼女に連絡したからだ。白鳳《はくほう》のスタッフで、凌が端末《メスギア》の内線番号を知っているのは彼女の分だけである。

千鶴は、ドッキングポート側からやってきた。凌たちが到着したときに会った係員二人を連れている。彼女は、無重力ホールの惨状を一目見て、すぐに真空掃除機を取りに戻った。そのお陰で他のスタッフが到着するころには、瀧本芳治《たきもとよしはる》が残した血痕はほとんど取り除かれていた。

「あ、すみません。それ、捨てないでください」

無重力ホールの空調のフィルターを交換した係員に、舞衣《まい》が声をかける。係員が手にした古いフィルターには、コンプレッサーに吸い寄せられた血糊《ちのり》がべっとりと付着していた。

舞衣が声をかけた係員は、昨日、凌に免震装置のことを教えてくれた黒縁眼鏡の青年である。名札を見ると、仲森一郎《なかもりいちろう》と書かれていた。

「どうしてです？」仲森は不思議そうな顔で舞衣に訊いた。「これ、早いとこ廃棄しないと、雑菌とか繁殖するんじゃないかな」

「犯人の遺留品が残ってるかもしれません」

舞衣が真面目な顔で言う。舞衣が言った犯人という言葉に、仲森は驚いた様子だった。

「これって、殺人事件なんですか？　事故じゃなくて？」

「事故の原因がわかりますか？」舞衣が訊く。仲森係員は、黙って首を捻《ひね》った。

「原因がわかるまでは、現場にあったものは持ち出さないほうがいいと思います」

「ああ、そうか。そうですね。わかりました」

仲森は素直に納得して、替えのフィルターが入っていたプラスチックケースに、血染めのフィルターを納めた。

そのころになると、研究員たちが無重力ホールに集まり始めていた。最初は停電のことでスタッフに文句を言おうとしていた彼らも、副所長の変わり果てた様子を見て表情を強《こわ》張《ば》らせていた。誰かが呼びに行ったのか、遠山都《とおやまみやこ》が血相を変えて飛んでくる。

「博士っ！」

都は叫びながら、瀧本芳治の遺体にとりすがった。今にも泣き出しそうな顔つきで、芳治を揺する。舞衣は、彼女に死体に手を触れないようにと言おうとしたらしいが、結局言い出し切れずに後ろに退《さが》った。

凌は、血まみれの服を着た舞衣の肩に手を置く。舞衣は、一瞬驚いたようだったが、なにも言わず寂しげに微笑んだだけだった。

突然死体に遭遇したにしては、彼女は比較的冷静だった。凌自身、心がオブラートで包まれたように麻痺《まひ》している。あまり面識のない相手だったからかもしれないし、鳴美《なるみ》のことで人の死に慣れてしまったせいかもしれない。あるいは、瀧本芳治の不可解な死の謎が脳の大部分を占領しているせいか。

「遠山さん」瀧本博士の遺体にしがみついて震えている都に、凌は遠慮がちに声をかけた。「博士の遺体は、どこかに運び込んだほうがいいと思います。博士の研究室か……居室か」

遠山都は、振り返って凌を睨《にら》みつけた。その瞳から、美しく輝く透明な粒が飛び散る。それは、彼女の瞳からこぼれた涙だった。

「あなたたちは……」都は、凌のことを覚えていたようだった。気を取り直すように頭を大きく振る。「ええ……そうね。そうします。柳田《やなぎだ》くん、博士の遺体を運ぶわ。手伝って」

「あ、はい」

都の口調は、もう普段通りに戻っていた。柳田と呼ばれた白衣の青年が、嫌そうに近寄ってくる。見学のときに、無重力合金の精製を担当していた研究者だ。他に二人ほどの研究員が付き添って、瀧本芳治の遺体は研究モジュールへと運ばれていく。

その様子を見送っていると、凌は後ろから不意に声をかけられた。血まみれの凌たちを見て、びっくりしている女性は加藤優香《かとうゆうか》だ。

「鷲見崎《すみさき》さん……なにがあったんですか？　どうしたんです、その血？」

「あ、ええ。ここで、ちょっと事故があったみたいです」凌は努めて平然とした口調で言った。今度は舞衣も、殺人のような物騒な言葉は口にしない。

加藤優香は、見学のあとでいったん自室に戻ったようだった。見学のときには持っていなかったクロムシルバーの携帯端末《メスギア》を小脇に抱えている。浩一郎《こういちろう》氏の姿は見えない。

「事故？　さっきの停電ですか？　お怪我《けが》は」心配そうな顔で優香が凌たちを見る。

「大丈夫です。あたしたちは……」舞衣が答えた。

「でも、その血……」

「瀧本博士が亡くなりました」

今度は凌が言った。加藤浩一郎と瀧本芳治が知り合いである以上、優香夫人も名前ぐらいは知っているだろうと思ったのだ。予想通り、優香は驚愕《きょうがく》の表情を浮かべた。

「亡くなった……瀧本副所長が？　あの……事故の原因とかは？」

「いえ……僕らも通りがかっただけで……なにがなんだか」凌は首を振った。

「優香さんは、どうしてこちらに？」舞衣が、話題を変えようとする。

「あ、主人に緊急の仕事が入ってしまって。今、一人で端末《メスギア》に向かっているので、あたしは邪魔にならないように展望デッキにでも行こうと思って」

「あ、でも昨日の夜、一人でいたのも旦那さんが仕事をしてたからだって……」優香の言葉に、舞衣が驚いて訊いた。

「ええ」優香が恥ずかしそうにうなずく。

「なにそれ！　優香さんたち新婚旅行なんでしょう？」舞衣が憤慨して叫ぶ。「こんなときに残業だなんて、あんまりじゃないですか。優香さん、どうして怒らないんですか！」

「舞衣くん」

凌は舞衣をたしなめた。他人が口を挟むべき問題ではないと思ったからだ。

「だって……」

舞衣が子供のようにむくれた。よほど加藤浩一郎の仕打ちが腹に据えかねたようだ。凌は舞衣の抗議を無視して優香に向き直る。

「でも、優香さんは、部屋に戻られたほうがいいと思いますよ。この辺りはしばらく騒々しくなるだろうし、ご主人と瀧本博士は同じ団体の職員でしょう。知らせてあげたほうがいいかもしれない」

「あ、はい」優香夫人は素直にうなずいた。「そうですね。わかりました。あの、鷲見崎さん。なにかあたしにできることがあったら、遠慮なく声をかけてください」

「ありがとうございます」

凌は彼女に頭を下げた。優香夫人は、何度も後ろを振り返りながら、居住ブロックのほうに戻っていく。その彼女と入れ替わりに、一人の男性が人工重力モジュール側からのリフトに乗ってきた。

「あ、所長！」

葛城千鶴が彼を呼ぶ。それを見た舞衣が、不思議そうに凌に訊いてきた。

「所長って？　朱鷺任数馬《ときとうかずま》が所長じゃないの？」

「朱鷺任博士は、白鳳の研究所の所長だよ。彼は、宇宙ステーション白鳳の総責任者だろう」凌は、昨日ミラーワールドで見た白鳳の組織図を思い出しながら答える。

「ややこしいわね」舞衣が辛辣《しんらつ》な感想を漏らした。

「お役所だからね」

凌も彼女に合わせる。なぜかは知らないが、自分が苛立《いらだ》っていることを凌は自覚していた。久しぶりに、死と間近に接したからだろうか。

所長と呼ばれた男は、葛城千鶴から簡単な説明を受けたあと、凌たちのほうに近づいてきた。髪の短い色白の男性である。歳の頃は四〇歳前後だろうか。あまり、精力的な感じの人物ではない。そのぶん頭は切れそうだった。政治力よりは、自分の事務処理能力で出世するタイプだ。

「あなた方が第一発見者ですか？」男性は軽く頭を下げながら凌に言った。「白鳳の管理責任者の苅谷《かりや》です。どんな感じだったか、詳しく聞かせていただけますか？」

「あ、はい。二七号室に宿泊している鷲見崎です」凌はとりあえず名乗った。

「鷲見崎さん……ですか？」

苅谷は、凌を値踏みするように眺める。それから舞衣に視線を移した。

「失礼ですが、奥様ですか？」

「はい」舞衣が即答する。

凌はなにも言わなかったが、舞衣に気づかれないように小さくため息をついた。

苅谷が着ているのは白鳳スタッフの制服である白いブレザーだが、ネクタイはつけておらずシャツもよれよれだった。寝入り端《ばな》を起こされたのか、髪には寝癖がついたままだ。

なんとなく、古い刑事ドラマの登場人物を連想する。

瀧本を発見したときの様子を凌がおおまかに説明し、彼の容態については舞衣が補足した。舞衣のような女の子が遺体を検分したことに苅谷は訝《いぶか》しげな顔をしたが、彼女が医大生ということを聞いて納得したようだった。

「それじゃあ、停電の前に通ったときは、無重力ホールには誰もいなかったんですね」丁寧な口調で苅谷が訊く。

「ええ。それはたしかです。ここには、身を隠せるような場所もありませんし、それにあんな目立つ格好をしていたら絶対に気づきます」舞衣が早口で言った。

「ああ……与圧服を着ていたんでしたね。でも、血まみれで倒れているのが瀧本博士だとよく気づきましたね？」

苅谷は素直に疑問を口に出しただけなのだろうが、疑われているような気がして凌は少し腹が立った。しかし表面上は冷静さを保って言う。

「学会で何度かお見かけしたことがありましたので。博士は有名人ですから」

「学会？」

「ええ。私も民間企業で近い分野の研究をしているので」

「ああ、そうなんですか。じゃあ、博士とは面識が？」

苅谷は少し驚いたようだった。凌たちのことは、ただの新婚旅行客だと思っていたのだろう。

「いえ。博士が地上にいたころは、私はまだ学生でしたから」

「なるほど……いや、だいたいわかりました。私はちょっと、博士の遺体を見てきますので、お二人はお部屋にお戻りになって結構です。すみませんが、またあとで話を聞かせてください。報告書を作らなければいけないもので……」

そう言って苅谷は、舞衣のほうに顔を向ける。それから、声をひそめて舞衣に訊いた。

「これって事故ですかね？」

「え？」苅谷の質問を聞いて、舞衣はびっくりしたように目を開いた。「そんなこと……なんであたしに？」

「あ、いや。もちろん警察は呼びますが、一番早い便で来てもらっても到着するのは明日の正午近くなんです」

苅谷の言葉に、凌はうなずいた。凌たちが帰国する予定の便だ。

「事故なら、再発防止のために、できるだけ早く事故原因を究明しなければいけないし……もし……もしですよ、殺人なら……」

「殺人犯はまだ白鳳の中にいるっていうことですね」舞衣が苅谷のあとを引き継いで言っ

た。

苅谷はゆっくりとうなずく。

「だから、大変申し訳ないのですが、奥様に死亡原因を調べていただきたいのです」

「白鳳のスタッフには医療関係者は？」凌が訊いた。

「ええ。彼女……葛城くんが看護師の資格を持ってます。もし、彼女では手に負えないような急病人が発生した場合には、国際宇宙ステーションに駐留している医師を呼ぶことになってますが、今回のようなケースは……」

「あの……でも、あたし検死なんてできませんよ。死因だって、全身打撲によるショック死だということぐらいしか……解剖すればもっと詳しくわかるのかもしれないけど、そんなの、できないしやりたくありません」

「はあ……」苅谷が舞衣と顔を見合わせて、お互い困った顔をする。

「検死は警察に任せたほうがいいと思いますよ」見かねて凌が助け船を出した。「研究モジュールの見学が始まったときに、瀧本博士が挨拶にきました。だから、死亡時刻はある程度、特定できます。事故にせよ、殺人にせよ、どんなものが凶器になったのかぐらいは、解剖しなくてもわかるでしょう」

「ああ……はい、そうですね」

「もちろん、僕らもできる範囲で協力はします」

「ええ。お願いします」

苅谷は頭を下げたが、彼が失望していることは明らかだった。舞衣に遺体の検死ができない以上、凌たちが協力できるようなことはなにもない。

「えーと、鷲見崎さん、昼食はまだですよね」

苅谷は時計を見ながら言う。凌は腕時計を持っていない。舞衣のスピードマスターを見せてもらうと、一時三〇分を回ったところだった。

「じゃあ、二時間ぐらいしたら、お部屋のほうに電話します。また、わかったことがあれば、そのときご連絡しますので」

苅谷は頭を下げると、係員の一人を連れてホールを出ていった。研究員たちは、もう持ち場に戻ったのか、ホールに残っているのは葛城千鶴と仲森一郎だけだ。

「葛城さん」凌は葛城千鶴を呼び止めた。「瀧本博士がどこに激突したかわかりますか?」

「いえ」千鶴は首を振る。

今日の彼女は、昨日のブレザーではなく、前閉じでスタンドカラーの制服を着ていた。看護師の資格を持っていると言っていたが、言われてみれば彼女の服装にも髪型にもそんな雰囲気がある。

「ホールの中には、なにかがぶつかった跡みたいなものは見あたりません。でも……ホールの壁は重層構造でかなり頑丈だから、跡が残らなかっただけかも」

「いえ。この内装はアラミド樹脂系のハニカム・コアです。与圧服が圧壊するほどの衝撃に耐えられるような剛性はない」

壁面を触りながら言う凌を見て、千鶴は目を丸くした。

「鷲見崎さんって、探偵さんですか？」

「え？　違いますよ。僕は研究員……材料屋です」

「はあ……」要領を得ない様子で、千鶴がうなずく。

凌は、彼女に礼を言って舞衣のところに戻った。舞衣は、服についた染みをしきりに気にしている。凌の服も、血まみれだった。早いところ染み抜きをしなければ、二度と着れなくなってしまうだろう。もっとも綺麗に落ちたとしても、旅行から帰ったらこの服は二度と着たくないと凌は思った。

「大丈夫、舞衣くん？」

いつもより少しだけ静かな舞衣に、凌は訊いた。凌に寄り添うようにして、舞衣がつぶやく。

「お腹空いちゃったわ。お風呂にも入りたい」

「よく食欲がわくね」凌は少し呆《あき》れながら言った。

「うん」舞衣は、凌を見上げて微笑む。

「人間って、どんなときもお腹だけは空くのね……」

2

凌は端末《メスギア》を開いて、ヴェルダがダウンロードしてきた白鳳の図面を見ていた。静かな室内に、舞衣の浴びているシャワーの音が聞こえる。彼女は普段から風呂が長いが、今日は一時間以上経ってもバスルームから出てこない。たぶん染み抜きに手間取っているのだろう。

ぐしゃりと潰《つぶ》れた与圧服の姿が、凌の脳裏に灼《や》きついて離れない。バイザーの材質はおそらくポリカーボネイト。あの粘弾性の高い素材が砕け、接合部から吹き飛んでいた。生半可なエネルギーではないはずだ。地上一〇階以上の高さから落下したくらいの衝撃だろうか。

「凌ちゃん、お待たせ」

バスルームのドアが開いて、舞衣が出てきた。ブルージーンズにキャミソール姿で、華《きゃ》奢《しゃ》な二の腕があらわになっている。湿ったままの髪は、いつもよりウェーブがきつい。

「食事に行く？」凌が訊く。

「うん」バスルームに干し切れなかった服を、椅子の背にひっかけながら舞衣が答えた。

「でも、その前に瀧本さんのところに寄っていきたいんだけど」

「瀧本さん？」訊き返してから、凌はそれが瀧本拓也《たくや》のことだと気づく。舞衣の話が本当ならば、彼は死んだ瀧本芳治の身内である。

「部屋番号はわかる？」

「うん。昨日聞いた。四六号室だって」

「わかった。行こう」

凌は立ち上がって新しい上着を着た。洗った髪は、もうほとんど乾いている。

少し考えてから、凌は端末《メスギア》を持っていくことにした。白鳳に来てまだ一度も充電していないが、あと半日程度ならバッテリーは保《も》つはずだ。

「ねえ、凌ちゃんは、事故だと思う？」廊下に出たところで、舞衣が訊いてきた。「それとも、やっぱり殺人かしら？」

「それを言うなら、故意か過失か、で分類するべきかな」凌は短く答えた。

「どう違うの？」舞衣は訝るように凌を見る。

「白鳳の内部は人工的な空間だから、この中で事故が起きるとしたら、すべて誰かの意思か、そうでなければ過失が原因だ。宇宙ステーション自体の設計ミスか、機器の操作ミスか」

「食べ物を喉に詰まらせちゃったら？」

「それは本人の過失。食材や調理形態に、よっぽど問題があれば別だけど」

「隕石とぶつかるのは事故よね？」

「場合によりけり、かな。軌道が予測できるレベルの隕石をよけなかったら、それこそ大量殺人といわれても文句は言えない」

凌の答えに、舞衣は少し呆れたようだった。つまらなそうに言い返す。

「また、そうやってすぐに話を逸《そ》らそうとして。なんで瀧本博士があんな死に方をしたのか、不思議とは思わないの？」

「ああ、それは興味があるな」凌はぼんやりと前を見ながら言った。「なぜあんな死に方をしなければならなかったのか……」

凌のつぶやきに対する答えは、舞衣も思いつかなかったようだった。二人はしばらく無言で居住ブロックの湾曲した廊下を歩く。

嫌な廊下だ、と凌は思った。延々と続くトンネルのような坂道。うすら寒い人工の空間。永遠に続くリングの中を歩いていると、まるで自分たちが檻《おり》の中のハツカネズミになってしまったような錯覚を覚える。ポリビニール張りの廊下に、磁石付きスリッパの甲高い足音が響いた。白鳳のリング部分を四分の一ほど歩いて、凌たちは瀧本拓也のいる四六号室にたどり着く。

拓也になんと切り出せばいいのか、舞衣も迷っているのだろう。彼女が、珍しく気弱な顔で凌を見る。凌は、彼女に代わってドアをノックした。シンプルなアルミ合金の扉が、軽い音を立てる。

「はい」チェーンロックをかけたドアが少し開き、顔を出したのは水縞《みずしま》つぐみだった。凌の顔を見て、彼女は華やかな微笑を浮かべる。

「あら……鷲見崎さん。どうしたの？」

「あの……瀧本拓也さんは、いらっしゃいますか？」凌は訊いた。なるべく平静を装う。

「拓也さん？　今、シャワーを浴びてるけれど。あ、よかったら入って」

「え？　でも……」凌は舞衣と顔を見合わせる。

「いいの、いいの。あたし、ちょうど退屈していたところだったから」

つぐみはそう言って、チェーンロックを外す。彼女に招かれるままに、凌たちは部屋に足を踏み入れた。用件だけを伝えて帰ってもよかったのだが、つぐみと拓也がどの程度の関係なのかわからない以上、拓也の父の話を彼女にしてよいものかどうか迷ったのだ。

「わ、すごい！」

部屋に入ってすぐに、舞衣が感嘆の声を漏らす。

彼女たちの部屋は、三間続きのスイートだった。寝室が二部屋に分かれており、凌たちの部屋の三倍近い広さのリビングが中央にある。リビングの端には、ちょっとしたバーカウンターまで備え付けられていた。

「いい部屋ですね」

「一泊四〇万円くらいしか違わないのよ。どうせ白鳳までの交通費を払うのなら、そのくらい余分に出しても、ね」

つぐみは悠然と微笑みながら言う。彼女が言うと、まったく嫌みに聞こえなかった。二人は、つぐみに勧められてソファに腰掛ける。高級な部屋に相応《ふさわ》しい布張りのソファだ。もちろん天然繊維を使っている。

「お飲物は？」つぐみが訊いた。

「いえ、あたしたちは」舞衣が遠慮して、首を振る。

「ペリエでいいかしら？　アルコールがよかったら、言って」

つぐみは凌たちの前に、ガラス製のコップと炭酸水のボトルを一つずつ置いた。

彼女は、カシスソーダを小さなペットボトルから直接飲む。一見がさつな仕草だが、つぐみの動きは専門の振り付け師が指導したかのように優雅だった。

舞衣がペリエのボトルを開ける。白鳳の気圧がわずかに地上より低いせいか、泡立ちが激しい。

「お二人が来てくれて助かったわ。あたし、本当に退屈で死にそうだったの」

「あの……でも、そんな楽しい用件ではないんです」舞衣が申し訳なさそうに言う。

「拓也さんに関係すること？」

「ええ」舞衣は神妙な顔つきでうなずいた。水縞つぐみは、シャワー音の途絶えたバスルームのほうに目を向ける。

「拓也さん、さっきまで眠ってて、今起きたばかりなの。もう、出てくると思うけど……」

凌は、舞衣が昨夜遅くに瀧本拓也に会ったと言っていたことを思い出した。

それから明け方近くまで起きていたとすれば、昼過ぎまで眠っていたとしても不自然ではない。それに、白鳳は地球の周囲を一日に何周も回っているのだ。地上の時刻に合わせて生活しているほうが異常だと考えることもできる。

「あれ……お客さん？」

つぐみが言った通り、バスルームの扉が開く音がして瀧本拓也が顔を出した。

上半身は裸で、身につけているのはジーンズだけ。頭からバスタオルをかぶっている。彼は、舞衣の姿を見かけて片手を上げた。

「よう、舞衣ちゃん。そういや、サインするとかって約束したっけ」

「いえ。すみません、ちょっとお伝えしたいことがあって……」

「どうしたの、怖い顔して？　また、なぞなぞ遊びかい？」

瀧本拓也はそう言いながら、いったん自分の寝室に引っ込んだ。それからすぐにTシャツを被《かぶ》って出てくる。拓也はバーカウンターの中から、ミネラルウォーターのボトルをとって、つぐみの隣に腰を降ろした。

「あの……」拓也の顔色をうかがいながら、舞衣が小さな声で話を切り出す。「瀧本芳治博士のことなんですけど……」

「ああ、うちの親父？　どうしたの？」

瀧本拓也は、眉をひそめながら少し姿勢を正した。

その返事から、舞衣はつぐみも瀧本親子の関係を知っていると判断したらしい。凌の顔を一瞬だけ見て、決心したように続ける。

「亡くなりました」

「えっ……」

拓也はひどく驚いた様子だった。冗談だろう、と言いたげな視線を凌たちに向ける。水縞つぐみも動きを止めていた。

凌は二人をじっと観察していたが、彼らの驚きは演技ではないように思える。だが、凌の観察力が、彼らの演技力より上だとは断言できない。

「亡くなったって、死んじまったってこと？　なんで？　年甲斐もなく、若い愛人囲ってたから腹上死でもしたか？」

拓也が、普段のおどけた口調を保とうと努力しているのがわかった。

そのことが、かえって彼の内面の繊細さを象徴する。舞衣が黙って首を振った。

「原因はわかりません。今、このステーションの責任者の苅谷さんて方が、調べてくださってます。でも、いちおう瀧本さんにはお知らせしたほうがいいかと思って……」

「あ……ああ……ありがとう」瀧本は眉間に深い皺《しわ》を寄せてうなずいた。呆然としているのか、そのまま彼は黙り込む。

「原因がわからないって、どういうこと？」つぐみのほうが少し立ち直るのが早かったようだ。首を傾《かし》げながら訊いてくる。

「事故……だと思います」舞衣が答えようとする前に、凌が言った。「僕らも通りかかっただけで詳しいことはわかりませんけど」

「今……親父はどこに？」ミネラルウォーターのボトルを飲み干した瀧本拓也が、ようやく冷静な声で訊いてきた。

「たぶん博士の研究室でしょう。行ってみますか？　僕らも、このあと、苅谷さんに現場の状況を説明する約束をしているので……」

「現場の状況説明なんて……鷲見崎さん、探偵みたい、ね」場を和《なご》ませようと思ったのか、軽い口調でつぐみが言った。

「そんな風に言われたのは、今日二回目です」

「あら」

水縞つぐみが大袈裟に驚いてみせる。瀧本拓也は、乾いた声で笑った。

3

「あー、鷲見崎さん。探しましたよ！」

エレベーターを出たところで、凌たちに声をかけてきたのは苅谷所長だった。彼は、下に降りるエレベーターを待っていたらしい。凌は、苅谷に話をすると約束した時間がとっくに過ぎていたことを思い出した。

苅谷は、凌の後ろにじっと立っている瀧本拓也たちを見て、怪訝《けげん》な顔をする。その不躾《ぶしつけ》な視線に気づいたのか、瀧本拓也が前に進み出てぶっきらぼうに言った。

「瀧本拓也です。いちおう、瀧本芳治の息子ってことになってるんだけど」

「えっ?」瀧本博士の家族構成を、苅谷は知らなかったのだろう。いかにもロッカー然とした風貌の拓也を見て、ひどく驚く。「瀧本博士に息子さんが?」

「そう……まあ、前妻の子だけどね。親父がくたばったと聞いたんだけどな」

拓也の態度が気に入らないらしく、苅谷は鼻を鳴らした。じろりと、拓也の隣にいる水縞つぐみに視線をやる。

彼女が有名な女優であることに気づいたらしく、苅谷はかすかに表情を動かした。だが、さすがに、この場でかける言葉は見つからないようだ。つぐみは、珍しく憂い顔でうつむいている。

「苅谷さん、この方たちを博士の遺体に面会させてあげてください」凌が言った。

「あ、はい」苅谷もいちおう同意する。「鷲見崎さんたちにも、もう一度見ていただきたいんですが」

その言葉を聞いて、凌は舞衣を見る。舞衣はうなずいて、きっぱりと言った。

「わかりました」

「与圧服は？」凌が訊ねる。「脱がしたんですか？」

「ええ……こういうとき、遺体に手を触れていいものかどうか迷ったんですけどね。遠山くんが、このままではあんまりだと主張して」

「なにか、不審な点とかありましたか？」舞衣が訊く。苅谷は首を振った。

「いえ……まあ、見てもらえばわかると思いますけどね。鷲見崎さんたちが言ったみたいに、もの凄い勢いでなにかにぶつかったみたいな怪我でした。まあ、私らは素人なんで、あまり詳しいことはわかりませんけど……」

「親父が、なにかドジを踏んだってことかい？」おどけたように片眉を上げながら、拓也が訊いた。苅谷は、彼をちらりと見て、それから凌に視線を戻す。

「いえ……それが、原因がまったくわからないのです。この通路のどこにも、ぶつかるようなものはないし……それに、そんな推進力を得られる道具がありません」

苅谷の答えに、拓也が肩をすくめる。つぐみも舞衣も、苅谷の言葉を反芻《はんすう》するように黙って考え込んでいた。

凌たちは、めいめいリフトにつかまって、研究モジュールに向かう。

瀧本博士の遺体が運び込まれたのは、一号研究室の中だった。扉の前で数名の職員が、激しい口調でなにかを話し合っている。凌の知っている人間は、葛城千鶴と遠山都。それから柳田研究員と加藤浩一郎の姿もあった。

口論の内容は瀧本博士の死因についてである。遠山都の泣きはらした目が赤い。他の全員もやつれた印象だったが、特に一番若い葛城千鶴は憔悴《しょうすい》しきった感じだった。

「朱鷺任博士は？」所長室のドアを見ながら、凌が訊いた。

「ええ、事故の説明はしたんですけどね。興味がないとおっしゃられて。研究の続きがあるということで、今も研究室に閉じこもってます」

朱鷺任博士の気持ちはわからないでもないが、仮にも自分の部下が死んだのである。その対応は、非常識といわれてもしかたがない。苅谷も、呆れているようだった。

「あ、朱鷺任博士に、鷺見崎さんたちのアリバイは確認してあります」苅谷がつけ加えた。

「博士の部屋を出て、すぐ瀧本博士の遺体を見つけたんですよね？」

「違います」舞衣が言った。「あたしたちエレベーターに乗って、いったんは降りたんです。そうしたら停電があって……」

「ああ……すいません。そうでした、そうでした……」

苅谷は頭をかきながら言った。舞衣が、少し心配そうな顔で苅谷を見る。こんなことで本当に事故原因を究明できるのだろうかと、疑っているのだろう。

だが、凌は、彼の態度が演技ではないかと思った。凌たちの証言に破綻《はたん》がないか、試されているような気がしたのだ。

だとすれば、この苅谷という男は相当の食わせ者ということになる。彼がぽつりと漏らしたアリバイという言葉からも、苅谷が今回の事件をただの事故だと思っていないことは明らかだった。彼は、これを殺人事件だと断定しているのだ。事故だと思っているのなら、死人が出た無重力ホールを立入禁止にしないはずがないからだ。

「うわ……こりゃひでえな」

拓也は、父親の遺体を見て小さくつぶやいた。それきり彼は言葉を失う。つぐみは口元を押さえたきり、一言も口をきかない。彼女は、泣いているようだった。

博士の遺体の足元には、白いシーツがかけられている。アンダーシャツ姿の上半身は、固まった血糊で黒く染まっていた。魅力的だった容貌も、今は見る影もない。舞衣は、その隣にひざまずいて、死因の検分を始めていた。彼女は、苅谷が用意してくれた実験用のゴム手袋と白衣を着けている。

瀧本博士の副所長室は、朱鷺任博士の研究室に比べると、まるで普通だった。

輸送コストの高い書籍類はほとんど置かれていないが、端末《メスギア》とプリンタ、各種のレポートや写真が机の周囲に散らばっており、室内は雑然としている。部屋の片隅に大きなハンガーがあって、そこに破損した与圧服がかけられていた。

「この与圧服、副所長室に備え付けだったんですか?」

手持ちぶさたで立っていた苅谷を呼び止めて、凌が訊いた。苅谷がうなずく。

「ええ、この与圧服は瀧本博士専用ですね。ほら、エアロックがついている研究室があるでしょう。えと、五番だっけな? 実験材料を真空にさらしたりするところ……あそこに出入りするために、用意されているんです」

「博士は、そこに行くつもりだったんですかね?」

「ええ、他に考えられませんね。エアロックがあるのは、そこと、ドッキングポートと、あと動力部の先っちょだけですからね。いちおう確認したんですが、今日の午後使われたエアロックはドッキングポートにある奴だけです。例のEUの視察団が帰るときに使ったんですけどね」

「じゃあ……博士は白鳳の外には出てないんですね」

「それはたしかです」苅谷は断言した。

凌は、ハンガーに吊られた与圧服に近づく。

最近主流の、表面を硬い外殻で覆ったタイプの与圧服である。材質はおそらく炭素繊維とスチールによる連続繊維強化複合材料だろう。表面は断熱用のアルミ蒸着マイラーだ。

気密性は高いが、内圧の関係もあり、約一気圧の白鳳内部では鎧《よろい》のように頑丈と言うわけではない。激突の衝撃で、胴体部分は内側に向かい広範囲にわたって陥没していた。手足のダメージはそれほどではないが、その分、各関節に負担がかかったようだ。ノメックス製の肘《ひじ》関節部がほとんどちぎれかかっている。

「なにか、わかりますか？」与圧服を調べている凌に、苅谷が何気なく訊いてきた。

「いえ。でも、僕は人体のことはよくわからないので、どうせ調べるならこちらを見たほうがお役に立つような気がしまして」

「ああ、なるほど……」苅谷がうなずく。どうも、なにを考えているのかわからない男である。

「この服、一人で着られるんですか？」今度は凌のほうから質問した。

「ええ。最近の宇宙服は進歩してますから。昔みたいに、何時間も前から減圧しておく必要もないし、窒素洗浄もいりませんしね。二、三分もあれば、一人で装着できますよ。私が、ネクタイを結ぶより早いです」

冗談のつもりだったらしく、苅谷は笑った。凌は無視して続ける。

「破断面にほとんど塑性変形の跡が見られない。高速変形・衝撃荷重による脆性《ぜいせい》破壊、か。クラックの様子が見たいな……」

「なんです？　どういう意味ですか？」苅谷が目をぱちくりとさせながら訊いた。

「じわじわ力をかけていったという感じの壊れ方じゃない、ってことです」

「……ていうと、やはり激突したってことですか？　でも、ぶつかるようなものは、ここにはなにもありませんからね。報告書に書くとしたら墜落死かな……でも、さすが専門家ですね。残骸を見ただけで、そんなことがわかるなんて」

「ここの研究者の人たちでも、そのくらいはわかりますよ。彼らのほうが専門です」

「いやいや。どうも、ここの連中はね……別に根拠があって言っているわけではないですが、ひょっとしたら瀧本博士を恨んでいた可能性もある。こんな外部から完全に隔離された場所で年中顔をつきあわせていると、些細《ささい》なことでも、摩擦の原因になったりしますからね……」

　苅谷の台詞《せりふ》と同じことを、凌も考えていた。動機の有無は別として、白鳳で暮らしている研究員ならば、ここの機材を使って、思いもよらぬ方法で事故を誘発できるかもしれない。

「人間の意志が介在していない事故は存在しない」

　舞衣に言った自分の言葉を、凌はもう一度、口の中だけでつぶやく。ましてやここは、人間が作り出した宇宙ステーションの中だ。ここで発生した事故は、原因がなんであれ確実に人災である。

問題は、死ぬのが瀧本博士でなければいけなかったのかどうかである。その条件が、殺人と過失の分かれ目だ。

「舞衣ちゃんの旦那さん……」

想像だにしなかった名前で呼ばれて、凌の反応は少し遅れた。

振り返ると、瀧本拓也が立っている。彼は普段通りの皮肉っぽい笑みを浮かべていたが、その表情はどこか寂しげだった。水縞つぐみはもう泣いていない。ただ、泣いた跡を見られたくないのか、彼女はずっと顔を伏せている。

「悪いけど、俺ら先に帰るわ。いちおう……お袋にも連絡しなきゃいけないし。相続やら、なんやかやで揉《も》めそうな気もするしな……」

「ああ……大変ですね」

「まったくだよ。放蕩《ほうとう》親父を持つと、息子はいろいろと苦労する」

「うちの父が死んだときも、そんな感じでした」凌が淡々と言った。拓也は、目を細めて優しげに微笑んだ。

「そうか……悪い。じゃあ……」

片手を上げて拓也たちは退出する。

人数が三人に減って、副所長室の中が急に静かになった。廊下から、加藤浩一郎と遠山都の言い争う声がまだ聞こえていた。凌と苅谷の間に、気まずい沈黙が流れる。

それを救ってくれたのは、舞衣だ。彼女は、博士の遺体にシーツをかけながら立ち上がった。

「絶対とは言い切れませんけど、やっぱりこの傷は、なにかにすごい勢いでぶつかったのが原因だと思います。殴られたとか、そんな感じではないです。たぶん間違いありません」

「その日本語、少し変じゃない？」舞衣の言葉を聞き咎《とが》めて、凌が言う。

「しょうがないでしょう。あたし、専門家じゃないんだもん」舞衣は、凌を睨んだ。

「あ、いやいや。参考になりますよ。いや……やはりちゃんとした知識を持った人に判断していただくと心強いですな……ところで、お二人は、瀧本さんの息子さんとはどういうお知り合いなんですか？」

「いえ、このツアーで一緒になっただけですよ。それがなにか？」

「ああ……いえいえ、特に深い意味はないんですけどね」

ぶつぶつと言いながら、苅谷が意味有りげな目つきで凌たちを見る。凌は気づかないふりをしていたが、ついに耐えかねて口を開いた。

「あの……僕らにまだなにか……？」

「ああ、ええ、すみません。本当は、ツアーで来ていただいたお客さんに、こんなことを言うべきではないってのはわかってるんですけどね……」

「はあ……」

「いや……実は私は建築が専門でしてね……橋梁とかの設計で。その関係で白鳳に配属されたんですわ。まあ、宇宙ステーションも橋も、事務屋の連中は同じようなものだと思ってるみたいで……」

「はい？」話の内容が見えずに、凌が訊き返す。

「いや、それで知ってたんですが、というか……今日お会いして思い出したんですが、鷲見崎さんは美術建築家の鷲見崎翔子《しょうこ》さんの……」

「ええ。鷲見崎翔子は僕の母親ですけど……」凌は煮えきらない苅谷の言葉に、苛立ってきた。「それがなにか？」

「ああ、失礼。いや、覚えていらっしゃらないのは無理もないですが、私、地上にいたころに一度、あなたとお話させていただいたことがあるんですよ。ほら、あの事件が起きた直後です。鷲見崎先生が、夫殺しの容疑で逮捕されたとき、まだ高校生だった息子さんが真犯人を捕まえて母親の無罪を証明したって……ねえ？」苅谷は、舞衣のほうを見て同意を求める。

「ええ。あのとき事件を解決したのは、凌ちゃんです」

舞衣は、誇らしげに胸を張って言った。凌は額に手を当てる。

「でしょう。そんなドラマみたいなことが本当にあるんだな、と思って、印象に残ってたんですよ。いや、ですからね、今回も、ちょっと鷲見崎さんにご協力願えないかと思いましてね」

「あの……僕は刑事でも探偵でもないんです。新婚旅行で白鳳に来ているだけなんですよ」

「あ、いえいえ」苅谷はあわてて首を振った。「調査をしろと言ってるわけじゃないんです。ただ、白鳳には、こういうことを調査できるようなスタッフがいないんですよ。もちろん葛城くんや他の係員が事故原因を調査してますけど、彼らも専門家ってわけじゃないですし……」

「僕も違います」凌は無愛想な口調で言う。

「いえ、ですからね……ほら、死んだ人間が人間ですから、研究所の職員にはあまり頼れないんですよ。だから鷲見崎さんに、少しだけ知恵を貸していただけたらと考えておりまして。瀧本さんの息子さんのこともね、私たちはなにも知らなかったわけですし」

凌はため息をついた。舞衣に検死を依頼したり、つくづく人使いの荒い男である。

「あの、僕らの知っていることは全部話しますし、思いついたことがあればご連絡します。それじゃあ、だめですか？」

「あ、いえ、お願いしたいのは、そういうことです」苅谷は、口元だけの気弱そうな笑みを浮かべた。「いやあ、助かります」

凌はもう一度、大きくため息をつく。舞衣は、なにを考えているのか、嬉しそうににこにこと笑っていた。

4

死人が出た直後とあって、研究所の業務は臨時休業になっていた。実験中の職員を除いた全員が自室に戻ったために、研究モジュールは閑散としている。

さすがに苅谷も、遺体と同じ部屋に長居したくはなかったらしい。舞衣たちは彼に連れられて、六番研究室に移動していた。

もう遺体を見たくないのは、舞衣も同じ気分だった。気分は今もどんどん悪くなっていく。医学部に入って、普通の人よりは死体に対する抵抗力がついているつもりだった。だが、たった一人で変死体を調べるのは初めての経験である。

それでなくても、舞衣は遺伝子療法が専攻で、外科や検死は専門外なのだ。ましてや、その変死体ができたてで、しかも顔見知りだなんて、考える限りで最悪の経験だった。

研究室に残っているのは、葛城千鶴と遠山都、それに加藤浩一郎である。

舞衣たちがシャワーを浴びている間に、苅谷は他の職員の事情聴取を終えたということだった。それによって得られた情報はあまり多くない。停電の前後に、激しい物音や震動を感じた人間はいなかったということ。瀧本博士が与圧服を着て行う実験の予定が入っていなかったこと。そして、最後に博士を見たのが、加藤浩一郎だということだけだ。

無重力ホールで瀧本博士と話し込んでいた加藤浩一郎が、見学者たちと合流したところは舞衣が見ている。それは、浩一郎の証言とも一致していた。

凌たちの証言の記録を取るために、苅谷は自分の端末《メスギア》を開いている。おそらく、あとでアプリカントに要約させるつもりだろう。

加藤浩一郎も端末《メスギア》を持ってきていた。休暇中とはいえ、彼は航空宇宙開発公社の職員なので、非常時には白鳳の事故防止に協力する義務があるらしい。それを聞いて、舞衣はまた憤りを感じた。彼は、新婚旅行先でかまってもらえない優香の気持ちを考えたことがあるのだろうか。先ほどから、浩一郎にも何度か声をかけられたが、舞衣は目も合わせずに生返事をしただけだった。

舞衣は、凌の端末《メスギア》が瀧本拓也の部屋を訪れたときからずっと動きっぱなしだということに気づいていた。音声記録を取っているのだろう。改竄《かいざん》の容易なデジタル・データにはなんの証拠能力もないが、あとでヴェルダを使って事故原因を推論させるつもりに違いない。つまり、凌は今回の事件を殺人だと考えているのだ。

もちろん犯罪捜査はヴェルダにとっても専門外だが、人間並みの応用範囲の広さがアプリカントの真骨頂である。

「なんでこんなことに……」

遠山都が、今日、何回目かのその台詞をつぶやいた。彼女は、今は眼鏡を外していた。そばかすの浮いた白い肌が、赤い目と対照的で印象深い。最初に舞衣が感じた印象よりも、彼女はずっと女性らしく繊細だった。

「遠山さん、本当に瀧本博士を恨んでいるような人物はいないんですか？」

チューイングガムを嚙みながら、加藤浩一郎が訊く。その短絡的な訊き方に、舞衣は啞《あ》然《ぜん》とした。死んだ人間と親しかった相手に対して、なんという口のきき方だろう。舞衣は浩一郎のことを気さくな人間だと思っていたが、単に思慮が浅いだけだったようである。

それとも、都が自分の所属する団体の職員だから、高圧的な態度に出ているのだろうか。

「さっきからそう言ってるじゃないですか！」遠山都は、きっと浩一郎を睨みつけて言った。どうやら、先ほどの言い争いの原因も、浩一郎の態度にあったらしい。
「あなた、瀧本先生が殺されたとでも言いたいの？」都がヒステリックに訊き返した。
「だって、普通の事故じゃないんでしょう？」浩一郎の言葉にも、どことなく苛立ってい
るような響きがある。「だったら、誰かに殺されたって可能性もあるんじゃないですか。
鷲見崎さんは、どう思います？」
「え？」黙って二人のやりとりを聞いていた凌が、面倒くさそうに顔を上げた。「なにが
です？」
「怪しい人物とか見なかったんですか？」浩一郎が、不自然な笑顔で訊く。
「いえ」凌は首を振った。「僕らが見たのは、先ほどお話ししたことで全部です。気にな
ることといえば、博士が与圧服を着ていた理由と、あの停電が博士の死と関係しているの
かどうかということですね」
「ああ、なるほど」加藤浩一郎は大袈裟に驚いて手を叩く。「そうか、直接の死因じゃな
くても、事故と関係があるかもしれませんね」
浩一郎の様子を見て、まるで議長気取りだと、舞衣は思った。苅谷は、不気味なくらい
大人しくしている。ひょっとしたら航空宇宙開発公社の中では、苅谷より加藤浩一郎のほ
うが地位が上なのかもしれない。だが、彼よりは苅谷のほうが少しは思慮深く感じられる。

少なくとも、凌が指摘した程度のことは苅谷なら思いついていたはずだ。

「停電の原因はわかっているんですか？」凌が葛城千鶴に訊いた。

「いえ」千鶴は申し訳なさそうに答える。「今、仲森くんたちが、動力モジュールに入って調べてますけど、どこにも不審な点はないんですよ。どこかでショートしたとしか思えないんですけど、そんな形跡はないって」

「無重力下では埃《ほこり》も積もりませんしね。ショートが起きる可能性は低いんですが。もちろん、白鳳の中にはネズミなんていませんよ」冗談とも本気ともつかぬ口調で、苅谷が言う。

舞衣は少しおかしくなった。多少頼りないところはあるが、彼のような人間は嫌いではなかった。

「あの……僕らは、もう退席してもいいですかね？」凌が立ち上がりながら訊いた。

「ああ、ええ。どうぞ。どうもお時間をとらせてすみません」苅谷が頭を下げる。「じゃあ、またなにか気づきましたら連絡をください」

「ええ」凌は無愛想に言って、部屋を出た。舞衣は、もう少し彼らの話を聞いていたかったが、やむを得ず凌のあとに続く。葛城千鶴が、席を立って研究室の扉を開けてくれた。

遠山都は、舞衣たちのほうを振り向きもしない。

「舞衣くん、お腹空いてる？」

凌に訊かれて、舞衣は結局昼食を食べられなかったことを思い出した。しかし、瀧本博士の遺体を調べたあとの動揺が残っていて、さすがにまだ食欲がない。

「ちょっとだけ調べたいことがあるんだ。つきあってくれない？」

「うん」舞衣は、元気よく返事をする。つきあって、という何気ない凌の言葉が、舞衣の心をくすぐったのだ。

「どこに行くの？」

「うん……ちょっとね」

舞衣の質問に上の空で返事をして、凌はドッキングポート行きのリフトに向かう。リフトにつかまる直前、凌がなにも言わずに舞衣の手を取ったので、舞衣は驚いた。心臓の鼓動が耳元で脈打つ。

ドッキングポートに続く淡いグリーンの通路は、他の通路に比べて長い。途中でリフトは加速し、出口が近づくにつれて再び手を離しても安全な速度まで減速した。先にリフトを降りた凌は、舞衣が降りるときに手を差し伸べてくれる。

だが彼は、舞衣が差し出した左手には見向きもせず、反対側の右手首をちらりと見て、さっさと背中を向けてしまった。

「二分二〇秒か……」凌がぽつりとつぶやく。

「ちょっと、凌ちゃん！」舞衣は憤慨して叫んだ。左利きの舞衣は、時計を右手首にはめている。「あたしに手を貸してくれたんじゃなくて、時計が目当てだったわけ？」

「舞衣くん、なに怒ってるの？」凌はびっくりしたように舞衣を見る。

「なんでもないわよ！」舞衣は大きく息を吐きながら言った。「……だいたい、なにを調べに来たのかくらい教えてよ」

「うん……まあ、いいか」

　凌はそう言いながら、ドッキングポートを見回した。それから、いきなり散歩を始める。視線は、落とし物を捜しているみたいに地面をさまよっていた。舞衣はしょうがなく、凌のあとに続いて歩く。

「仮に博士の事故が何者かによって故意に引き起こされたものだとしよう」

「うん？　つまり殺人事件ってことね」

「殺人の方法も、動機も、犯人も特定できない。だけど、殺害場所が無重力ホール以外のどこか、ということだけは確実だ」

「どうしてそう言い切れるの？」断言する凌を、舞衣は訝しげに見返した。「博士は、あの場所で亡くなってたのよ……」

「僕らは、遺体を無重力ホールで発見しただけだ。無重力ホールの中には、博士がぶつかった痕跡がどこにもなかった」

「そうか……でも、じゃあ、どうして死体が無重力ホールにあったの?」

「そう……つまり、誰かが、そこまで運んできたとしか考えられない」

「犯人ね」

「そうなるね」凌はあっさりと首肯する。

ドッキングポートの内部は狭い。立入禁止のエアロックを除けば、係員のいる控え室を含めてもマンションの一室程度の広さしかない。凌は散歩をあきらめて、植木に区切られた展望デッキに腰を下ろした。

「僕らがエレベーターに乗ってから、もう一度ここの通路に戻ってくるまでの時間はどれくらいあったかな?」

「あのエレベーター、下まで降りるのに一分くらいよね」

「本体側に戻ってくるときは倍近くかかるね。正確な時間はあとで測るとして、エレベーターの中で待っていた時間も入れて僕らが通路にいなかったのは、七、八分てとこだろう」

「そうね」舞衣も同意した。停電していたせいで長く感じたが、実際にはせいぜいその程度の時間だったはずだ。

「その短い時間に、博士を殺して遺体を運ぶのは少し厳しいね。博士は停電の前に殺されていたと考えるほうが自然かな」

「あ、そうか。犯人はたまたま起こった停電を利用して、博士の遺体を無重力ホールに放り出すことを思いついたんだ！」舞衣は手を叩く。

「うん、そう考えると、いちおう辻褄《つじつま》は合う。あまり巧《うま》いやり方とは思えないけど、現実に僕らは殺害現場を特定できなくなっている」凌が言った。舞衣とは対照的に、凌は不満そうな顔をしている。

「凌ちゃん、すごいじゃない！」

「いや。この仮定はなんの説明にもなっていない。相変わらず、殺害現場も、殺害方法も謎のままだ」

「犯人もね」舞衣がつけ加える。

「いや」凌は首を振った。「犯人を捕まえるつもりはないよ。僕は警察官じゃない」

「え？　じゃあ、なんで事件のことを調べてるの？　苅谷さんに頼まれたから？」

「博士の死に方が気になるから」凌はあっさりと答えた。「舞衣くんが、もし瀧本博士をどうしても殺さなければいけない理由があったとして、どうやって殺す？」

「え？」妙な質問を受けて、舞衣は困った。もちろん、殺人の方法など考えたことはないし、他人を殺したいほど恨んだ経験もない。

「僕なら、白凰ごと墜《お》とすな」

「はい？」凌の台詞に舞衣は驚く。「白凰を墜とすって……地上に？」

「うん。そのほうが楽だし、安全だ。地上からの遠隔操作は無理でも、白凰の中にいれば簡単に細工が出来る。軌道修正用のスラスターで、ほんの少し減速するだけだからね。あとは勝手に重力に引かれて白凰は大気圏に突入する。そんな大事故になれば、僕が瀧本博士を恨んでるかどうかなんて調べられる可能性はまずないよ」

「他の人はみんな巻き添えってこと？」

「そうだね。残酷だけど」

「残酷だわ……」舞衣は嘆息する。「よくそんな怖いことを思いつくわね」

「たぶん、計画的に博士を殺そうとした人間なら誰でも考えつくと思う。でも、犯人はそうしなかった。つまり、瀧本博士をあんなふうに殺さなければいけない理由があったんだ……」

「それが気になるってわけね？」

「うん」凌は立ち上がる。そして、今度はエアロックのほうに向かって歩き始めた。

ドッキングポートの体積の四割近くを占めるエアロックは、分厚い扉で仕切られた円筒状の通路だ。

　扉は通路の両端に二枚ついており、扉と扉の間が減圧室と呼ばれる空間になっている。減圧室の壁際にはエアコンの化け物みたいなコンプレッサーがついており、自由に空気を抜いたり注入したりできる仕組みだ。

　スペースプレーンが接岸する前には真空近くまで減圧して、外側の扉だけを宇宙空間に開放する。接岸後は一気圧まで加圧したあとで内側の扉を開き、人間が通れるようにするわけだ。ややこしい構造だが、そうしないと外側の扉を開けたときに、白鳳内部の空気が外に逃げてしまうのである。

　二層構造になっている電動の扉に、凌はそっと手を触れた。

「最初、博士はこの扉から外に出たと思ったんだ」凌が言った。「白鳳の中にいる限り、博士は即死するほどの速度でなにかに激突することはできないから」

「そうよね……地上なら、一〇〇メートルぐらい落下すれば確実に死ぬけど。ここは地球の重力も届かないんだもんね」

「いや、地球の重力は今も僕たちに働いてるよ」

「え？　だって、ここは無重力状態なんでしょう？」舞衣は驚いて訊き返す。

「違う」凌は平然と答える。「宇宙ステーションとか人工衛星ってのは、正確には自由落下状態にあるんだ。スピードが速すぎて、落下軌道のほうが地球の円周より大きくなってるだけで」

「え？　ごめん、よくわからない」凌の説明を聞いて、舞衣は混乱した。「どういうこと？」

「つまり、白鳳ってのは、今現在も秒速十何キロって速度で墜ち続けているわけ。地球が丸いから、どこまで行っても地面に激突しないけどね」

「ああ……そういうことか」舞衣はようやく理解した。そう言えば、高校時代の教科書にそんな解説が載っていたような気がする。

「当然、白鳳の中にいる人間も墜ち続けている。墜ち続けている人間が、それ以上墜ちることはない……つまり墜落死することは有り得ない。瀧本博士が白鳳本体に激突するためには、白鳳と相対速度の違う場所に移って、慣性をキャンセルするしかない」

「白鳳以外の場所って……あ、見学者が乗ってきた宇宙船？　そうか、だから瀧本博士は、宇宙服を着てたんだ！」

「そう……宇宙船から博士を白鳳に向かって打ち出せば、激突死の可能性はある……でもね、それよりも、博士を白鳳から打ち出して宇宙船にぶつけるほうが簡単だ。それに、そんなことをしなくても、博士をエアロックから宇宙空間に放り出すだけでも、十分殺せると思うな。わざわざ、無重力ホールに死体を放り出す必要なんてない」

「それはそうね……」舞衣はため息をついた。「もう、最初からそう言ってよ」

「今は、仮説を検証しているだけだから」

凌は、エアロックを調べるのにも飽きたのか、係員用の控え室をのぞき込んだ。小さなカウンターの上に、端末《メスギア》が何機か設置されているだけ。椅子はない。ドッキングポート内は常に無重力状態だから、椅子は必要ないのだ。

「まあ、仮にドッキングポート付近で、瀧本博士が殺されたとする。当然、犯人は、ドッキングポートにいた人間だ」

「あのときドッキングポートから来たのは、葛城さんと……」

「仲森さんと、安達《あだち》さんの三人だね。全員が共犯者だとしても、それほど非常識な数じゃないかな。彼女たちが犯人なら、彼女たちの責任で発生した、エアロック付近での事故を隠蔽《いんぺい》するという動機も考えられる」

「あ、それ！」

舞衣は人差し指を立てて、凌のほうに向けた。これまでの仮説の中で、一番もっともらしいと感じたからだ。だが、凌は腕を組んだまま渋い表情をしている。

「だけど、ね」凌はそう言って、研究モジュールに続くリフトを見る。「リフトを使っても、研究モジュールまでの往復に、四分四〇秒。研究モジュールから無重力ホールまでは片道で一分くらい？」

「じゃあ、ドッキングポートから、無重力ホールまで往復するのに七分弱だわ。ぎりぎりだけど、あたしたちの目を盗んで遺体を運ぶことができるじゃない！」

「いや……」凌は首を振った。「僕らが目を離した時間の半分以上は停電してたんだ。当然リフトも止まっていた。徒歩で往復するには、時間的に無理があるな。モジュール部分はともかく、連絡通路には隠れられるような場所がないからね」

「そうね」

舞衣も同意した。連絡通路に人影がなかったのを確認したのは、他ならぬ自分たちなのだ。それだけは絶対に間違いない。

「まあ……そんなわけで、この仮説は没だね。次に行こう」

5

リフトに乗った凌は、人工重力モジュールに向かった。

凌が研究モジュールを調べなかった理由は、舞衣にも薄々見当がついている。そこが一番、怪しいからだ。

茹谷所長や加藤浩一郎は、犯人が研究員の誰かだと疑っているようだし、実際その可能性がもっとも高い。瀧本芳治と一番接する機会が多かったのが彼らなのだ。瀧本博士の不可解な死因に関しても、研究モジュールに満載された機材を使う以外に再現する方法があるとは思えなかった。

おそらく、茹谷たちは動機の有無などから、犯人を捜すつもりなのだろう。しかし、凌は犯人が誰かということには興味がないらしい。たしかに、舞衣たちはここでは部外者だ。ボランティアで犯人を捕まえて、よけいな恨みをかうのは馬鹿げている。

誰もいなくなった無重力ホールは、冷え冷えとして不気味だった。自然に、凌も舞衣も早足になる。無重力ホールからは、リフトに乗って人工重力モジュールへ。連絡通路の壁についていた血の染みは、今はもう綺麗に拭き取られていた。

「ねえ……」ふと思いついて、舞衣は凌を呼び止める。「犯人は、居住ブロックのリングの回転を利用したんじゃないかしら？」

「どうやって？」

凌が訊く。凌のその笑顔を見て、舞衣は少しむっとした。

舞衣の解答が間違っているときに限って、凌は優しく笑うのだ。それは彼が、高校生だった舞衣の家庭教師をしてくれていたころから変わらない。

「毎分三回転かそこらじゃ、よほど鈍くさい奴でもぶつかったりしないと思うよ」

「このエレベーターの通路を利用したのよ！」凌の台詞を聞いているときに、舞衣は閃《ひらめ》いた。「この通路、九〇メートルもあるんでしょう。しかも、ここなら重力もあるし。九〇メートルも墜ちたら、いくら〇・九Gでも死んじゃうわ！」

「残念だけど……」凌が笑いながら言う。「〇・九Gの人工重力が働いているのは、通路の先端のリング部分だけだ。角速度は同じでも、回転半径が違うからね。地球上で九〇メートルの高さから墜ちるのとはわけが違う」

「それでも、かなりの衝撃になるでしょ？」舞衣は食い下がった。

「うん」凌はうなずく。「たしかに、このエレベーターはワイヤーで吊っているわけじゃなくて、モノレール方式で動いているから可能性がないわけじゃない。どうにかして、この電動の扉を開けられさえすればね。でも、そうしたらどうやって、その死体を無重力ホールまで運ぶの？」

「え……それはエレベーターで……あ……」舞衣は答えに詰まった。

無重力モジュール側のエレベーターのドアは、透明なアクリル樹脂製だ。舞衣たちがエレベーターに乗るときに、誰かが他のエレベーターに乗っていれば気づくはずである。ましてや、瀧本博士は派手な与圧服を着ていた。隠れられるはずがない。

「降下していたエレベーターは、自動運転で本体側に戻ってきたよね。たしかに停電で暗かったけど、僕らに気づかれずに死体を運び出すのは無理だろう。それに、人工重力モジュールでは死体から血が流れ落ちる。それを完全に拭き取るのは、無理だと思うな」

「そうね」舞衣もしぶしぶ認める。「……じゃあ、居住ブロックにいた人たちは無関係か」

「うん。もし本当に、犯行時刻に居住ブロックにいたことが証明されればね」

凌はそう言って、リフトにつかまる。通路の色は黄色で、あちこちに赤い立入禁止のプレートが貼られていた。動力モジュールに続く通路だ。もちろん舞衣たちがここを訪れるのは初めてである。

通路の長さは五〇メートルほど。立入禁止といってもエアロックのような隔壁はなく、プラスチック製の鎖《くさり》が一本、通路の真ん中に張られているだけだ。凌はリフトを降りると、その鎖につかまって黄色と黒に色分けされた廊下に着地した。舞衣も続く。

動力モジュールは、他のモジュールとはだいぶ様子が違う。

奥行きは二〇メートルほど。直径二メートルほどの円筒状の通路が中央を走っているが、壁際には配電盤やケーブル、計器などがうじゃうじゃと並んでおり、奥まで見渡すことはできない。本当に、ネズミが隠れていそうな雰囲気である。

モジュールの一番奥に丸い窓があり、その隣にエアロックとおぼしき閉鎖空間があった。

「あー、君たち、入っちゃだめだよっ！」

舞衣たちに気づいた係員が、モジュールの奥から出てきて叫ぶ。無重力ホールのフィルターを交換していた仲森という係員だ。

顔は見えなかったが、その奥に係員がもう一人いるようだった。彼の同僚の安達係員だろう。動力モジュールは普段は無人のはずだから、彼らは停電の原因を調べているのに違いない。

仲森たちは、見慣れない黄色い服を着ている。瀧本が着ていた与圧服にも似ているが、それに比べると、いくぶんスマートで簡素だった。気密性もないように思える。

「このモジュールは、構造部自体が巨大な変圧器を兼ねてるんだ。防磁服無しで入ると危険だよ！」

「防磁服？」

舞衣は、仲森のものと同じ服が、通路のハンガーに二着ほどかけられていることに気づいた。超伝導防磁服とかかれている。

要するに、モジュールの内部に強力な電界が発生することがあるので、作業するときにはこれを着ろということらしい。通路に貼られているプレートをよく見ると、端末《メスギア》や時計や無線機などは、モジュール内に持ち込むなと書かれていた。

もっとも、モジュール内に入ったとしても、短時間なら人体に害はなさそうだ。それは、鎖一本だけのセキュリティを見ても明白である。

「ここ、立入禁止って書いてあるでしょ。危ないから、帰って帰って」

仲森が舞衣たちに近づきながら言う。それほど怒っているような口調ではない。顔はにこにこと愛想良く笑っている。

「あの、苅谷さんの許可をもらってるんです」舞衣は咄嗟《とっさ》に言い返していた。凌が非難するような顔で見たが、気にせず続ける。「ちょっとお話を聞かせてもらいたいんですけど」

「え？　所長が？」仲森は少しびっくりしたようだった。「なんで？　事故のことで？」

「いえ」凌が舞衣の前に出ながら言う。「ただの見学です」

「ああ、そう。少しなら、今でもいいですよ。なんです？」

仲森が、黄色と黒に塗り分けられた通路に出ながら言った。どうやら、その先にある赤い線の向こう側が本当に危険な区域らしい。

仲森は、ヘルメットを脱ぐ。宇宙服のような密閉されたバイザーではなく、フェンシングのマスクのような、細かい金属メッシュ製だった。

「けっこう危ない作業なんですね」

仲森の防磁服を見ながら、舞衣が言う。仲森は、照れたように笑いながら首を振った。

「いや、それほど危ないってことはないんだけどね。まあ、地上の建造物に比べたら、絶縁とかはチャチだよね。配電盤もむき出しだし。絶縁皮膜を一枚、地球から運ぶだけで何百万円ってかかるから、しょうがないけどね」

「モジュール自体が、変圧器になってるとか言ってましたね」凌が訊く。

「うん。この通路の先がもう、コイルを兼ねてるんですよ。白鳳本体の中心軸から離れたところに重いものを置くと、慣性モーメントの計算が複雑になるらしくて。この通路そのものを絶縁するより、作業する人間に絶縁服を着せたほうが安上がりなんだって」

「ああ……なるほど」

仲森の説明を、凌は完全に上の空で聞いていた。彼はさっきから、通路の外壁ばかり気にしているようだ。

このモジュールの外壁は、見栄えのよい化粧シートが貼られていなかった。アルミの地肌がむき出しである。白鳳の内部はどこもそうだが、ほとんどネジ止めが行われていない。無重力状態でドライバーを使うのは恐ろしく難しいのだと、舞衣はなにかで読んだことがあった。

「あの先にあるのが、太陽電池ですか?」

凌が、モジュール奥の窓からのぞく巨大なパネルを指差して訊いた。モジュールの中からでは、パネルの表面は見えない。

「いや、あれはスラスターパネルだね。姿勢制御用の液体ロケットエンジン。事故防止のために、白鳳の本体とは独立して設置されてるんだ。太陽電池パネルは、ここからじゃ見えないかな。帰りのゼンガーからなら、たぶん見えるよ」

「スラスターって、噴射したらわかります？　白鳳の中にいても」ふと思いついて、舞衣は訊いた。白鳳とスラスターパネルが離れて設置されているなら、瀧本博士を激突させるのに必要な推力が得られるのではないかと思ったのだ。舞衣の考えていることを見抜いたらしく、仲森が笑いながら首を振る。

「うん、すぐわかる。ほんのちょっとでも軌道修正すると、慣性で部屋の中の荷物が飛び散るもん。まあ、人工重力モジュールにいれば気づかないかな。いや、やっぱわかるな」

舞衣はがっかりして肩をすくめた。

「停電の原因、わかりましたか？」

今度は凌が訊いた。さりげない口調だったが、凌がここにきた目的は、その質問をするためのはずだ。今は、凌の視線も仲森のほうに向けられている。

「いいえ、全然だめですね」仲森はあっさりと首を振った。「どの回路を見ても、ショートしたような痕跡は残ってない。ゲージを使って調べたから間違いないですよ。メインのブレーカーは落ちてましたけどね。たぶん、停電の原因はここじゃないですね」

「どういうことです？」凌の瞳が一瞬細くなる。

「いや、白鳳全体が停電したのは初めてだけど、研究モジュールだけならしょっちゅう停電してるんですよ。大きい電力を使う実験をしたとかで。まあ、研究員の連中は、頭が固いから、自分たちの責任だなんて素直に認めはしないけどね」

仲森が、最後の一言だけ声をひそめながら言う。凌はそれにはかまわず、むき出しになっている配電盤のケーブルに目を向けた。

「あのケーブルは溶接してあるんですか？」

「いや、ピンジャックです。差し込んであるだけですよ。でも普通のコンセントとは電圧も形も違うから、電源はとれないけどね。そう……だから、最初は、ジャックがどれか抜けたんだと思ったんですよ。それでショートしたものだとばっかり」

「違ったんですか？」

「ええ。全部正常に入ってました。他に原因で考えられるのは、もう太陽電池パネルに続くケーブルだけだな……」

「あ、ここにもエアロックがあるんですよね？」苅谷の言葉を思い出して、舞衣が訊いた。

「ええ。でも、ここのエアロックからは人間は出られませんよ」

「え？　どうして？」思いがけない回答に、舞衣は驚く。凌も興味をひかれたらしく、真面目な顔になった。

「ここのエアロックは補修用のロボット専用だから。サイズが小さくて、与圧服を着た人間は、とても通れません」

「潰れた与圧服でもですか？」舞衣は引き下がらなかった。ムキになった舞衣を見て、仲森が笑う。

「ええ。本当に、幅が五〇センチぐらいしかないんですよ。奥さんならなんとかなるだろうけどね。僕らは生身でも無理」

「そうなんだ……」

「やっぱり事件のことが気になる？」肩を落とした舞衣を見て、仲森が訊く。

「ええ」否定してもしょうがないので、舞衣はうなずいた。

「あんな事故、そうそう起きるもんじゃないですよ。まあ、正直な話、早く原因がわかって欲しいなとは思いますけどね。僕らも怖いから……」

「瀧本博士ってどんな人でした？」舞衣は思いきって訊ねた。

「いや、よく知らないんです。僕ら、あんまりお偉いさんと話す機会ないから。でも、いつも愛人の女の人を連れてたからね。はっきり言って、羨《うらや》ましいなとは思ってたけどね」

「愛人って、遠山さんのこと？」

「え、遠山さんの知り合いなの？」舞衣の言葉を聞いて、仲森はしまったという表情になった。「ごめん、今の話、なかったことにして」

仲森の態度に不審な点は感じられない。舞衣は、微笑みながらうなずいた。

6

仲森に礼を言って別れたあと、凌たちは人工重力モジュールに戻った。エレベーターに乗って、今度こそリング状の居住ブロックに戻る。凌は疲れていて、身体が重かった。徐々に増していく人工重力が、やけにきつい。

凌はなにもしゃべらず、シートにぐったりと身体を預けていた。今回は、舞衣もくっついてはこない。大人しく対面に座って、凌の顔を見つめている。

「舞衣くん、なんだか楽しそうだね」

じっと見られているのが辛くなって、凌が訊いた。舞衣はにっこりと微笑む。

「凌ちゃん、伯父《おじ》さまが亡くなったときの事件のこと、覚えてる？」

「ああ……あれか」凌は我知らずため息を漏らす。「苅谷さんも、よくあんな昔のことを覚えてたな。もう一〇年以上も前の話じゃないか」

「あたしも、覚えてるよ」ちょこんと膝の上で頬杖をついたまま、舞衣が言う。

「ああ……あのときは舞衣くんはまだ病院にいたんだっけ……」

「うん……」舞衣は、そう言って少女のように膝を丸めた。凌はもう一度ため息をつく。

その殺人事件に遭遇したのは、凌がまだ高校生のときだ。被害者は凌の実父。最有力の容疑者は凌の義母である鷲見崎翔子だった。

当時、整備されたばかりのミラーワールドを駆使した犯罪に、警察の捜査は難航した。そして、その真相に気づいたのは凌だけだった。結局、凌が真犯人をおびき出し、負傷しながらも彼を捕らえることになる。そのとき撃たれた傷は、まだ凌の脇腹に残っている。

「あのときは、お姉ちゃんが凌ちゃんのパートナーだったじゃない」

「パートナーね……まあ、そうかな」

「だからね、今回はあたしの番。あたしと凌ちゃんで、この事件の真相を究明するの！」

返事をする代わりに、凌は肩をすくめた。たしかに、事件の渦中で孤立した凌を最後まで助けてくれたのは、舞衣の姉の森鷹《もりたか》鳴美だけだった。そう言われてみれば、今日の舞衣がやっていることは、昔の鳴美とまったく同じである。

「だけど、そういうのって不謹慎じゃないか？　遊びじゃないんだよ。本当に、人一人死んでるんだ」

「だから余計によ。拓也さんだって、遠山さんだって、このまま本当のことがわからずに事故で処理されちゃったら、可哀想じゃない」

「そのほうがいい場合もある」凌は、少しきつい口調で言った。舞衣は悪びれない。

「そのときは、そのときよ。わからないでうやむやにするのと、真実を知ったうえで黙ってるのとでは、全然違うんだから」

「わかったわかった。頑張って推理してくれ」凌が投げ遣《や》りに言う。

「もう、凌ちゃんが一緒に考えてくれなきゃ、意味ないじゃない。パートナーなんだから」

「わかったよ。別に協力しないとは言ってない。苅谷さんにも約束したしね」

答えながら凌は、パートナーのほうが夫婦より少しマシだなと考えていた。少なくとも、パートナーという単語には、夫婦という言葉から連想されるネガティブな要素が感じられない。

では、夫婦のネガティブな要素とはなにか？　両者の間に、本質的な違いはないと思う。だが、夫婦はお互いの信頼がなくても夫婦になれるが、パートナーはお互いに信頼関係がなければパートナーになれない。

エレベーターの扉が開いた。舞衣の時計をのぞき見ると、シンプルなアナログの盤面は五時少し前を指している。腹は減っていたが、夕食にはまだ少し早かった。キャミソール姿の舞衣が少し寒そうだったので、湊はいったん部屋に戻ることにする。

「お帰りなさいませ」

舞衣の帰着を感知して、彼女のクリア・ブルーの端末《メスギア》が起動する。

コンパクトな有機ELディスプレイに、黒衣の執事の姿が浮かび上がった。舞衣のアプリカント、オーギュストだ。

「どうしたの、オーギュスト？」

「雛奈《ひな》さまからお電話がありました。緊急の用件なので、戻り次第連絡が欲しいとのことです」

「緊急ぅ？　お母さんが？」舞衣が、怪訝そうに口元を歪《ゆが》める。「嘘っぽいなあ……あとでかけるわ」

「……舞衣くん」湊が、舞衣を睨んだ。

舞衣は、恨めしそうに湊を見て、しぶしぶ端末《メスギア》の前に座る。オーギュストが舞衣の態度から状況を察して、命令を受ける前に森鷹家の端末《メスギア》を呼び出した。しばらく通話ソフトとの電子的なやりとりがあって、ディスプレイに雛奈の書斎が呼び出される。

「舞衣！」

森鷹雛奈の甲高い声が、スピーカーから流れ出した。ばたばたと端末《メスギア》に駆け寄ってくる足音が続く。舞衣に似た、ほっそりした輪郭が端末《メスギア》に映し出された。雛奈を映した端末《メスギア》のディスプレイは、まるで舞衣の未来をのぞく鏡のように思える。

「あなた、大丈夫なの？」雛奈は、彼女にしては極めて珍しいことだが、舞衣の前で真剣な表情を作っていた。娘の姿を見て、安堵《あんど》しているようにさえ見える。

「凌ちゃんは？」

「いるわよ」舞衣が、無愛想に答える。彼女も表情が硬い。これから予想される口げんかに備えて、臨戦態勢を整えているのだろう。

「そう、二人とも無事なのね……」

雛奈がわざとらしく大きな声で言う。同じ部屋にいる誰かに話の内容を伝えているような感じだ。凌は、舞衣の父親の森鷹徹《てつ》がいるのだろうと思った。

森鷹夫妻は典型的な放任主義だが、それでも長女の鳴美を喪《うしな》ってから、世間並みには娘の心配をするようになっていた。

「お母さん、さっきからなにを言ってるの？　急用って？」

舞衣も、雛奈の様子がおかしいことに気づいたらしい。真面目な顔で訊き返す。

「あなたたち、聞いてないの？　白鳳で、事故が起きたんでしょう？」

雛奈が不思議そうに訊いた。凌は驚いて立ち上がる。舞衣もびっくりしたように目を見開いていた。

「事故か殺人かわからない、謎の墜落死らしいじゃない。原因不明っていうから、あなたたちも危ないんじゃないかって心配してたところよ」

「お母さんが、なんでそれを知ってるのよ！」舞衣が早口で言う。「事件があったのは、今日のお昼よ。あたしと凌ちゃんが発見したんだから！」

「あなたたちが？　ほんとなの？」

「お母さん！　ちゃんと答えてよ！」

「はいはい……もうあなたは、親に向かってなんて口のきき方？　事件のことなら、さっきからニュースでやってるわよ」

「本当に？」

「第一発見者なら、インタビューとかされるんじゃない？　放送局に売り込んであげましょうか？」

「もう、こっちは遊びじゃないのよ！」

「遊んでいるのはあなたのほうじゃないの？　どうせ、凌ちゃんと二人で事件を解決しようなんて考えてるんでしょう？」

さすがに雛奈は舞衣の性格を見抜いていたようだ。図星をさされて、舞衣がぐっと言葉に詰まった。雛奈が勝ち誇ったように笑う。

「そんなことだろうと思ったわ。いい？　よけいなことしないで、大人しくしておくのよ。凌ちゃんも、舞衣の口車になんか乗っちゃだめよ！」

「ええ……努力します」

突然、会話の矛先を変えるのは雛奈の得意技である。ある程度予期していたため、凌はすぐに反応した。凌の答えを聞いて、雛奈が噴き出す。舞衣は子供のように頬を膨《ふく》らませていた。

「とにかく、二人とも無事ならいいわ。ところで、舞衣」

「なによ？」

「新婚旅行に行くなんて、あなた一言も言ってなかったわよねえ？」

「え……いや、それは……」

「まあ、別にいいわよ。でも……」狼狽《うろた》える舞衣を見ながら、雛奈が冷たく言う。「私にも内緒っていうのは気に入らないわ。地上に帰ってきたら覚悟しておきなさい」

「ちょ、ちょっと待ってよ」

「あ、それからね。森鷹家には、出戻り娘にまたがせる敷居はないから。せいぜい凌ちゃんに嫌われないようにしなさいよね……あなたもなにかしゃべります？」

雛奈の最後の言葉は、夫の徹に向けられたものらしい。本当にいいのね、と念押しをして、雛奈は舞衣に手を振る。

「じゃあね」

「ちょっと、お母さんっ！」

一方的に雛奈が切断した画面を見て、舞衣が舌打ちする。言い負かされたのが悔しいのだろう。舞衣は、乱暴に足音を立てながらベッドに倒れ込む。凌は、その微笑ましい光景を見ながら、端末《メスギア》を置いたデスクに近寄った。

「オーギュスト、ニュースを出してくれ。今日の日付で、キーワードは、白鳳と死亡事故だ」

凌の命令を聞いて、オーギュストがニュースチャンネルの検索を始めた。

舞衣のプライベートなデータに関しては、アプリカントは並のセキュリティより遙かに厳重に守る。だが、それ以外のコマンドは、誰にでも入力することができるのだ。舞衣も興味があるらしく、うつぶせに寝転がったまま頭を上げた。

「九件見つかりました……再生しますか？」

「データ量の多い奴から順にストリーミングで流してくれ」

「かしこまりました」

数秒のダウンロード時間をおいて、舞衣の端末《メスギア》にニュース番組が配信される。ミラーワールド経由のデジタル圧縮放送は、地上波のハイビジョンよりも遙かにテロップの文字が鮮明だ。

情報量が一番多い番組は、ゴシップ記事主体のワイドショーだったが、その映像を見て凌は眉をひそめた。与圧服を着た瀧本博士の死体が無重力ホールに浮いている、ショッキングな画像が映し出されたからだ。端末《メスギア》のＣＣＤカメラで撮影したものらしく画質は粗いが、間違いなく白鳳の内部だった。

一瞬だったが、凌たちの姿も映し出される。これを見たから、森鷹雛奈はあわてて電話をかけてきたのだろう。

「なによ……これ」

舞衣がようやく声を絞り出した。怒っているとも、呆然としているともとれる口調だ。

「苅谷さんが報告したのかしら？」

「いや……違うだろう。情報が早すぎるし、航空宇宙開発公社が、こんな映像を公開するわけがない。白鳳のイメージダウンは必至だからね。宇宙旅行は過去一〇年で死亡者ゼロってのがウリなんだろ？」

「じゃあ誰が？　あ、あたしがまた映ってる！」

「画像提供者は匿名だろうな。瀧本博士のプロフィールがついてるところをみると、白鳳の職員か研究員か……とにかく、あのとき無重力ホールにいた連中」

「何人くらいいたかしら？」

「僕らと苅谷さんを別にしても、二〇人くらいはいたよね。研究員の人たちがみんな出てきたから……こういう情報って、いくらぐらいで売れるのかな？」

泣いている遠山都の姿が映し出されたのを見て、凌は顔をしかめた。こんな場面を撮影するなんて、あまりいい趣味の持ち主とは思えない。舞衣も同じ感想を抱いたようだ。あからさまに非難するような表情を浮かべる。

「なんだか非道《ひど》くない？　これ？」

「うん。でも……情報を隠蔽するよりはマシだけど」

「それはそうだけどさ……もう、こうなったら絶対早いとこ事件を解決してみせるわ。でないと、瀧本博士も、他の人も可哀想」

「うん……そうかもしれないね」

舞衣が使った可哀想という言葉は、正直に言って凌には理解できなかった。

凌にも、できる限り早く瀧本芳治の死の謎を解きたいという気持ちはある。だがそれは、死者の名誉のためなどではない。舞衣のためだ。

犯人の動機がわからない以上、瀧本芳治の死でその目的がすべて達成されたとは断定できない。第二の殺人が起きないとは言い切れないのだ。犯人の動機と手段がわからなければ、舞衣が事件に巻き込まれる可能性がある。それだけは絶対に避けなければならなかった。ただそれだけの理由で、凌は苅谷の依頼を引き受けたのだ。

死者はなにも悲しまない。

死にゆく瞬間までは悲しみを感じていたかもしれないが、その死によって、彼が生きていたという事実や、彼の残した功績が否定されるわけではない。悲しみを感じる権利があるのは、生きている者だけだ。瀧本芳治という存在が喪われていくことを、彼の思考に触れることができなくなることを、嘆く。あるいは、彼が持っていた可能性が喪われたことを悲しむのか。

計測不能だった可能性というパラメータには、死によってゼロという値が代入される。そして、彼の人生のすべてがデータに置き換わる。死によって、人間は初めて安定するというわけだ。そして、その安定を生物は恐れる。ビデオカメラに撮影された過去の自分に嫌悪を感じるのは、情報として定着した自分を見ることを恐れているからだろう。

可能性を消去する方法はもう一つある。条件を制限すればよい。微分を繰り返すことで複雑な運動を解析するのと同じように、凌は時間と場所が限定されていることを利用して、不可解に見えた人々の動きを整理しつつあった。だが、凌が考えるすべての可能性は、式に代入したときにその解がネガティブとなる。パラメータのどれかに、まだ凌の理解できない虚の変数が組み込まれているのだ。

そして、それは永遠に解けないのではないかと、凌は考え始めていた。

7

「ちょっと待ってて。加藤さんたちを誘ってくる」

夕食にしようと部屋を出たところで、舞衣が言う。昨夜、優香夫人と食事をする約束をしたらしい。

「明日にしたほうがいいんじゃない？　あんなことがあったばかりだし」

「うん……でも、約束したから。声をかけるだけはね。旦那さんも、もう部屋に戻ってるでしょ」

舞衣はそう言って、エレベーターを挟んだ向かい側の廊下に駆けていく。だが、舞衣は二四号室の扉を開けることもないまま、しばらくして戻ってきた。

「いなかったの？」凌が訊く。

「ううん」舞衣は首を振って、困ったような顔をした。「なんかね、深刻な話をしているみたいだったから……」

「喧嘩してたってこと？」

凌は驚く。気密性の高い白鳳の居室で、中の話し声が聞こえるというのは余程のことだ。声を荒らげて怒鳴り合いでもしなければ、廊下までは漏れ聞こえないだろう。地声の大きい加藤浩一郎はともかく、あの上品な優香夫人が大声を出す姿というのは想像できない。

「うーん……喧嘩ってこともなさそうだけど……言い争ってる感じだった。やっぱり止めてきたほうがいいかなあ？」

「どうだろうね。かえって気まずい思いをさせるかも……」

「そうだね。夫婦喧嘩は馬も食わないって言うものね」

「……言わないよ」

「え！　うそ？」

凌は笑いながら食堂に向かった。舞衣は首を捻りながらついてくる。

朝食の際にはハンバーガーとホットドッグしかなかったメニューも、今はもう少し選択肢が増えていた。厨房が共通なので当然といえば当然だが、ルームサービスと食堂のメニューは共通である。しかし、価格はレストランのほうが断然安い。それでも地上に比べたら暴利ともいえる値段だった。

凌は一番安かった日替わり定食を、舞衣はあまり好きではないはずのハンバーグステーキを注文した。日替わりのメインがチキンソテーだったからだろう。彼女は、鶏肉がまったく食べられない。昔、飼っていた小鳥を過《あやま》って踏み殺してしまったことが原因らしい。凌が舞衣の泣いている姿を見たのは、あとにも先にもその一回きりである。それに比べると、姉の鳴美はしょっちゅう泣いていた。だが、舞衣に比べると、鳴美のほうが遙かに強かった。

表面上は舞衣のほうが強度が高いが、彼女の本質は脆性である。ダイヤモンドと同じだ。硬く純粋すぎるがゆえに、粉々に砕け散る危険性を秘めている。

その舞衣は、スープカップを片手に、黙って凌に顔を向けていた。わざとらしく逸らした視線は、話を聞いてもらいたがっている証拠だ。甘えたがっている仔猫と同じ。かまってあげないと、すぐに機嫌が悪くなる。

「舞衣くん、なにか思いついたの？」凌はあきらめて彼女に話を振った。

「うん、ちょっとね」舞衣が、待ってましたとばかりに口を開く。「犯人の逃走経路について考えたんだけど」

「逃走経路?」

舞衣の言葉遣いがおかしかったので、凌は笑った。どうやら彼女の愛読書は、SFだけではないようだ。　舞衣は凌を無視して続ける。

「そう。凌ちゃん、ドッキングポートにいた人たちは、シロだっていったでしょう。あたしたちが目を離した時間に、往復することができないから」

「シロ?」

「無実ってこと」

「うん、わかるけど。それ、どこの言葉なんだろうね? 今どき本当に、そんな言葉を使っている人がいるのかな?」

「とにかく!」舞衣が、その一言で凌を黙らせる。「あたしは、思いついたの。あの短い時間にあたしたちの目から姿を隠す方法を」

「へえ……」

相槌《あいづち》をうちながら、凌はチキンを口に運んだ。合成肉のような食感だが、味そのものは悪くない。どちらにしても、食べ物の味は、凌にとってたいした関心事ではなかった。どちらかといえば、食器に使われている軽量の強化セラミックスのほうが気になるくらいだ。

「あのね、五号研究室にエアロックがあったの覚えてる？　無重力ホールに死体を捨てたあとで、犯人はあそこから外に出たのよ」

「外って……宇宙？」

「そう。無重力ホールから研究モジュールまでは三〇メートルぐらいしかないでしょう。リフトを使わなくても、二〇秒もあれば走り抜けられるわ。あとは、宇宙空間を経由して、のんびりドッキングポートまで戻ればいいの。どう？」舞衣は自信たっぷりに言って、凌を見上げた。

「うん……」凌は、彼女の仮説を検証する。「苅谷さんは、研究室のエアロックが使われた形跡がないって言ってたけど」

「そんなの、記録を改竄したに決まっているわ」舞衣は即答した。「白鳳をハッキングして墜落させるよりは簡単でしょう？」

「実はね……僕も同じことを考えたんだ。でもね、その仮説だと、博士の遺体が無重力ホールに捨てられた理由が説明できない。どうせエアロックを使うんなら、宇宙空間に放り出してしまえばよかったのに。そうすれば、実験中の事故ってことで片づけられたかもしれない」

「わかったわ！」

舞衣が叫んだ。他の食事客が驚いて、凌たちのほうを睨む。舞衣は、首をすくめながら小声で続けた。

「逆なのよ。実験中の事故で博士は亡くなったの。それを隠すために、遺体をホールに捨てたんだわ」

「その場合は、研究モジュールの職員が全員共犯ってことになる。博士の実験スケジュールや、エアロックの使用データを全部書き換えなきゃならないし。それに、実験中の博士が、なんでドッキングポートのスペースプレーンにぶつかるわけ？」

「なにか他のものにぶつかったかもしれないじゃない。隕石とか……」

「そんな事故なら、隠す必要はないだろう」

「……そうか。そりゃそうね」舞衣は素直に認めた。「実はね、もう一個、考えていたことがあるんだけど……これはちょっと深刻なのよね」

舞衣は、考え込むように頬に手を当てる。彼女の料理は、まだ半分も片づいていない。

「とりあえず、食べたら？　冷めるよ」

「あ、うん」

舞衣はうなずいて、食事を再開した。彼女は左利きだ。フォークでライスを器用にすくって口に運ぶ。そう言えば右利きの鳴美は、そんな簡単なことができずに、いつもナイフでフォークの背にご飯をよそって食べていた。

ふと気づくと、いつも舞衣と鳴美の相違点を探している自分に気づく。ともすれば、舞衣を鳴美の身代わりにしてしまいそうな自分を戒めるために、自然に身につけた癖なのだろうか。それは、彼女たち二人を冒瀆《ぼうとく》する行為なのではないかとも思う。だが、鳴美の面影を舞衣に重ねずにすむ方法など、今の凌には他に思いつかない。

「それでね、さっきの話の続きなんだけど」待ちきれなかったのか、完全に食べ終わる前に舞衣は話を再開する。「あたし、朱鷺任数馬が犯人じゃないかと思ってるの」

「なんだって？」今度はさすがに、凌も驚く。

「ね、深刻な話でしょう？」舞衣は得意げだ。

「深刻というより、突飛な話だよ。事件の直前まで、朱鷺任博士は僕らと一緒にいたんだよ。僕らが見学しているときは、まだ瀧本博士も生きてたし」

「聞いて。だからね、あたしたちは、朱鷺任数馬のアリバイを作るために利用されていたの。覚えてるでしょう、あの人の声」

「ああ、合成音声だったね」

「そう、それと彼のかけていたゴーグルが、謎を解く鍵なの。朱鷺任数馬はたしかにあの部屋にいたけど、あたしたちと話していたのは彼じゃなかったのよ」

「博士のアプリカントか」凌がつぶやく。舞衣はにっこりと微笑んでうなずいた。

「うん。朱鷺任数馬の人格を複製したアプリカントが、あたしたちの質問に合わせてしゃべってたの。いかにも、本人がしゃべっているような感じでね。あたしたちは、彼に会うのが初めてだから、アプリカントと本人の区別なんてつかないわ」

「ああ……考え方としては面白い」

凌は認めた。たしかに、技術的には不可能ではない。それに舞衣は、凌が朱鷺任数馬のアプリカントとミラーワールドで話しているところを見ている。アプリカントとしゃべっているときに、凌は博士本人と話しているような錯覚にさえ陥ったのだ。

いや、実際はその逆だ。博士本人と面会したとき、凌は激しい失望を覚えた。博士のアプリカントから発散されていた、圧倒的なまでの知の力を、博士本人からはまるで感じることができなかったのだ。

凌の会いたかった天才工学者は、今やミラーワールドの中だけにしか存在しない。現実の世界に残された博士は、朱鷺任数馬の肉体を持っただの抜け殻だ。だが、ミラーワールドの中の世界と、この造りものの生活空間との間に、どれほどの隔たりがある？　両者を区別する明確な境界線は、今や死の存在だけでしかない。

凌は我知らず、ナイフを握った手に力を入れる。

「でね、瀧本博士が宇宙服を着ていた理由についても説明できるの。瀧本博士は、好きで宇宙服を着たわけじゃなくて、着せられたのよ」

「誰に？」

「朱鷺任数馬に」舞衣がきっぱりと言った。「あたしたちが、朱鷺任数馬のアプリカントと話をしている間に、朱鷺任数馬はあのゴーグルで瀧本博士の部屋を観察していたの。それで、あたしたちが帰る直前に、別のアプリカントを使って瀧本博士に連絡するのよ。宇宙服を着ろって。なにか適当な口実をでっち上げたんでしょうね。上司の命令だから、瀧本博士も従うわけ」

「なんのために？」

「そう、それが重要なの！　ほら、宇宙服ってさ、背中に背負って空を飛ぶ装置がくっつくでしょう？　あのランドセルみたいな奴」

「ああ、ＭＭＵか」

「そう、それ。実は瀧本博士はそれも背負ってたのよ。だけど、瀧本博士の部屋にあったＭＭＵは、実は暴走するようにプログラムされていたの。もちろん、朱鷺任数馬の命令でね。彼はわざと白鳳を停電させて、研究モジュールの人たちがあわてている間に、白鳳の中で瀧本博士のＭＭＵを暴走させるの。で、白鳳の壁にぶつかって瀧本博士は死んだの」

「ＭＭＵの加速って、そんなに強力なのかな？」

凌が訝る。船外活動ユニットの推進材はただの窒素ガスで、ロケット燃料などを燃やしているわけではない。たしかに比較的静かで煙も残らないが、そのぶん推進力は劣るはずだ。どう考えても、人を即死させられるほどのパワーがあるとは思えない。

「そんなの、改造してパワーアップしてたに決まってるじゃない。現実に、瀧本博士は死んでるんだから」

舞衣は力説した。まるで、自分の仮説がすでに立証されたような口振りである。

「わかったよ。じゃあ、仮にそうだとして、そのＭＭＵはどこに行ったの？」

「犯人が取り外して隠したのよ。朱鷺任数馬本人がやったか、他の人にやらせたかはわからないけど。それぐらいなら、停電している間にできるはずだわ」

「でもさ、その説だと、白鳳のどこかに瀧本博士がぶつかった跡が残ってなきゃおかしいんじゃない？」

凌が訊いた。舞衣は、そこまで考えていなかったらしい。息をのんで、必死に考えている気配が伝わってくる。

「それは……隠したのよ」

「どうやって？」

「血糊をばらまいて。そう……葛城さんたちが、掃除をするふりをして修復したんだわ。壁紙みたいなのを貼って」

「なるほどな……」

凌はうなずいた。考えてみれば、無重力ホール内に激突した跡がないか調べたのは葛城千鶴たちだ。凌もある程度は調べたが、見落としがなかったとは言い切れない。白鳳の内装はポリビニールの化粧シートだ。こっそりと貼り替えることが絶対に不可能というわけではない。

凌は、はめっぱなしだった左手の指輪をくるくると回して弄《もてあそ》ぶ。三重の螺旋《らせん》を描く銀のリング。指の代わりに磁石を通すと、静電誘導で電気が起きそうだと凌は思った。そんなくだらないことを言うと、また舞衣に怒られるだろうが。

「たしかに、検討に値する仮説だと思う。よく考えついたね」

「へへ……」凌に誉められたことで、舞衣は本当に嬉しそうに笑った。「苅谷さんに言ってみてもいいかなあ？」

「うん。ＭＭＵの数や使用状況を調べれば、簡単に検証できるからね。それぐらいなら、苅谷さんがやってくれるだろう」

「そうだよね。じゃあ、早速部屋に戻って電話してみよ」

舞衣は、そう言って勢いよく立ち上がる。凌はもう少しコーヒーを味わっていたかったのだが、あきらめてトレイを片づけた。

自説が認められて嬉しいのか、舞衣の足取りは軽やかである。瀧本博士の遺体を見つけたときのショックからは、完全に立ち直っているようだ。

対照的に、凌の足取りは重かった。食事をしたせいか、脳に血が回っていないような気がする。どうやら、昨夜の寝不足がこたえているらしい。しかも今晩だって、ぐっすり眠れると決まったわけではない。いや、昨夜よりも状況は悪化しているといってもいい。

先ほどの電話を聞く限り、雛奈は本気で凌を舞衣と結婚させるつもりのようだ。

凌にとっては予定外の、極めてまずい状況である。だが、なにが予定外なのだろう。今となっては、当然予測するべき反応ではなかったかとも思えてくる。本当は、こうなることがわかっていて、今回の旅行を引き受けたのではないのか、と。

舞衣のことを嫌いなはずがない。今の凌が、本当に誰かを愛せるとすれば、それは彼女以外に考えられない。ならば、なぜ頑《かたく》なに彼女の気持ちを拒む？

恐れているのか？　彼女が自分の心の中に踏み込むことを？　それとも《彼女》を喪うことを？

わからないのか？　決められないのはなぜだ？　待っているからか？《彼女》の言葉を？《彼女》の許しを？《彼女》ともう一度だけ会うことができたら、彼女の気持ちを受け入れられるのか？

制御を失った凌の思考を中断させたのは、絶叫にも似た激しい悲鳴だった。居住ブロックのリングの前方。凌たちの部屋のほうから響いてくる。

「なに？」

「この声、なにかあったんだ！」

凌と舞衣は、お互いの顔を見合わせて走り出していた。リング部の重力は〇・九G。地上に近い感覚で走ることができる。

悲鳴は続いている。

その声に、凌は聞き覚えがあった。喉が張り裂けんばかりの絶叫ではあるが、紛れもなく加藤優香の声音である。

凌たちは走った。永遠に続く上り坂。半径九〇メートルのトレッドミルの中をひたすらに走る。慣性をキャンセルできれば二〇秒で一周できる距離が、今は果てしなく遠い。

凌たちの部屋を通り過ぎたころ、廊下を満たす白い霧の存在が目に入った。ひんやりとした風に乗って霧は拡散を続ける。凌と舞衣は、警戒して速度を落とした。すでにいくらかは吸い込んでしまったはずだが、特別な臭いも、刺激も感じられない。

凌と舞衣は顔を見合わせる。毒性のあるガスではないはずだ。もしそうなら、凌たちもすでに手遅れである。凌は覚悟を決めて、ゆっくりと晴れていく霧の中に足を踏み入れる。

もしも、これが本当に霧――大気中の水蒸気が結露しているのならば、白鳳の居住ブロックの中に大幅な温度差のある部分が生まれていることになる。短時間にそれだけの温度差が発生するとすれば、断熱膨張である可能性が高い。だとすれば、白鳳内部の気圧が急激に低下しているはずだ。だが、凌にはそれらしい兆候は感じられない。冷却剤が漏れだしているのか？　だが、そんな配管は図面にも載っていなかった。

霧が薄くなり、加藤夫妻の部屋のドアが開いているのが見えた。

鈍い灰白色に輝く無重力合金製の扉。

その前で、大柄な男がうずくまっている。加藤浩一郎だ。

彼の足元に、小さな紅《あか》い染み。

その染みが、ゆっくりと広がっていく。加藤優香の悲鳴の原因はそれだ。

「あ……あ……」

凌たちが近づいてきたのに気づいて、助けを求めるように浩一郎は頭を上げた。

その刹那《せつな》、浩一郎の口元から咳とともに血塊が噴き出す。まるで出来の悪いホラー映画を見ているようだ。苦痛に顔を歪める彼の全身は、激しく痙攣《けいれん》している。

その上半身が、自らが吐き出した鮮血に染まった。

優香の悲鳴は、まだ続いている。

宙をつかむようにもがいた浩一郎の身体は、やがて力尽きゆっくりと廊下に横たわった。

第四章　シュレーディンガーの寡婦は微笑む

CHAPTER4：
SCHRÖDINGER'S WIDOW SMILES.

M.G.H.
THE HEAVEN IN THE MIRROR

1

「舞衣《まい》くん！」

凌《りょう》は、呆然《ぼうぜん》と立ちすくむ舞衣に叫んだ。

その言葉で我に返った舞衣は、血だまりの中に沈んだ加藤浩一郎《かとうこういちろう》に駆け寄った。

彼の人相は、別人のように変わっていた。

口蓋《こうがい》は鮮血にまみれ、充血した瞳は腫《は》れあがって今にも眼窩《がんか》から落ちそうである。がっしりとした彼の身体は、がくがくと痙攣《けいれん》を繰り返していた。舞衣一人の力では押さえきれない。酸素を求めてあがく金魚のように、浩一郎の唇は虚《むな》しい呼吸を繰り返す。彼の全身のいたるところに、赤黒い斑点が浮いていた。

凌に医療の知識はないが、浩一郎の全身の血管が腫れあがっているのではないかと思えた。にもかかわらず、彼の身体には外傷らしきものが見あたらない。

「優香《ゆうか》さん！」

激しく痙攣を続ける浩一郎の身体を押さえながら、凌は二四号室をのぞき込んだ。床に崩れ落ちた優香夫人の姿が見える。

彼女はようやく悲鳴を止めていたが、とても口がきける状態ではない。なにが起こったのか、まったく理解していない表情だった。蒼白な表情で、がくがくと全身を震わせている。

倒れた夫に駆け寄ろうとしたところ、いきなり目の当たりにした恐ろしい光景にパニックに陥った様子である。

「凌ちゃん……どうしよう……」

必死で浩一郎の診断を続けていた舞衣が、ついに悲鳴のような声をあげた。

彼女は、浩一郎の気管に血が流れ込まないように気道の確保をするだけで、手一杯の状況だった。出血はいっこうに収まる気配がない。浩一郎が苦しげな咳をする度に、だらだらと唇から血がこぼれる。

「出血が止まらない……応急処置じゃどうにもならないの！　血を吸い出して、酸素を送り込まないと……」

「わかった……待ってて」

浩一郎の痙攣が収まってきたのを確認して、凌は立ち上がる。

ショック症状で、浩一郎の心臓はすでに停止しているかもしれない。だが、舞衣一人ではもはや手の施しようがない。凌は加藤夫妻の部屋に入って、優香夫人の持っていた端末《メスギア》を探した。

クロムシルバーの防磁ケースに入った端末《メスギア》をすぐに見つけて、凌は葛城《かつらぎ》千鶴《ちづる》を呼び出す。

コール数回で画面に出た葛城千鶴は、血で汚れた凌の姿を見て、驚愕の表情を浮かべた。

彼女は、まだ研究室に残っていたようだ。

千鶴の様子を不審に思ったのか、苅谷《かりや》が画面をのぞき込む。

「鷲見崎《すみさき》さん？」

「すみません。急病人です。至急、医療器具を持って、二四号室に来てください。酸素吸入器か、その代わりになるものがあれば、それも」

凌は端末《メスギア》を移動して、浩一郎の姿がカメラに映るようにする。葛城千鶴たちが端末《メスギア》の向こうで、あわてて駆け出す気配が伝わってきた。

「浩一郎さんっ！」茫然《ぼうぜん》自失の状態から回復した加藤優香が、立ち上がって浩一郎のほうに近づく。「浩一郎さん！　浩一郎さん！」

「優香さん、揺すっちゃだめっ！」

舞衣に叱咤《しった》されて、浩一郎に取りすがっていた優香は、びくっと手をひっこめた。

その手が激しく震えている。彼女の顔色は、死人のように青白かった。優香は、かすれた声で浩一郎の名前を呼び続ける。

「優香さん、なにがあったんです？」

回線をつないだままの端末《メスギア》を置いて、凌は優香の肩に手を置いた。

震え続ける彼女の身体は、恐ろしく冷たい。絶対に、演技などでは有り得ない姿だった。

いつ気絶しても不思議ではないくらいだ。

呆然と瞳を見開いたまま、優香が凌のほうを向く。

「わからない……わからないんです！　この人が、部屋の外に出ようとした途端倒れて……目の前が真っ白になって……なんで……さっきまであんなに元気だったのに」

そう言って優香が激しく頭を振る。幸い、彼女の身体はなんともないようだ。

ただ、ひどい精神的ショックを受けていることだけは間違いない。目の前で夫が血を吐いて倒れたのだ。動揺するなというほうが無理だろう。

ようやく冷静さを取り戻した凌は、加藤浩一郎の症状をじっと観察する。

舞衣が傾けた浩一郎の口元からは、血液の細い筋が流れ出している。咳はもう収まっていた。呼吸が停止しているのだ。出血量が多すぎて、人工呼吸で血を吸い出すこともできない。

見るからに異様な症状だった。病気の発作や、薬物の服用などが原因だとは、とても思えない。ましてや、浩一郎は数日前に湊たちと同じ健康診断を受けたばかりなのだ。

「おいっ！」

あわてて駆け寄ってくる足音と、よく通る男の声が響いた。瀧本拓也《たきもとたくや》だ。少し遅れて、水縞《みずしま》つぐみが走ってくるのも見える。

「どうしたんだっ？　こりゃ……」

「わからないの！」舞衣が叫んだ。「いきなり血を吐いて倒れちゃったんです！」

「大変……」

水縞つぐみがつぶやいて、優香たちの部屋に飛び込んだ。水に濡らしたバスタオルを持って、すぐに戻ってくる。彼女は、血まみれの浩一郎の顔に迷うことなく手を差し伸べて、鼻を塞《ふさ》いだまま固まり始めた血液を拭い始めた。彼女の反応が、一番冷静である。

「水縞さん……洋服が汚れてしまうわ……」おろおろとした状態で優香が言う。

「そんなことを言ってる場合じゃないでしょ！」きつい口調で、つぐみが咎《とが》めた。

「どうする……ベッドに運ぶか？」拓也が、呆然と浩一郎を見下ろしたまま言う。

「いえ、不用意に動かさないほうがいいと思います」凌が答えた。

「そ、そうか……」拓也もうなずく。原因がわからない以上、凌も拓也も、呼吸を止めた浩一郎を見ていることしかできない。

「どいてくださいっ」

エレベーターが開く音がして、葛城千鶴が飛び出してきた。彼女は、小さな酸素ボンベと、白いトランクを持っている。千鶴に続いて飛び出してきた苅谷は、浩一郎の容態を見て呻《うめ》いた。

「ば、暴露したのか？　おい、葛城くん！」

「わかってます！　肺胞破裂ですね」葛城千鶴は、深刻な表情で浩一郎の隣にひざまずく。

「所長、仲森《なかもり》くんたちに吸引機を持ってくるように伝えてください。それから、フリーダムⅢに連絡してドクターを送ってもらって……」

「間に合わないわ！」千鶴の声を遮るようにして、舞衣が叫んだ。「脈が止まってるんです！　電気ショックの準備をして！　強心剤はないの？」

「そんな……」千鶴は愕然《がくぜん》とした表情で首を振った。「だめ……白鳳《はくほう》には蘇生処置ができるような薬も医療設備もないもの……ドクターを呼ぶにしても、最低六時間は……」

「心臓マッサージは？」水縞つぐみが訊いた。落ちついた口調だ。彼女は、葛城千鶴に浩一郎の処置を任せて、今は後ろにさがっている。

「だめです。胸を圧迫すると、肺の出血がひどくなります」

「肺胞破裂って言ってましたよね？」凌が苅谷に訊く。「どういうことです？」

「生身で急激に圧力の低い空間にさらされたりすると、体内の空気が膨張して、最悪肺が破れてしまうんですよ。それだけじゃない。血液中に含まれてる酸素が溶けだして、血管や臓器が深刻なダメージを受ける。ショック症状の直接の原因はそっちです。このままだと、たとえ蘇生しても……」

苅谷は、深いため息をつきながら答えた。彼だけでなく、すでにこの場にいる全員が、加藤浩一郎の死を確信していた。加藤優香だけが、わずかな希望にすがりつくように夫の手を握って名前を呼び続けている。

「圧力の低い空間って、どういうことだよ」瀧本拓也が、苅谷所長に詰め寄るようにして言った。

「宇宙空間ってことか？　どっかから、空気が漏れてんのか？　いったい、どうなってんだよ、このステーションはっ！」

「待ってください」凌が、苅谷たちの間に割ってはいる。「僕らは、加藤さんが廊下に出たところで倒れたのを見ました。彼が真空にさらされたなんて考えられません。それに、もしどこかから空気が漏れてるとしたら、同じ部屋にいた奥さんが無事なわけがないでしょう」

「だけど、現にこの人は死にかけてるじゃないか！」

「ええ……そうです。だから、僕らは原因を調べましょう。ここで騒いでても、埒《らち》があかない」凌の言葉を聞いて、瀧本拓也はゆっくりと息を吐いた。

「あ、ああ……そうだな。あんたの言う通りだ……」拓也がうなずく。水縞つぐみが、やや興奮気味の彼の背中に手を置いた。

「あ、いや、待ってください。鷲見崎さんも瀧本さんも」黙って聞いていた苅谷が、真面目な顔で言った。「危険があるといけません。皆さんは、自室にお戻りになってください。事故の原因は、白鳳のスタッフが調べます」

苅谷の言葉遣いは丁寧だったが、有無を言わせぬ気迫が込められていた。さすがに所長を任されているだけのことはある、と凌は思う。的確な判断だ。不満がないわけではないが、従うしかない。

「万一、この客室の気密性に問題があったとしても、各個室は空調の配管まで含めて完全な独立構造になってますから、他の部屋にいるぶんには絶対に安全です。緊急時ですから、私の指示に従ってください」

「あとで、事故原因ってやつは、きっちり聞かせてくれるんだろ？」

拓也が、普段の皮肉っぽい口調で訊く。どうやら、冷静さを取り戻してきたようだ。

「もちろんです」苅谷がきっぱりと言った。「加藤さんの奥様にも、すぐに別の客室を用意させます」

「所長……」葛城千鶴が、消え入りそうな声で言った。

浩一郎の身体を静かに横たえながら、首を振る。見ると、舞衣も立ち上がっていた。血まみれになった華奢《きゃしゃ》な身体が小刻みに震えている。顔はうつむいたまま。大きな瞳に生気はなく、今の彼女はまるで人形のようだった。

「そうか……」

先ほどまで、加藤浩一郎と呼ばれていた物体を見下ろして、苅谷が言う。重苦しい空気が、白鳳の廊下を満たした。エレベーターが再び開き、仲森たち係員が降りてきた。

「舞衣くん……行こう」凌はそう言って、舞衣の肩を抱いた。

「あ……鷲見崎さん……」彼女を呼び止めようとした苅谷を、凌は睨《にら》みつける。

「奥さんに、その……また検死をお願いしたいんですが……」苅谷が申し訳なさそうな顔で言った。舞衣が顔を上げる。

「凌ちゃん、大丈夫よ……あたしなら、大丈夫……」

舞衣はそう言って気丈に微笑んだ。凌は、黙って首を振る。

「またあとで、状況説明には伺います」

凌は苅谷にそれだけ言って、強引に舞衣の手を引いて歩き出した。苅谷がなにかを言おうとする気配は伝わってきたが、結局彼はなにも言わなかった。

凌は一瞬だけ後ろを振り返る。

浩一郎の遺体の横にはまだ、加藤優香が座り込んでいた。乱れた髪の毛と、放心したような虚《うつ》ろな表情。彼女にかけるべき言葉を、凌はどうしても思いつくことができなかった。

2

気密性の高いバスルームのドアから、シャワーの音が微《かす》かに漏れ聞こえていた。

凌が着ているのは、寝間着代わりに持ってきたボタンダウンシャツで、ズボンは初日に穿《は》いていたチノパンツだった。一日に二枚も洋服が血まみれになってしまったので、もう着替えが残っていない。服を余分に持ってきていた舞衣は、先見の明があったと言えるだろう。それを自慢できるような状況ではないが。

舞衣はまだシャワーを浴びている。水音に時折混じる彼女の泣き声に、凌は気づいていた。


瀧本博士の死に方は、あまりにも非現実的だった。

球となって空に浮かぶ血液。潰《つぶ》れた白銀の与圧服。

その光景に、死を実感することはできなかった。

それに引き替え、加藤浩一郎の死は、あまりにも生々しかった。

血だまりの中に沈み、動かなくなった肉体。

ゆっくりと抜け落ちていく体温。

失われていく鼓動。命。

そのすべてを、舞衣は自分の手の中で感じていたのだ。

舞衣は姉の死に顔を見ていない。出棺する鳴美《なるみ》を見送ったのは、凌と、舞衣の両親だけだった。舞衣は、姉の死を実体験として持っていない。

だから、彼女はあっけらかんと姉の死について話すことができた。舞衣にとっての鳴美は、離ればなれになった転校生ぐらいの存在でしかなかったのである。

だが、加藤浩一郎の死は、彼女に姉の死を追体験させてしまった。舞衣が心の中に閉じこめていたものを、解き放ってしまった。それが、彼女の精神にどんな影響を及ぼすのか、凌にはわからない。凌にできるのは、彼女の側《そば》にいてあげることだけだ。それだけしかなかった。

凌はため息をつく。

ひどい無力感が、凌を支配していた。

自分が側にいながら、舞衣を傷つけてしまったという想いに、胸が苦しい。

加藤浩一郎の死は、凌のまったく予期せぬ出来事だった。事故ではない。同じ日に、同じ場所で、二人の人間が命を落としたのだ。偶然では有り得ない。

だが、それを言うならば、そもそもこのふたつは有り得ないはずの事件だった。無重力空間で起きた墜落死。一人の男だけを襲った真空。これが、誰かの意図に基づく殺人事件だとすれば、なんのためにそんな手の込んだ殺し方をする？

途切れ途切れのシャワーが室内に反響して、静かな雨音のように聞こえる。宇宙空間に降るはずのない、造りものの雨。凌は思い出す。たしか、あの日も雨が降っていた。

凌が初めて死と直面したあの日。母が死んだ日。

当時、凌はまだ六歳だった。交通事故だったという母の死因について、今も詳しくは聞かされていない。ただ、その日が雨だったことだけは覚えている。誰もいない部屋で、こっそりと泣いたことも。いなくなる前の母親のことはほとんど覚えていないのに、悲しかったことだけは鮮明に記憶しているのが不思議だった。

それから五年ほどして、凌の父親は鷲見崎翔子《しょうこ》と再婚した。鳴美や舞衣と知り合ったのもそのときだ。今でも凌は、翔子のことを母親だと思ったことはない。翔子も、母親らしく振る舞おうとしたことはないし、それでなくても彼女は美術建築家としての仕事が忙しく、日本にはあまり居着かなかった。

だから逆に、凌たちの関係は良好だった。実際のところ、凌の初恋の相手は彼女だったのかもしれない。それまでは、どこかぎこちなかった凌と父親も、翔子の存在を触媒にして少しずつ距離を縮めていった。

その父が殺されたのは、凌が一七になる少し前。嵐の夜の出来事だった。その日を境に翔子と凌の間にも見えない壁が築かれ、そして凌は〝家族〟を失った。

それは翔子が鷲見崎の姓に戻り、凌を引き取ったあとも変わることはなかった。前よりも一層仕事に打ち込み始めた彼女を、凌はもう追わなかった。翔子が自分に父の面影を見ていることに気づいていたからだ。翔子の代わりに凌を支えてくれたのは、従姉《いとこ》の森鷹《もりたか》鳴美だった。

凌は、端末《メスギア》を起動する。

ほのかに発光するディスプレイが、薄暗い客室を照らす。

画面に現れたヴェルダの瞳が、頼りなげに揺れていた。それは、彼女がエミュレーションモードで動いている証《あかし》だ。今の彼女は、アプリカントの主目的である、特定の人格を再現するための設定で動いているのだ。

「……どうしたの、凌？」

ヴェルダが凌に呼びかける。秘書モードの彼女とはまるで違う、優しく親しげな口調。凌はふと、CCDカメラで取り込まれた自分の姿が、彼女の目にどう映っているのだろうと考える。

四年前のあの日――

鳴美が死んだ日だけは、雨も降っていなかった。

インドとパキスタン、そして中国を巻き込んだ国境付近の小競り合いは局地的な武力衝突へと発展し、そして一万人以上の人命を奪って、わずか五日間で終結した。

運悪くその日、大学のゼミ旅行に参加していた鳴美を乗せた飛行機は、戦争とはまったく無関係のハノイ上空で撃墜された。精度の低いTMD兵器の誤射が原因だった。

戦争の混乱で鳴美をはじめとする乗客の遺体は回収できず、凌たちに返還されたのは、DNA鑑定でようやく判別できた彼女の遺骨と、わずかばかりの遺品のみだった。奇跡的に焼け残った鳴美の端末《メスギア》は、森鷹家の厚意で凌に譲り渡された。その中にあったアプリカントのデータが、現在のヴェルダの前身である。

「ごめん……別に用はないんだ」

「そう?」

ヴェルダが不思議そうな表情で首を傾《かし》げた。凌のプログラムにはない仕草。量子コンピューターの推論機能が再現する、《彼女》の動きだ。

「……事件のことを、考えているのね?」

ヴェルダが訊く。凌は、黙って微笑んだ。

エミュレーションモードは、本来コンピューターに学術研究用の高度な非論理演算をさせるための機能だ。推論ができ、直感を備えるということは、すなわち人間と同じような個性と感情を持つということである。たとえそれがプログラムに従った擬似的なものだとしてもだ。相手に関する十分な情報があれば、人間の考えていることを予測することなど簡単なことだ。

それを思いやりと呼べるのかどうかはわからない。だが、人間同士が行っている交流と、原理的に大きな違いはない。凌はそう思っている。

「そう……なにか気づいたことがある?」

「いえ。残念だけど……」

鏡の中の世界で、ヴェルダはゆっくりと首を振った。

特定の人格を複製して作られるアプリカントは、原型になった人間の発想に縛られる。コンピューターの限界を超えた彼女たちといえども、人間以上の存在にはなり得ないのだ。

手がかりとなる情報の不足は、解答の曖昧《あいまい》さとなって跳ね返ってくる。

「……僕は、やはりここに来るべきじゃなかった」凌が、押し殺した声でつぶやく。

「なぜ？」

「二人目の死者が出るのを防げなかった。それに舞衣は……」

「凌……」ヴェルダが、柔らかな合成音声で凌の声を遮った。

柔らかな合成音声で、もういないはずの彼女の声で、優しく続ける。

「大丈夫よ。大丈夫、あなたは間違ってないわ。それに、あなたは一人じゃない……あなた一人ですべてを背負い込む必要はないのよ」

「……ああ、ありがとう」

凌はふっと笑う。あなたは間違っていない。それは彼女の、昔からの口癖だった。

凌は端末《メスギア》の電源スイッチに手を伸ばす。

ディスプレイが暗くなり、電子像の少女は画面の向こう側へと消えた。静かになった白鳳の客室に、バスルームの水音だけが聞こえる。

「……僕はどうすればいい？」

鏡のように自分の顔を映す真っ暗なモニタを見ながら、凌は小さな声でつぶやいた。それは、エミュレーションモードの彼女に、どうしても訊くことのできない質問だった。

凌はふと、舞衣がまだ泣いているのだろうかと考える。

鳴美の死に対して、凌は涙を流さなかった。取り乱したことも、誰かを罵《ののし》った覚えもない。

覚えているのは、日本へと帰る飛行機の窓から見た空が青く澄みきっていたこと。

そして箱庭のような地上の風景を見て、自分が生きている世界がただの幻像だと思ったことだけだ。

人はみな、ミラーワールドの中の仮想空間を虚像だと言う。造りものの儚《はかな》い世界だと。

だが強固なはずの現実から、凌の父母はあっさりと姿を消した。あとに残ったのは思い出だけだ。

鳴美は死んだが、彼女の思考は、今も仮想空間の中で電子データとして生き続けている。

本当に儚いのは――不連続なのはどちらだ？　人間の肉体はいつか滅びる。あとに残るのは思考だけ。彼らが遺《のこ》した意志だけだ。

凌は混乱していた。

人造空間である白鳳の内部には、自然の意思は介在しない。そこでなにか事故が起きたのなら、その背後には必ず人間の思惑があるはずだ。

だが、脆《もろ》く儚い現実の中で、わざわざ他人の存在を抹消する価値など、どこにあるというのだろう。自らの存在を危険にさらしてまで、犯人が手に入れたかったものはなんだ。

愛？　憎しみ？　そんなものが、そうまでして残す価値のある意志だとは、凌にはとても思えない。

なんのために、彼らは死ななければならなかった？

凌はそう自問する。

見つけられるために。あるいは、見せつけるために、だ。

見せつける——誰に？　なんのために？

ロックが外れる音がして、ゆっくりとバスルームのドアが開いた。

無地の青いワンピースを着た舞衣が、素足のまま顔を出す。

彼女の髪は濡れたまま。ちゃんと拭いていないのか、髪の毛の先から水滴が滴《したた》っていた。

力無く微笑む舞衣の姿は、幼い少女のよう。だが少女時代に比べて、彼女はずいぶん綺麗になったと思う。何年もの時間をかけて、彼女はゆっくりと成長していたのだろう。凌が、それに気づこうとしなかっただけだ。

ベッドに腰掛けた凌に、舞衣が駆け寄ってくる。彼女はそのまま凌に抱きつくと、凌の胸に頬をうずめた。舞衣はなにも口にせず、ただ凌に身体を預けているだけ。凌もなにも言わない。

しばらくして、舞衣がくすくすと笑い出す。それから、彼女はようやく顔を上げた。大きな瞳を縁取る長い睫毛《まつげ》が、まだ少しだけ濡れている。それを見た凌はなぜか、今の彼女が、死んだときの鳴美と同じ年齢になっていたことを思い出していた。

「凌ちゃん……遺書って書いたことある？」笑いながら舞衣が訊く。

「ないよ……そんなの」

「あたしはあるわ」そう言って、舞衣はまた笑う。「あたし、小さいころ身体が弱かったじゃない。だからね、いつ死んでもいいように遺書を書くのが趣味だったの。お母さんに見つかると怒られるから、こっそりとだけど……」

「今も、まだあるの？」

「ううん、残ってない。凌ちゃんが、翔子伯母《おば》さまの養子になる前のことだもの。でも、残ってたら見せたかったな。おかしいの。お姉ちゃんへ、って始まってて、あたしが死んだら毎日お墓にケーキをお供えしてください、とかって……」

舞衣がそう言って、凌を見上げる。凌は声をあげて笑った。それを見せられたときの鳴美の様子が、手に取るようにわかる。鳴美はきっと、そんな遺書を遺して死なれてはかなわないと思って、必死で舞衣を励ましたことだろう。

「……あたしは……ばかだ」舞衣がぽつりとつぶやく。「なにもわかってなかった。お姉ちゃんの気持ちも……凌ちゃんの気持ちも。自分のことしか考えてなかったわ。こんな強引な方法で結婚しようとしたりして……みんなを傷つけてた……」

「……そんな、悪いもんでもなかったさ」舞衣から目を逸《そ》らして、凌が言った。

「ふふ……凌ちゃんは優しいね。いつも、そうだった。あたしが困ってるときは、いつだって凌ちゃんが助けてくれたわ。さっきだって……」

「僕はなにもしていない」凌は首を振る。

「昔さ……凌ちゃんと、お姉ちゃんがさ、よく、あたしの病室で作戦会議してたよね」凌の言葉を無視して、舞衣が言った。「ほら、凌ちゃんのお父さんが殺された事件のとき」

「ああ……そんなこともあったっけな」昔のことを思い出して、凌は苦笑する。

あのころの凌は本当に探偵気取りだったし、今よりもずっと必死だった。警察に対しても、周りの大人に対しても、激しく怒っていた。今は、どんな理不尽な出来事に対しても、あのころのように純粋な怒りを感じることができない。自分が、汚い大人たちの仲間入りをしてしまったからだろうか？　それとも、《彼女》が隣にいないせいか？

違う、ともう一人の凌が指摘する。

怒りを失ったわけではない。コントロールできるようになったわけでもない。

ただ目を背《そむ》けているだけだ。

鳴美を奪ったこの世界に対する怒りは、火山の下に溜まったマグマのように、凌の中で荒れ狂っている。だから、凌は気づかないふりをしている。その怒りが、残された大切なにかを壊さないように、無意識に心を麻痺《まひ》させている。今も、きっと。

「本当のことを言うと、あたし、あのとき翔子伯母さまを疑ってた。凌ちゃんの言うことを信じてなかったの」舞衣が言う。

「しょうがないさ。状況が状況だ。僕だって、自信があったわけじゃない」

「でも、お姉ちゃんは、最後まで凌ちゃんのことを信じてたわ」

舞衣は淡々と言った。凌は言葉を失う。

「あたしね……ずっとお姉ちゃんが羨《うらや》ましかった……いつも凌ちゃんと一緒にいられて。でも、絶対に凌ちゃんのことは譲らないつもりだった。だけど、だけどね……あのとき負けたって思ったの」舞衣は、うつむいた。

「……お姉ちゃんだけには凌ちゃんを奪《と》られてもいいやって思った。だから、凌ちゃんがお姉ちゃん以外の人を好きになるのを見たくなかっただけなの。凌ちゃんがあたしのこと好きじゃなくても、側にいられるだけでよかったの。でも……ごめんね……」

舞衣の瞳から、涙がこぼれた。地上に比べて、ほんの少しだけ、ゆっくりと流れ落ちるその透明な液体を、凌はとても綺麗だと思う。

「あたしのこと、嫌いになったでしょう？」舞衣が、微笑みながら言う。

「……前からずっと思ってたんだけど」凌が真面目な表情で舞衣を見返した。「その質問は、ずるい」

「どうして？」

「否定されるとわかってて訊いてるから」

「もう」舞衣が怒ったように言った。だが、その瞳は笑っている。「当然でしょ。否定して欲しくて訊いてるんだから。こういうときは、黙って否定するのが愛情じゃない。それとも、質問を変えようか？　あたしのこと、好き？　愛してる？」

「……わかった。悪かった、ごめん」凌は、片手で目元を覆って答えた。「きみの最初の質問のほうが正しい。きみのことは嫌いじゃない」

「もう、凌ちゃんなんて大嫌い！」

舞衣がそう言って、華やかな微笑を浮かべる。それは、いつも通りの彼女の笑顔だった。

凌が、この世界で一番好きな表情だ。

「あたしたち、帰ったら即、離婚しよう」舞衣が言う。「それでね、最初からやり直すの。普通の恋人みたいに。お互い好きになるとこから始めるの。素敵でしょ」

「きみの好きなようにしていいよ」凌は、肩をすくめる。

「うん、そうする。でも、ちゃんと、あたしのことを好きになってくれなきゃ嫌よ」

「……努力するよ」舞衣のわがままな台詞《せりふ》に凌は噴き出す。「ようやく、元気になったみたいだね」

「ええ」舞衣はうなずいた。涙で濡れた顔を、掌《てのひら》でこする。

心地好い舞衣の重さと体温を感じながら、凌は黙って考えていた。

脳や神経系の解析が進んだ現在でも、仮想空間で触覚を再現することだけはできない。今、自分の腕の中にある舞衣の温《ぬく》もりを、永遠にとどめておく方法はない。その温もりを感じられるかどうか――生命とは、きっとそれだけのことなのだろう。

他の感覚と同じように、触覚もまた、人間の脳が作り出したただの幻覚に過ぎない。だがそれは、人が生命の価値を信じるのに十分な理由になる。

自分たちの目の前で瀧本芳治《よしはる》らの生命を奪い去り、舞衣を傷つけた意志に対して、凌は懐かしい感情が目を覚ますのを感じていた。

「じゃあ、そろそろ行こうか」

舞衣が落ちつくのを待って、凌は言った。舞衣がきょとんとした表情で凌を見返す。

「行く？　どこに？」

「そうだな……きみの好きな言葉で言えば、聞き込み、かな。瀧本博士と、加藤さんの死因を究明する。手伝ってくれるんだろう？」

凌の提案に、舞衣はびっくりしたように大きく瞳を見開いた。やがて、その表情が幸せそうな笑みに変わる。

「うん！」元気よくうなずいて、舞衣は凌の胸にもう一度頬をうずめた。「でも、条件が一つだけあるんだけど……いい？」

「条件？　なに？」凌が訊く。

舞衣は黙って、凌に顔を向けた。上目遣いに微笑んだあと、ゆっくりと瞳を閉じる。

「キスしてくれたら、ね」

3

加藤浩一郎が死んだ部屋では、事故原因の調査が続いていた。

苅谷所長が、非番の職員たちも動員したのだろう。驚くほど多くのスタッフが、二四号室の周囲に集まっている。部屋を出た凌と舞衣は、混み合った三番エレベーターに乗ることをあきらめて、別のエレベーターまで歩くことにした。レストランへ行くときに通った道である。

「やっぱりあたし、苅谷さんにお願いして検死させてもらおうかしら」あわただしく動き回る職員たちを振り返りながら、舞衣が言う。

「どうして？」

凌は、上着のポケットに入れた端末《メスギア》を気にしながら答えた。バッテリーの残量が、そろそろ残り少ない。予備のカートリッジを持ってくればよかったと、凌は少し後悔した。ただの旅行先で、端末《メスギア》をこうも頻繁に持ち歩く事態になるとは予想してなかったのだ。

「だって、なにか事故の手がかりが、つかめるかもしれないじゃない」

「いや……その必要はないよ。たぶん」

「どうして？」舞衣が不思議そうに訊き返した。「ひょっとして凌ちゃん、浩一郎さんが亡くなった原因がわかってるの？」

「苅谷さんが言っていたよ。肺胞破裂だか、動脈空気塞栓《そくせん》だか……とにかく気圧の急激な低下が原因だ」

「だから、どうやって浩一郎さんの周りだけ空気がなくなっちゃったのかってことが問題なのよ。誰かが人為的にやったってことなんでしょう？」

「いや……たぶん逆なんだ。白鳳自体が人為的な、不自然な建造物なんだ。それを誰かが利用しただけだ……」

独り言のようにつぶやく凌に、舞衣は両手を組んで首を捻《ひね》った。

二番のエレベーター乗り場にたどり着いた凌は、上向きの矢印が描かれたボタンを押す。ワイヤーを巻き上げる音などは聞こえない。白鳳のエレベーターが自走式のモノレール方式だからだ。動力室が停電してもエレベーターが動いたところを見ると、ケージ内には非常用のバッテリーが搭載されているのだろう。故障しているわけではないことをアピールするためか、エレベーターが到着するまでの残り時間が、ドアの上部に秒単位で表示される。

アルミ合金が主体の白鳳にしては珍しく、エレベーター周辺は比強度の高い複合材料で固めてある。エレベーターシャフトは、万一の事故の場合には簡易エアロックとしても使われるためであろう。

そういえば加藤浩一郎が死んだ二四号室は、エレベーターに近い。犯人が、そこまで計算していたわけではないだろうが。

「それよりも」到着したエレベーターに乗り込みながら、凌が言った。「どうして浩一郎さんだけが死ななければならなかったのか……そっちのほうが気になるな」

「そうか……優香さんは無事だったんだものね」舞衣が、凌の隣に腰掛ける。「それって、ただの偶然？　それとも他の人を巻き込みたくなかったのかしら？　なぜ犯人は優香さんを殺さなかったのか……」

「あるいは、なぜ居住ブロックにいる人間全員を殺さなかったのか、だね」

「そうか、観客が必要なんだわ……」舞衣の目つきが真剣なものに変わった。「犯人は、誰かに自分の犯行だってことを伝えようとしているのね？」

「その場合、犯人はまだ真の目的を果たしていない可能性がある」

「また次の犠牲者が出るかもしれないってこと？　だから凌ちゃん、真面目に捜査する気になったんだ？」

「不本意ながらね」舞衣の使った捜査という単語に、凌は苦笑する。

エレベーターはゆっくりと上昇を始めた。アクリル樹脂製の透明な天井越しに、エレベーターシャフトの中の様子が見える。長さ九〇メートルの銀色のチューブ。

照明がないため、エレベーターシャフトの内部は暗い。白鳳本体の通路の明かりが、長いトンネルの出口のように遠くでぼんやりと瞬いている。

「朱鷺任《ときとう》博士に会いにいくのね?」小さな頭を凌のほうに向けて、舞衣が訊いた。

「うん……よくわかったね」

「だって……加藤さんと瀧本博士の接点は開発公社の職員ってことだけだもの。仲森さんが言ってたでしょう。普通のスタッフは、お偉いさんとは滅多に話すこともなかったって。あの二人を殺す動機があるとしたら、苅谷所長か、遠山《とおやま》さん。でなければ、朱鷺任博士だけだわ」

「そう。でも、苅谷さんは加藤さんが死んだとき、葛城さんたちと一緒に研究モジュールにいた。それは、僕も確認している」

「……でも、もし共犯者がいたら?」

「まあね。だけど、もし彼が犯人だった場合、僕らみたいな部外者に事件を調査してくれなんて頼むかな?」

「そうか……それはそうね」あきらめきれない様子で、舞衣はつぶやく。「よっぽど自分の犯行計画に自信があるなら別だけど」

「どっちにしても、今は苅谷さんに話を聞くのは無理だろう」

凌は、大勢のスタッフを指揮しながら客室の空気漏れを調べている苅谷の姿を想像した。もしも彼が、あらかじめ加藤浩一郎たちの客室に細工を仕掛けていたとしたら、証拠を隠滅するチャンスには事欠かないだろう。客室の割り振りはあらかじめ決まっていたのだから、苅谷には加藤浩一郎が泊まる部屋が事前にわかっていたはずだ。だが、それを言うならば、白鳳の職員全員に、それを知る機会があったことになる。

エレベーターが停止する。

「……優香さん、大丈夫かしら？」ゆっくりと回転を続ける白鳳の通路に身を躍らせながら、舞衣が言った。

「大丈夫って？」

「だって、新婚旅行先でご主人が変死したのよ。ショックを受けているんじゃないかしら？」

「うん……葛城さんか誰か、白鳳のスタッフが彼女に付いているとは思うけど……」

凌は、加藤浩一郎が倒れたときの、優香夫人の取り乱した様子を思い出す。

あのときの彼女は、たしかに普通の状態ではなかった。部屋の奥から、ほとんど一歩も歩けないような状態だったのだ。

彼女はひどく怯《おび》えていた。夫の死というよりは、壁一枚隔てた場所にある真空の宇宙空間に対する恐怖が、彼女を支配していたのだろう。

「ね、あんまり、こんなこと考えたくないんだけど」珍しく前置きして、舞衣が言葉を続けた。「優香さんが、浩一郎さんを殺したという可能性はあると思う?」

「ああ……そういえば、二人が口論しているのを聞いたって言ってたね」

「うん……」舞衣が目を伏せてうなずいた。

「単に可能性というだけなら、ゼロじゃない。でも、もしも彼女が犯人だとしたら、もっと安全な場所や、確実な方法で浩一郎さんを殺すチャンスがいくらでもあるはずだ。わざわざ、あんな目立つ殺し方をする理由が説明できれば別だけど……」

「そうか……」舞衣は、安堵《あんど》したように顔を上げる。「やっぱり瀧本博士を殺したのと同じ犯人の仕業なんだわ」

「二人の死因が、殺人だと決まったわけじゃないけどね」凌の言葉を、舞衣は聞いていないようだった。

凌たちはリフトの惰性を使って無重力ホールを横切った。誰もいない球状の空間に、凌たちの声が反響する。

思ったよりその音が小さいのは、ホール壁面の起伏で音波が打ち消されているせいだ。人間の声程度の微弱な放射圧でも、無重力状態では物体の運動に影響を及ぼす。その影響を抑える構造になっているのだろう。

凌はふと、音の放射応力を利用して瀧本芳治を殺すことが可能かどうか考える。だが、検討するまでもなかった。たとえ超音波音源の大音圧を利用しても、人間を即死させるほどの衝撃波を生み出すことは、まず不可能だ。

研究モジュールは相変わらず閑散としていた。加藤浩一郎の事故が伝わっているのだろう。実験中だった職員も自室に戻ってしまったらしく、モジュール内に人の気配は感じられない。

凌は、実験室のドアに触ってみたが、鍵がかかっていて、どの扉も開かない。朱鷺任博士らの研究室も同様だった。

「あ……開いてる」

舞衣が六番研究室の扉に触れながら言った。先ほどまで苅谷所長らが瀧本芳治の死因について話し合っていた部屋だ。大きなアルミ合金製のドアが、抵抗もなくふわりと開く。

「誰!?」研究室の内側から、鋭い声が響いた。女性の声だ。

「あ、ごめんなさい！」驚いた舞衣が首をすくめる。

「あら……あなた……」

凌は舞衣の背中越しに、部屋の中をのぞき込んだ。舞衣たちに対してちょうど右手の壁に垂直に立っていたのは、瀧本博士の助手の遠山都《みやこ》だった。

彼女は、端末《メスギア》でなにかのシミュレーション作業を行っていたらしい。壁面に備え付けられた大型のモニタに、ストライエイションの電子顕微鏡写真が映し出されている。都は、腕をキーボードに固定していたベルトを外して、凌たちのほうへと身体を向けた。

「あの……朱鷺任博士に、もう一度会いに来たんですけど……」

舞衣がおそるおそる話を切り出す。どうも彼女は、都に苦手意識を持っているようだ。

「所長は、自室に戻られたわ」意外なほど優しい声で都が答えた。

「え？」舞衣は驚いた表情で凌を振り返る。「それは、いつ頃ですか？」

「さあ……三時間くらい前だったかしら」都はちらりと、端末《メスギア》のディスプレイに表示されている時計を見る。「あの方が重力モジュールに戻られるのは珍しいのだけれど」

「珍しい？　どういうことです？」凌が訊いた。

「ご存じないの？」都は、凌たちを招き入れるように、部屋の奥へと後退する。「所長のお身体は、もう半分以上機械に置き換わっているの。何年か前に、立て続けに大きな病にかかられて。重力のある区画では、もう自由に歩くのさえ億劫《おっくう》なはずよ」

そう言って、都は肩をすくめた。凌たちが研究室に足を踏み入れても彼女はなにも言わない。実験の邪魔をされたことも気にしていないようだ。ディスプレイでは、クラック成長のシミュレーションがまだ続いている。

「ひょっとして、博士がこの研究所の所長を引き受けたのは……」

舞衣が訊いた。凌が考えていたのも、彼女と同じことだった。

「ええ、そういう事情もあったかもしれないわね」都があっさりとうなずく。「少なくとも白鳳の中でなら、不自由なく実験が続けられるもの。もし、所長と話をしたいのなら、ミラーワールド経由のほうがいいと思うわ。一度部屋に戻られると、次に出てこられるのが、いつになるかわからないから」

「わかりました。そうします」

凌は礼を言って、研究室を出た。

あとに続いた舞衣が、扉を閉める直前に都を振り返って訊く。

「あの、遠山さん……加藤浩一郎さんが亡くなったのは、ご存じですか？」

都は、平静な表情で舞衣を見上げた。

「公社の加藤課長？　ええ、苅谷さんたちが、そんなことを言っていたのは聞いているわ。死因はなんだったの？」

「えっと……」

「肺胞破裂です」言葉に詰まった舞衣の代わりに、凌が答えた。「苅谷所長は、彼が真空暴露したのではないかと疑っています」

「暴露？　白鳳の中で？」あまり興味のない様子で、都が言う。「有り得ないわ」

「そうですね」凌は同意した。軽く頭を下げる。「お邪魔して、すみませんでした」

遠山都は、眼鏡のフレームのずれを直すと、再び端末《メスギア》に向かった。

舞衣はなにか言いたげな表情だったが、結局凌のあとをついて部屋を出る。凌は研究室のドアを閉めた。

「凌ちゃん、遠山さんに訊かなくていいの？　加藤さんの事件のこととか、もっと……」

無重力ホールへと続くリフトにつかまったまま、舞衣が訊いてきた。

「うん」凌は上の空で答える。「彼女のアリバイを調べるのなら、苅谷さんに訊いたほうがいい」

「でも、彼女どうしちゃったのかしら。急に優しくなったみたい。それに、なにもこんなときに研究なんかしなくたっていいのに」

「こんなときだから研究してるんじゃないかな」凌はぽつりとつぶやく。

「気を紛らわせているってこと？」

「うーん、まあ、そんなものかな」

凌は、鳴美が死んだ直後のことを思い出しながら言った。

あのころの気持ちは、凌にもうまく説明できない。単純に逃避と呼ばれる行動とも少し違う。まるで予備回線に切り替わるように、感情の麻痺した別の意識が、自動的に身体を動かしてくれるのだ。きっと遠山都のバックアップ回路は、優しい人格だったのだろう。

「あと話を聞いていない関係者は、瀧本さんたちか……」

「瀧本さん？　瀧本拓也さん？」舞衣が驚いたように訊き返す。「そうか……瀧本さんが、お父さんを殺したって可能性もあるのね。加藤さんが殺されたときにも、妙にタイミング良く駆けつけてきたし……怪しいわ」

舞衣の独り言を聞いて、凌は軽く肩をすくめる。

「たぶん、むこうも僕らのことを、相当怪しいと思ってるだろうけどね……なにしろ、二回とも僕らが第一発見者だ」

凌の台詞に、舞衣が笑う。先にリフトに乗った彼女は、凌より一足早く重力モジュールにたどり着いた。

ダンスのような優雅なステップを踏んで、舞衣は着地する。金属シートを埋め込んだ壁に彼女のスリッパが吸いつき、モジュールの回転に合わせて舞衣の身体が回り始める。

人工重力を生み出すために、重力モジュールは絶え間なく回転を続けている。

ただし回転の中心からの距離が小さいため、この通路内では、まだ人工重力はほとんど生じていない。重力を代替する遠心加速度を生み出すには、回転運動の速度とともに、十分な回転半径が必要だからだ。もしこの通路程度の直径で、地上並みの人工重力を発生させようと思ったら、現在の何倍もの回転速度が必要になるだろう。

そして白鳳の重力モジュールに、そんな急加速を実現する機能はない。

だから、瀧本芳治は墜落死することが出来なかった。

本当に？

「そうか……」

「凌ちゃん？」突然黙り込んでしまった凌を、舞衣が心配そうに振り返る。

「……瀧本博士じゃない」

ドッキングポートから動力モジュールまで、真っ直ぐに延びた白鳳の通路。

それを見渡して、凌はつぶやく。

「そういうことだったのか。墜落したのは、瀧本博士じゃなかったんだ」

「凌ちゃん!!」

惰性で飛んできた凌とぶつかりそうになって、舞衣が嬉しそうに叫んだ。

「あら……」

4

四六号室を訪れた湊たちを出迎えたのは、今度も水縞つぐみだった。

突然来訪した湊たちを、彼女は嫌な顔ひとつ浮かべず部屋に招き入れる。

「いらっしゃい。どうしたの？　まあ、掛けて掛けて」

水縞つぐみは加藤浩一郎の血で汚れた服を着替えていた。

今の彼女は、細身のレザーパンツに、白いタートルネックを合わせている。恋人と旅行に来ている芸能人にしては、ずいぶん大人しい服装だ。

スイートルームのリビングにいたのは、彼女一人だった。瀧本拓也の部屋から、彼の話し声が聞こえてくる。端末《メスギア》で、地上にいる誰かと連絡を取っているのだろう。

声の調子から判断して、友人としゃべっているような感じではない。彼が昼間言っていた、相続問題について話し合っているのかもしれない。

「お二人ともアルコールは大丈夫？」

「あ、いえ、僕たちは……」

「まあまあ、そう言わないで……好きなのを選んでね」

つぐみはそう言って、湊たちの前にペットボトルに入ったカクテルを並べる。彼女はすでに、少し酔っているようだった。テーブルの上には、半分ほど空になったモスコミュールのボトルが置かれている。

凌は舞衣と顔を見合わせて、ソフトドリンクのボトルをそれぞれ選んだ。舞衣はほとんどアルコールが飲めない。凌は単に甘い酒が苦手なだけだ。

つぐみは読書中だったらしく、ページを開いたままの本が椅子の上に伏せられていた。

凌はふと、そのタイトルに目を留める。瀧本芳治博士の書いた高分子化学の入門書だ。瀧本拓也が、父親の本を持ってきていたのだろうか。

「すみません、こんな時間に」ソファに腰を下ろしながら、舞衣が謝る。

「いいえ」つぐみは、ふふ、と笑う。「あたしたちを調べにきたのでしょう? やっぱり鷺見崎さん、探偵だったのね?」

「調べるっていうか……その……」舞衣は、あわてて首を振った。

「別にかまわないわよ」少し潤んだ瞳で、つぐみが言う。「あたしも拓也さんも、あの亡くなった方……加藤さん……とは、一面識もなかったもの。それは、調べればすぐにわかると思う」

「あのとき、加藤さんの部屋に入られましたよね?」凌が訊いた。「たしか、バスタオルを取りに。そのとき、なにか変わったことはありませんでしたか?」

「え? ええ……」つぐみは、頬にかかった髪をかきあげる。「そうね……そう、あの部屋、ずいぶん寒かったわ。お風呂の壁や鏡に、霜がついてた」

「霜、ですか？」舞衣が、怪訝《けげん》な表情を浮かべた。「曇ってただけじゃなくて？」

「ううん。もっと、そう、冷凍庫の内側みたいな、ざらざらした感じだった。足下も、スリッパが滑ってひやりとしたわ。あと気づいたのは……棚の上にあった荷物が落ちてたことぐらいかな」

「荷物？」凌の言葉に、つぐみはうなずいた。

「ええ。歯ブラシとか、コップとか。ああいうのは、荷物っていわないのかしらね？」

「浩一郎さんが、怒って暴れたんじゃない？」舞衣が、ささやくような声で凌に訊く。

「まさか」凌は、自分が見た加藤浩一郎たちの部屋の様子を思い出そうとした。

普通のホテルの客室と比べても、白鳳の部屋には備品が少ない。ベッドのシーツなどは多少乱れていたかもしれないが、怒りに任せて散らかしたような、人為的な痕跡はなかったように思う。

つぐみは、残っていたモスコミュールを飲み干した。彼女はあまり酒が強くないようだ。グラス一杯分程度のカクテルで、だいぶご機嫌になっている。細く長い指を胸の前で絡み合わせるのが、つぐみの癖らしかった。凌は、彼女が指輪をしていないことに気づく。

「やあ、いらっしゃい」

寝室の扉が開いて、無地の黒いシャツを着た瀧本拓也が現れた。

シャワーを浴びたばかりなのか、彼の髪は濡れている。拓也は、テーブルに並べられた飲物に気づいて、クアーズのボトルに手を伸ばした。

「おばさまの具合、どうでした？」

「だめだ。全然だめ」つぐみの質問に、拓也は大仰に首を振る。「お袋は取り乱しちまってて、まるで話にならない。ジジイどもは、また昔の話を蒸し返してお袋と喧嘩を始めるし、当分は、また荒れるだろうな」

拓也は、湊たちのほうを見てにやりと笑った。

「うちの母方の実家は愛知の田舎にあるんだが、けっこうな資産家でね。俺は、そこじゃあまりよく思われていないんだ。財産目当てでお袋をだました男の息子ってことになってるからな」

「だましたなんて、そんな……」舞衣が、困った顔をする。

「いや。あいつらの言うことも、あながち的外れってわけじゃないさ。女を、自分の出世のための道具ぐらいにしか思ってない奴だったからな、あいつは」

拓也はそう言って、クアーズのプルトップに指をかけた。

「っつっても、俺があいつと一緒に暮らしていたのは、一六歳までだ。その後のことは、たいして知らない。まあ、あの歳になって人間そうそう変わるもんじゃないだろうけどな」

「うちの父が死んだのも、僕が一六のときでした」凌が言う。

「へえ」拓也は、驚いたように片眉を上げると歯を見せた。「気が合うな、先生」

瀧本拓也の皮肉っぽい物言いからは、両親に対する屈折した愛情が感じられた。彼も凌と同じで、肉親の愛に飢えて育った人間なのだろう。

舞衣やつぐみに対する接し方を見ていると、拓也は女性に対して無条件に優しいタイプに思える。父親に対する子供っぽい反抗心が、そうさせているのだろうか。

「おっと」

拓也が声をあげる。

プルトップを引きちぎられたポリエチレンのボトルから、空気の漏れる音とともに激しく泡立ったビールが噴き出した。純白の綺麗な泡が、ボトルの口から溢れて、拓也の指を濡らす。

「大変！」

「あらあら」

舞衣とつぐみが口々に叫んだ。立ち上がったつぐみが、少しおぼつかない足取りで、バスルームへと向かった。タオルを取りに行ったのだろう。

瀧本拓也は、自分の手を見つめたまま、じっとしている。彼の唇はきつく結ばれ、その瞳にはなにも映っていなかった。噴きこぼれたビールが、テーブルの上にこぼれて水たまりを作る。

拓也は、その様子をじっと見つめている。

彼も気づいた。凌は、ぼんやりとそう考えた。

5

瀧本拓也は、二本目のビールを一口飲んだところでソファに眠り込んでしまった。彼も、あまり酒が強いほうではないようだ。

凌と舞衣は、水縞つぐみに挨拶して部屋を出た。つぐみは椅子の肘掛《ひじか》けに身体を預けたまま、優雅な仕草で凌たちに手を振る。彼女も寂しいのだろうと、凌は勝手に想像した。

彼らのスイートルームから、凌たちの客室までは少し距離がある。凌と舞衣は、油膜のような光沢のあるビニル張りの廊下を、ゆっくりと歩いた。

「凌ちゃん」しばらくむっつりと黙っていた舞衣が、押し殺したような声で言った。「さっき、つぐみさんのこと、じーっと見てたでしょう？」

「え？」思いがけない舞衣の台詞に、凌は戸惑う。「そうかな……」

「そうよ。凌ちゃんの目線、つぐみさんをずっと追ってたもの。なに考えてたの!?」

「え、いや……彼女、本当に瀧本さんと付き合ってるのかなって……」

「ほおう」舞衣が凌を睨む。「そんなの凌ちゃんに関係ないでしょ。それとも、あたしに喧嘩を売ってるわけ？」

舞衣が目を細めて、指を鳴らす仕草をした。

祖父仕込みの彼女の護身術は、要人警護用の実戦的なものだ。まともに喧嘩したら、彼女はたぶん凌よりも強い。凌は苦笑するしかない。

舞衣がちらりと時計を確認するのが見えた。白鳳の中の時間で、午後九時四〇分。

「凌ちゃん……」不意に真面目な表情を作って舞衣が口を開く。「もしかして、もう犯人が誰かわかっているの？」

「どうしてそう思う？」凌は少し驚いて訊いた。

「妻ですから」舞衣が適当なことを言う。

どうやら彼女は、単にかまをかけてみただけのようだ。凌は黙って肩をすくめた。

無関係な質問の直後に、核心を突く質問を何気なく持ってくる。嘘発見器にも使われる手口だが、舞衣はそのやり方を本能的に知っているらしい。舞衣だけでなく、森鷹家の女性に共通した特徴。その測定精度も嘘発見器並みだ。

「いや、この状況を再現可能な仮説を思いついたってだけ。今のところはね」

「犯人の手口がわかったってこと？」

「たぶん、そうかな。それで舞衣くんに頼みがあるんだけど」凌は、真面目な表情を作りながら言う。「今夜一晩、加藤優香さんと一緒にいてあげてくれないかな」

「え？」舞衣が驚く。「まさか、この次は優香さんが狙われるの？　じゃあ、本当に狙われていたのは浩一郎さんじゃなくて……」

「いや……そうじゃなくて、ひょっとしたら、彼女、自殺するかもしれないから」

「……そうか。それはそうよね」舞衣は小さく身体を震わせた。「今回の件で一番ショックを受けてるのは優香さんだもの。新婚旅行中に旦那さんが亡くなって、こんなところに一人で放り出されちゃったら……」

舞衣は、思い浮かんだ考えを振り払うように、頭を振る。

「凌ちゃんは？」

「僕は、苅谷さんと話をしてくる。まだ調べたいこともあるしね。あ、オーギュストを貸してくれる？　ヴェルダとは別にやってもらうことがあるんだ」

「凌ちゃんには、もうわかっているのね？」舞衣が、凌の瞳をのぞき込みながら訊く。

「誰が犯人なのか。本当は知っているんでしょう？」

「そうじゃない。僕にわかったのは、確率の分布が局在してるってことだけだ」凌は、自分に言い聞かせるようにつぶやいた。「今はまだすべての可能性について振幅が存在する。犯人がなにを考えてどう行動したのか、たとえ理論上でも知ることはできない」

「もう、凌ちゃんの説明のほうがわからないよ」ひどく遠回しな凌の物言いに、舞衣が肩をすくめて笑う。「でも、わかった。とりあえず、今は凌ちゃんの言う通りにするわ」

「ああ。ありがとう」

「でも、がっかりだわ……」舞衣はそう言って、恨めしそうに嘆息した。「せっかくの新婚旅行の最後の夜が、台無し」

6

舞衣を加藤優香の新しい部屋に送っていったあと、凌は二四号室に向かった。加藤浩一郎が死んだその部屋では、苅谷たちの手によって事故の調査が続いている。立て続けに不可解な事件に巻き込まれた白鳳のスタッフたちは、ひどく憔悴《しょうすい》している感じだった。

しかし、明日になれば地上に戻れる凌たちと違い、最低でもあと数カ月は白鳳に滞在しなければならない彼らにとって、空気漏れの恐怖は深刻である。仲森たち係員は、真剣な表情で空気漏れを起こしそうな場所のチェックを続けていた。

浩一郎の遺体は室内に運び込まれ、白いシーツがかけられている。廊下にできた血だまりの跡も、青いビニルシートで隠されていた。

「鷲見崎さん！」部屋の一番奥にいた苅谷所長が、目敏く凌を見つけて叫んだ。

「すみません。遅くなりました」

凌は苅谷に会釈する。苅谷も血で汚れた服を着替えていたが、シャツは相変わらずよれよれで、袖口を無造作に巻き上げていた。

隣の客室に連れていかれた凌は、自分たちが見たことを細大漏らさず彼に伝えた。しかし要約すれば、悲鳴が聞こえて駆けつけたら加藤浩一郎が廊下に倒れるところを見た、というだけのことである。なにかの参考になるとは、とても思えなかった。苅谷はすでに瀧本拓也にも事情を聞いたらしいが、彼らも、廊下を歩いていたら加藤優香の悲鳴が聞こえたので駆けつけたということであった。

「いや、まいりました」凌の話を聞き終えた苅谷が、少し疲れた口調で言った。「今回の事件も、まったく原因がわかりません」

「空気漏れを起こしている箇所はなかったんですね」二七号室と同じ造りの室内を見回しながら凌が訊く。

「ええ。室内だけじゃなく、この付近の廊下まで全部、カーペットを剝《は》がして継ぎ目まで調べたんですが、それらしい痕跡はどこにもありません。それに多少の空気漏れがあったとしても、エアコンが空気の噴出量を調整して、急激な圧力低下を防止するようになってるんです。もちろん、エアコンも正常に動いてましたよ」

「室内の気温はどうでした？」

「は？　気温、ですか？」苅谷が不思議そうな顔をした。「いや。特に問題はないようですが、どうしてです？」

凌は、苅谷の言葉にただうなずいただけだった。その様子を見て、苅谷が眉をひそめる。

「ひょっとして、鷲見崎さん、なにかご存じなんですか？」

「いえ……まだ考えている最中です」

「気づいたことがあったら、なんでもいいから聞かせてください。正直に言って、我々はもうお手上げの状態なんですよ。瀧本博士の事故もまだ片付いてない状態なんですから」

凌に対する苅谷の口調も、昼間に比べると少し真剣さが増したように思われた。最初に抱いていたほんのわずかな期待が、時間とともに肥大してしまったのだろう。彼にとって、今の凌は、当選番号を確認する直前の宝くじみたいなものだ。

「ええ」凌は立ち上がって客室を出る。「実は、その件でちょっとお願いがあるんですが

「……」

「はい。なんでしょう？」

「手の空いているスタッフの方を一人貸していただきたいんです。白鳳の本体側で、確認したいことがあるものですから」

「……はあ、別にかまいませんが。じゃあ、葛城くんを連れていってください。葛城くん！」

「はい」

二四号室でエアコンのチェックをしていた葛城千鶴が、苅谷に呼ばれてきた。彼女はいつもの制服ではなく、私服のジャケットとパンツを身につけている。彼女の制服も今日だけで二着血まみれになっているので、予備がなくなったのだろう。千鶴は凌を見て、ちょこんと頭を下げる。

「じゃあ、すみません。葛城さん、行きましょう」

「はい……えと、どちらに？」

「そうですね、まずはエレベーターから」

「はあ……」冗談とも本気ともつかぬ凌の口調に、千鶴が曖昧な返事を漏らす。二人は、二四号室の隣にある三番エレベーターに乗った。リング部分の人工重力に逆らって、モノレール形式のケージがゆっくりと上昇を始める。

葛城千鶴は珍しく髪を下ろしていた。彼女の髪は想像していたよりも長い。髪型のせいか、彼女は普段より少し幼く見えた。

「瀧本拓也さんと水縞つぐみさんって、やっぱり交際されてたんですね」ずっと黙っている凌に気を使ったのか、千鶴が先に口を開いた。「私、拓也さんのファンだからちょっとショックだったわ。それに、瀧本博士が瀧本拓也さんのお父さんだったなんて、びっくり」

「ご存じなかったんですか?」

「ええ。あの方がご自分の家族のことをお話しになることなんて、ありませんでしたから。ご結婚も、何度かなさっているみたいですけど」

「瀧本博士の血液型は、B型ですか?」凌が訊いた。

いきなりの質問に千鶴は戸惑ったようだが、すぐに首を横に振る。彼女は、白鳳スタッフの健康管理責任者だ。昼間の事故のときに、博士の血液型を調べたはずである。

「いえ。O型です。でも、どうしてですか?」

「瀧本拓也さんの血液型がB型でした」

凌は簡単に答えた。有名人だけあって、彼のプロフィールを調べるのは難しいことではなかった。千鶴は、納得したようにうなずく。

「水縞つぐみさんも、たしかO型ですよね。お二人の相性はどうなのかしら？　鷲見崎さんは、何型ですか？」

「僕はＡＢです」

「あら、残念」

「なにがです？」

「私とは相性があまりよくありません」

千鶴が微笑みながら言う。実直なだけの女性かと思っていたら、冗談のわかるクレバーな一面も持っているようだ。エレベーターが白鳳の本体に着いて、ドアが開いた。

「この先はどちらへ？　また、瀧本博士の遺体を見ますか？」

「いえ。動力部に行きましょう。中をちょっと調べさせてください」

「動力部ですか？」千鶴が怪訝な表情を浮かべる。「かまいませんけど、停電の原因なら私たちが調査してますよ」

「いえ、停電の原因は僕にはだいたい想像がついてます。それを確認に行くだけですから」

「はあ……」

葛城千鶴は、腑《ふ》に落ちない様子だったが、凌を連れて動力部に向かった。黄色と黒で塗り分けられた部分に凌を待たせて、彼女は二人分の防磁服をハンガーから降ろす。

防磁服は、超伝導体が内部の磁界を完全に打ち消す性質を利用した、究極の絶縁服である。超伝導物質をプラスチックのシェルで覆った防磁服は、予想外に質量があった。おそらく三〇キロを超えている。

地上でこれを着たら、動くだけでも大変な作業だ。しかし、無重力空間の白鳳では、この服を着てもそれほど不自由はしない。だからこそ、狭いモジュール内部に発電装置や変圧器を組み込むことが可能になったわけだ。ちゃんとした絶縁体をモジュールに組み込もうとしたら、現在の倍は容積が必要だろう。

「この服の中身って、全部、常温超伝導物質でできてるんですよね？」つい興味を隠しきれずに、凌が訊いた。

「ええ。ですから、あまり乱暴に取り扱わないでくださいね。一着二〇〇〇万円ぐらいするんです」

葛城千鶴が真面目な顔で言った。凌は、少し驚いて、神妙な表情で防磁服の中に潜り込む。値段のわりに、関節部の可動範囲が狭く、着心地のほうは今一つだった。

黄色い防磁服を着込んだ凌は、まずモジュール最奥部のエアロックに向かう。

「この、エアロックの内寸ってわかりますか?」遅れてついてきた千鶴に、凌が訊ねた。

千鶴はうなずいて、壁際に立てかけられたロボットを指差した。箱形の本体に、蟹《かに》のような手足を持つ六本脚のロボットである。無線操縦で、太陽電池パネルやスラスターパネルの補修をするためのものらしい。本体の大きさは、縦横がともに四〇センチ弱。長さもせいぜい六〇センチといったところだ。

「このロボットが、ぎりぎり中に収まるくらいの大きさです。与圧服を着た人間は、まず入れません。無理矢理肩を押し込んだとしても、奥行きが足りませんからハッチが閉まらなくて……」

「人間を入れた状態での減圧は、絶対に無理っていうことですね」

「そうです」

千鶴が断言した。それは、凌もある程度予期していたことだった。昼間、仲森に聞いた話とも一致する。凌はそれっきりエアロックには興味を失って、モジュール内部の壁を見回した。

「あの、鷲見崎さん……」千鶴が、おずおずと口を開く。「ひょっとして、このエアロックが、加藤浩一郎さんの死因になにか関係するんですか?」

「あ、いや。そうじゃありません。このエアロックは、結局、使われなかったんですよ」

「はあ……」よくわからないという風に、千鶴は首を傾げた。

「それよりこのモジュールの壁ですけど……」アルミニウム合金製のパネルに触れながら、凌が訊く。

「壁って、圧力隔壁ですか？」

「ええ。この外側って、どうなってます？」

凌は、そう言って千鶴を見る。千鶴は、凌の真意を測りかねている様子だった。宇宙空間で暮らす彼女にとって、圧力隔壁の外側に真空の宇宙が広がっているという事実は、なるべく考えたくないことなのだろう。

「白鳳の壁は、全部そうなんですけど、内側の圧力隔壁と、宇宙空間に露出している外壁との間に、〇・五気圧の空気を満たした緩衝ブロックというのを埋め込んであるんです。だから、内壁が破れても、すぐに問題が起きるわけじゃありません」

「ああ。その緩衝ブロックを守るために、この内壁があるんですね。そういえば、これって溶接じゃなくて、留め具ではめ込んであるだけですもんね。ちょっと外してみてもいいですか？」

「え？　外すって内壁をですか？　だめですよ、そんな！」葛城千鶴があわてた。

「だけど……」凌は平然と続ける。「ごく最近、外したあとがありますよ。ほら」

「えっ！」

葛城千鶴が叫んだ。凌が指差す留め具を、びっくりした顔でのぞき込む。

一見しただけでは気づかないが、ストッパー部分の塗装が剝がれて、プラスチック製の地肌がのぞいていた。一度、人間の手で力を加えて留め直さないと、絶対にこうはならない。明らかに、ごく最近、何者かが取り外した痕跡だ。

「そんな……」

「いいですか、外しますよ」

千鶴の返事を待たずに、凌は内壁を固定していた留め具を外す。

畳二枚程度の大きさのパネルは、あっけなく外れてぷかぷかと無重力のモジュール内に浮かんだ。厚さは約五センチ程度。中空成形になっているのか質量はせいぜい五〇キロほどだが、さすがに宇宙ステーションの構成部品だけあって、かなり剛性が高い。

「こ、これって……！」

モジュールの形に合わせて、微かに湾曲したアルミ合金のパネル。その裏面を見て、葛城千鶴が呻いた。パネルのほぼ中央部に、なにかが激突したとしか思えない不自然なくぼみができていたからだ。

そして、そのくぼみの中にどす黒い固まりがこびりついている。看護師である彼女ならずとも、それが人間の血だと容易に判別することができた。

「そんな……なぜ、こんなところに瀧本博士が激突した跡が……それに、鷲見崎さん、どうしてこのことが……」

「それを説明する前に、お願いしたいことがあるんです」凌は真面目な表情を浮かべて、千鶴を向いた。「ひとつは、今日の午後、白鳳内部で使用された電力量を調べて欲しいんです。そして、もしなにか異常があれば、その時刻を教えてください」

重要な証拠を見せつけられた千鶴は、凌の言うことに黙ってうなずいた。

「それから、もうひとつ……」そう言って凌は、言い難《にく》そうに続けた。「うちの妻のことなんですが……」

7

緻密なレンダリングによる現実世界と変わらぬ街並み。あるいは、昔ながらのワイヤーフレームで描き出されたマトリクス。ミラーワールドを表示する方法は、端末《メスギア》の機種や個人の好みによって様々だ。

それは、現実の世界となんら変わることはない。現実の世界もまた、見る者によって、捉え方は無限であるからだ。

凌が愛用しているのは、無地の黒い背景に、必要な情報だけをポリゴンメッシュで表示するだけの、極めて簡易なグラフィックスであった。

葛城千鶴と別れ、自室に戻った凌が広げた端末《メスギア》に、その簡易な白鳳の内部映像が映し出されている。ミラーワールドの中に存在する白鳳の研究モジュール、朱鷺任博士の研究室を、凌の命令を受けたヴェルダがノックする。

そこにいたのは、暗黒の宇宙を背景に浮かぶ朱鷺任博士のアプリカントだった。

「……そろそろ、来るころだと思っていた」

初めて会ったときと同じ重厚な声で、博士のアプリカントが告げた。生身の博士が使う合成音声よりも、はるかに人間らしい声音だと凌は思う。

博士のアプリカントは、相変わらずエミュレーションモードで動いているようだ。凌のヴェルダは、安全上の理由でエミュレーションモードではミラーワールドへの接続ができない。今の彼女は、自我を持たない単なるメッセンジャーだ。

意志を持つアプリカント同士の会話というものを凌は一度聞いてみたかったが、残念ながらそれは不可能である。

「事件のことを、ご存じなんですね？　二件とも」

凌は訊いた。博士が、凌の訪問を予期していた理由は、それしか考えられない。

「瀧本芳治くんが殺されたのは知っている」朱鷺任数馬《かずま》のアプリカントが、淡々と答えた。

「二つ目の事件のことはまだ聞いていない」

「死んだのは加藤浩一郎氏です」凌は、《彼》が殺されたという表現を使ったことを、聞き逃さなかった。「航空宇宙開発公社の資材課長だそうですね」

「私の本体は、彼のことを直接は知らない」

アプリカントが告げた。《彼》の本体とは、もちろん朱鷺任数馬のことである。予想通りの返答に、凌はうなずく。加藤浩一郎は、朱鷺任博士が興味を示すような人物ではない。

「だが、あなたは、第二の殺人が起こり得ることを知っていましたね？」ヴェルダの口を借りて、凌が訊ねる。「なぜ、それを警告してくれなかったのですか？」

「それは、私の役目ではなかったからだ。警告は、私以外の人間の手でなされるべきだった。この白鳳にいる人間で、私だけは第二の殺人を予告する権利を持っていないのだ」

「僕には、加藤氏が殺されることを予測できませんでした」

「その原因は君たちの主観が、正確な認識を妨げているからだ。表面を覆う色素に目を奪われ、真の構造を把握できていない。色には二種類ある。だが、最後に残るのは本質だけだ」

「……どういう意味です?」

朱鷺任の迂遠な言い回しに凌は戸惑った。しかしアプリカントは答えない。凌はあきらめて、すぐに質問を変えた。「なぜ、僕があなたを訪れることがわかったのですか?」

「同じだからだ」不意に優しい口調で、《彼》が言った。「君だけが、私と同じ価値観を持っている。同じ概念を理解できる。だから君ならば、たどり着くと考えていた」

「同じ価値観?」

「真実の生とは、虚構の中にしか有り得ないという概念だ。現実は刹那《せつな》であり、真に不滅なるものは、仮想世界の中にしかない」

「犯人の動機も、それと同じだと?」

《彼》が返事をするまで、一瞬の間があった。凌は、それに気づいてぞっとする。このアプリカントは、躊躇《ためら》っているのだ。彼を構成する複数の人格が、今、量子コンピューターの回路内で壮絶な駆け引きを繰り広げている。まるで、本物の人間と同じように。

「瀧本芳治は、政治的には優れた学者だったが、研究者としては平凡な人間だった」ようやく《彼》は語り始めた。「彼の致命的な欠点は、思考を軽んじたことだ。彼は、結果を導き出すための過程として、思考が存在すると誤解していた。思考こそが真実で、いかなる研究成果もその残像であることに気づかなかったのだ」

「犯人は自分の思考を残すために、殺人を犯したのですか？」

「思考が存在した事実を伝えるためだ。我々は思考を残す手段を未《いま》だに持たない。思考は、他人に伝えられることによってのみ、独立して存在することができる」

凌の脳裏に、閃光《せんこう》が走った。舞衣の口にした言葉が再現される。

観客が必要なんだわ――

舞衣はそう言ったのだ。彼女は、おそらく本人も気づかぬうちに真実を言い当てていた。必要なのは観察だった。観察が行われた瞬間、すべての振幅は発散し、残ったたった一つの可能性が実現する。

「フィードバック……」凌がつぶやく。舌が、うまくまわらなかった。自分の思考がたどり着いた答えの恐ろしさに、全身が冷えきっている。「そうか……だから殺したんだ……僕がわからなかったせいで……加藤浩一郎は殺された……」

《彼》は答えない。凌の理解したことが真実だということを、その沈黙が物語っていた。

「博士。教えていただきたいことが、二つあります」

「言いたまえ」

「博士は、犯人の名前をご存じですね？」

「知っている。私の本体は直接会ったこともあるはずだ。だからこそ、私は第二の殺人を警告する権利を持たなかった。だが、彼らの関係に私は興味を持たない。最後にどちらの名前が残るのかも、重要ではない。次の質問をしたまえ」

「――どちらが朱鷺任数馬なのですか？」凌は、覚悟を決めて質問した。「白鳳の研究室にいる朱鷺任数馬と、肉体を持たないアプリカントのあなた。我々が朱鷺任数馬の業績だと信じているものを、本当に生み出したのはどちらなんです？　いや、そもそも朱鷺任数馬という人間は、本当に存在していたのですか？」

「その質問は無意味だ」《彼》が淀みなく答える。「ならば、訊こう？　君はなにをもって、朱鷺任数馬の存在を定義する？　仮に、朱鷺任数馬の名前で研究を行い論文を書いたのが全てアプリカントだったとしても、そのアプリカントをプログラムしたのは紛れもなく朱鷺任数馬と呼ばれた人間なのだ。そして、その男の思考でアプリカントは動いている。それはすなわち、朱鷺任数馬の研究成果ではないのかね？」

「だとすれば、私たちが昼間会った朱鷺任数馬は、誰なのですか？」

「過去の朱鷺任数馬だ」荘厳な声で《彼》は告げる。それは神の声だと、凌は思った。「赤ん坊のころの君、小学生の君、一時間前の君。それらは全て、君と同じであって、君ではない存在だ。彼らと、今の君を、どうやって区別する？」

凌は、《彼》の言葉に答えることができない。《彼》は続ける。

「君たちが会った朱鷺任数馬の肉体は病に冒されている。今や、無重力状態の中でしか自由に動くことはできない。その頭脳もまた確実に老い、衰えつつある。人間の思考を複製するアプリカントというコンピューターソフトウェアは、いわば人造の頭脳だ。朱鷺任数馬は、人工心臓や義手や義足の代わりに、自分の思考をアプリカントに移した。今は、私が朱鷺任数馬だ。それは、たとえ朱鷺任数馬の肉体が滅びようと変わることはない」

「それは、違う……」

震える声で、凌は否定する。コンピューターソフトウェアに移し変えられた人格を認めることは、人間の存在の定義を根本から揺るがす考え方だ。だが、一面では《彼》の言葉が、真実であることに凌も気づいている。

「あなたはただ怖れているだけだ。自分の死を。自分が消滅することを！　あなたが思考に固執するのは、現実の肉体の消滅を怖れている反動ではないのですか!?」

「ならばなぜ君は、自分の恋人の人格をアプリカントに複製した？」責めるでもなく、諭《さと》すでもない口調で、《彼》は訊いた。「君のアプリカントの中で、君の恋人はかつてと同じように君を愛し、尽くし、君を支えてくれているではないか？　それは、彼女が生きているのと同じことだ」

「たしかに、あなたの言う通りだ、博士……それでも鳴美はもういない。どれほど膨大なデータを使って彼女の人格を再現しようとしても、それはやはり彼女とは別の存在だ」

「君の意見が正しいのか、それとも間違っているか。それを判断するのは無意味だ。今の私は、己の思考を完全な形で保存することができる。すなわち、他人に対して伝達する必要性がない。君を説得して私の意見を理解してもらうことに、興味はない」

「……お別れですね。博士」

「さようなら、鷲見崎くん。もう、会うことはないだろう」

《彼》の言葉が終わると同時に、端末《メスギア》の回線も切断された。通話の終了を感知して、ヴェルダがネットワークとの通信を解除したのだ。

「さようなら、朱鷺任博士」真っ暗になったディスプレイを見て、凌がつぶやく。凌はため息をついて、のろのろと立ち上がった。

疲れていた。頭の芯が、鉛を詰められたように重い。そしてひどい孤独を感じる。

端末《メスギア》の電源を切ろうとして、凌は不意にディスプレイにヴェルダの顔が映っていることに気づく。金髪の少女のコンピューターグラフィックス。特徴のない人工的な美貌。どこか舞衣に似た大きな瞳が、凌をじっと見つめていた。

凌は、彼女がエミュレーションモードで起動していることを理解する。

そのヴェルダの唇が動いた。もちろん凌の命令によるものではない。

彼女の意志で、彼女の言葉で、彼女は話そうとしている。

凌が、その存在を否定した《彼女》の意志で。

「凌、あなたは間違ってないわ」

「ヴェルダ……お前……」

「森鷹鳴美はもういない。私は彼女の代わりにはなれない……でも私には、彼女が今一番あなたに伝えたがっている言葉を、推測することができます」凌には、ヴェルダがそう言って微笑んだように思えた。

それが、ただのプログラムに過ぎないとしても。

「本当は、あなたも気づいているのでしょう、凌？　今、あなたを現実の世界につなぎ止めているのが誰なのか。あなたを支えてくれているのが誰なのか……」

ヴェルダの瞳が揺れる。

ヴェルダの声は優しい。懐かしく、心地よい口調。

だが、舞衣はもっと早口で話す。舞衣の声はもっと高い。舞衣は——

「待って……ヴェルダ……」凌は呆然とつぶやく。

「あの子のことをよろしくね」

「ヴェルっ……鳴美！」

凌が叫ぶ。その瞬間、端末《メスギア》のディスプレイがふっと暗くなった。

ヴェルダの像が動かなくなって——消える。

断続的な電子音が鳴った。充電するのを忘れていたため、内蔵バッテリーが切れたのだ。

CPUパワーを使うエミュレーションモードを継続するためには、バッテリーを充電してから再開するようにという警告文が表示される。

凌は頭を振って、端末《メスギア》の電源を落とした。電源スイッチの隣には、アプリカントをエミュレーションモードに切り替えるためのホット・キーがある。どうやら、最初に電源を切ろうとしたとき、誤ってそれを押してしまったようだった。ただそれだけの話だ。それだけのこと。

充電用のアダプタを差し込みながら、凌はうっすらと微笑む。そして、寂しげにつぶやいた。

「……わかったよ」

8

苅谷が用意した加藤優香の新しい部屋は、舞衣たちの部屋よりも少し広いツインルームだった。壁際のソファに斜めに座っている優香は、自分で作った濃いめのワインクーラーを飲んでいる。

テーブルの上には、魚の形を模した白ワインのボトルが、すでに一本と半分空いていた。彼女の本来の酒量を超えているという気がしたが、舞衣はあえて止めない。時計は、深夜一時を回っていた。

舞衣が夜一〇時過ぎに彼女の部屋を訪れたとき、優香はほとんど放心状態でなにも話そうとしなかった。舞衣が一方的にしゃべっていたのは、最初の一時間ほどだっただろうか。舞衣が、自分と凌の偽装結婚のことを打ち明けたのをきっかけに、優香はようやく笑顔を見せた。

それからの彼女は、軽い躁状態に陥ったようによくしゃべった。彼女の話は、学生時代の友人に関する他愛のない内容で、加藤浩一郎との関係については無意識に避けているようにも思えた。それから優香はしばらく無口になり、少し前からようやく普段の彼女に戻っていた。

「あら……もう、こんな時間？」時計を見た優香が言う。「舞衣さん、部屋に戻らなくていいの？」

「ええ。優香さんのお邪魔でなかったら」

優香と向かい合わせに座っていた舞衣が答える。舞衣はアルコールをほとんど飲めないので、ずっとコーヒーを飲んでいた。そのせいもあって、もうしばらくは眠れそうにない。

「それに凌ちゃんからも、優香さんについているように言われてるんです」

「あたしが自殺しないように？」優香がそう言って微笑む。「お生憎《あいにく》様。あたし、そんなに健気《けなげ》じゃないわ。浩一郎さんと結婚したのだって、経済的に安定したいって理由が大きかったし。後追い自殺なんて真っ平。まあ、あなたみたいな子がそばにいたら、凌さんがそんな心配をするのも無理はないけど」

「あたしって、後追い自殺しそうなタイプですか？」

優香の指摘が、舞衣には少し不服だった。だが、それは心のどこかで彼女の指摘が正しいとわかっているがゆえの反発だったかもしれない。

おっとり型で穏和な性格の姉は、一見凌に頼っているようで、実は背後から彼を支えているタイプだった。舞衣は、たぶん精神の一番深い部分で凌に依存している。自立しているように振る舞っているつもりだが、きっと凌は自分の本質を見抜いているだろう。そういうことは、なぜか伝わってしまうものだ。

「でも、残された人間が一生懸命生きないと、死んじゃった人に申し訳ないから……」

「そう……そうね」優香が他人事《ひとごと》のように軽くうなずく。「凌さんは、事件のことを調べているのね？」

「え、ええ……」優香が自分から事件の話を切り出してきたので、舞衣は少し驚いた。

「だいたい犯人はわかってるみたいなことを言ってましたけど。なんだか、もう少し調べたいことがあるみたいで」

「犯人がわかったの？　教えてもらった？」

「いえ。それが、なんか謎掛けみたいで、よくわからないんですよ」

舞衣はそう言って、髪をかきあげる。姉が死んだとき、彼女の髪型を真似してばっさりと切った髪も、今は少しずつ長くなっていた。凌が何気なく、舞衣の髪を綺麗だと誉めてくれたことがきっかけだ。しかし、そのあとですぐに、繊維としての毛髪の構造だの引っ張り強度だのという話になってしまったのが、いかにも凌らしいが。

「確率分布がキョクザイしてるとか、シンプクがどうとか……優香さん、わかります？」

「凌さんがそう言ったの？」優香が細い顎に手をあてて上を向いた。「ああ……不確定性原理のことかしら」

「不確定……性……？」

「ええ。量子力学の基本的な概念よ。微小な粒子の世界を研究する分野ではね、粒子の位置も運動量も、確定的に知ることはできないの。実際に測定したときに、どんな結果が出るか、その可能性を予測することしかできないわけ。確率分布が局在してるっていうのは、極めて高い確率で、他の可能性を除外できるっていうことよ」

「はあ……」舞衣は理解できないまま相槌を打った。上品に微笑みながら、優香が続ける。

「重要なのはね、観察なの。観察するという行為によって、初めて観察された通りの状態に決定されるのよ」

「正確な状態が測定できるってことですか？」

「いいえ、そうではないわ」優香は微笑む。「観察という行為は、必ず観察される対象に影響を及ぼす。それがたとえば、電子一つ、光の粒子一個がぶつかるというわずかな影響でも、相互的な作用には変わりないでしょう。あたしたちにわかるのは、測定という影響を受けた結果だけでしかないわ」

そう言って優香は、氷がとけてすっかり薄くなったワインクーラーをあおった。彼女は、なぜか楽しそうだ。

舞衣も、ぬるくなったコーヒーをすする。コーヒーの飲み過ぎで、少し胃がもたれていた。それはちょうど、消化しきれない事件が、心に重くのしかかっているのに似ていた。

「でも……それと事件の犯人になんの関係があるのかしら？」舞衣が不満げにつぶやく。

「そうね。凌さんは、人間の行動を粒子の動きにたとえているんじゃないかしらね。犯人がどこの誰で、なにをしているのかはわからない。でも、その可能性のもっとも高い人物は特定できる。そして犯人の動きは、それを見ている者の態度によって、大きく変動するってことじゃない？」

「そんなことなの？　そんならそうと、最初から言えばいいのに。あんな回りくどい言い方しなくたってさ」舞衣が愚痴をこぼす。

「それはね、凌さんは、あなたにその話をさせたかったのよ。たぶん」

うっとりとした目つきで優香が言った。舞衣がその発言の意味を訊こうと思ったとき、部屋に突然ノックの音が響いた。舞衣と優香が顔を見合わせる。

「凌ちゃんかしら？」

立ち上がろうとした舞衣を制止して、優香がドアへと歩いていった。飲んだ量のわりに、彼女の足取りはしっかりしている。彼女が着ているのは、ミニスカートの黒いワンピースで、とても宇宙旅行に適した代物ではない。まるで喪服のようだと、舞衣は思った。

「はい」

加藤優香が、無造作にドアノブをひねる。

普段の彼女の優雅な仕草ではなく、もっとずっと無駄のない合理的な動きだった。

それを見たときに、舞衣の脳裏になにかが閃《ひらめ》く。

ドアが開いた。

次の瞬間、誰かがぶつかってきたように勢いよくアルミ合金の扉が押し開けられる。

小柄な白い影が、部屋の中に駆け込んできた。

銀色の光が、一閃する。

優香が短い悲鳴をあげた。彼女はそのまま床に倒れ込む。

「優香さん！」

舞衣が叫びながら立ち上がった。

次の瞬間、白衣を着た影と目があった。

赤いフレームの眼鏡と、お揃いの赤いイヤリング。そばかすの浮いた白い肌。そして、頬についた真紅の返り血。彼女の腕には、血染めのナイフが握られている。

「遠山さん……まさか……そんな……」

遠山都は、舞衣に目もくれず、倒れた加藤優香を見下ろした。

手に持ったナイフが震えている。

加藤優香は声もなく、じりじりと後退して立ち上がろうとした。

切られた優香の左手から、とめどなく血が流れ出している。

「やめて、遠山さん！　やめなさいっ！」

舞衣が叫ぶ。だが、舞衣は混乱していた。

遠山都が、加藤優香を殺そうとする理由がわからない。いや、ひとつだけ思いつくことがある。もしも彼女が、今回の連続殺人の犯人だとしたら？

都の呼吸は荒い。初めて自分の手で人を傷つけたことで動揺しているのだろう。

倒れた優香に、すぐに追い打ちをかけないのがその証拠だ。

舞衣は、ゆっくりと腰を落とす。

呼吸を静かに整える。

舞衣のいる位置と、倒れた優香と都の間にはベッドがある。

血塗れのナイフに恐怖を感じる。だが、恐怖している自分を舞衣は冷静に把握できている。

都が優香に向かって一歩踏み出す。大きくナイフを振り上げる。

血走った都の瞳に、舞衣は映っていない。そう確信した瞬間、舞衣は飛び出していた。

猫のような身のこなしで、ベッドを飛び越える。

白鳳の重力は、地上より弱い。着地した舞衣の姿勢は、ハードル走の選手のように、まったく乱れていない。

都が、舞衣を凄まじい形相で睨んだ。だが、遅い。

舞衣は、着地したときにつかんでいたベッドカバーを、鞭のようにしならせて都にぶつけた。

凌が言っていた、防弾チョッキと同じバリスティック・ナイロン素材で出来ているというベッドカバーだ。それに、たわんだ状態のシーツなら、ナイフにもそう簡単に切り裂かれることはない。以前、祖父にそう教わった。刃物を持った相手には決して素手で立ち向かわないこと。それが護身術の基本なのだ。

動揺する都に、舞衣はそのまま肩からぶつかる。

宇宙での生活に慣れた都の筋肉は衰えて、抵抗する力は小さな子供のように頼りない。

体勢を崩した都の腕を、舞衣はあっさりとつかんだ。

そのまま彼女をひざまずかせ、背中に回した腕をねじりあげる。

「舞衣っ！」

振り解《ほど》こうとして暴れる都を押さえつけている舞衣の背後で、突然凌の声が聞こえた。

仲森と、もう一人別の体格のいいスタッフが、都を横から押さえつける。それを確認して、ようやく舞衣は極《き》めていた都の腕を離した。

ばたばたと足音をたてて、苅谷たちも部屋に駆け込んでくる。優香の悲鳴を聞きつけてきたのだろう。血を流して倒れたままの優香に、葛城千鶴があわてて駆け寄るのが見えた。

幸い、出血の割に優香の傷はたいしたことはないようだ。掌を浅くナイフで切られただけである。

「大丈夫か、舞衣？」

立ち上がった舞衣を、凌が背中から支えてくれる。舞衣の心臓はまだ激しく脈打っていたが、心配そうな顔の凌を見た途端、なぜか安心して気が抜けた。

「凌ちゃん、助けに来てくれたの？」笑いながら舞衣が言う。「遅いよお」

「遠山さんがこの部屋に入ったのが見えたから、仲森さんたちと、突入するタイミングを計ってたんだ。それを……よくもまあ、あんな無茶しやがったな……」

凌がかすれた声で言った。これほどまでに感情のこもった凌の声を、舞衣は今まで聞いたことがなかった。

「うまくいってよかったわ。お祖父《じい》ちゃんに感謝しなくちゃね……」

小刻みに震え始めた自分の指先を見つめて、舞衣は言った。

舞衣の祖父は、大手商社で要人警護を担当する部署の元教官である。舞衣は高校生のころから六年間ほど、体力作りをかねて彼に護身術を学んでいた。

「今回はよかったけど、こんな危ないことはこれっきりにしてくれ」血まみれのナイフをハンカチでくるんで拾い上げながら、凌が言う。

「なによ。もとはと言えば、凌ちゃんがあたしに優香さんと一緒にいろって言ったのに」

「悪かったよ。だから、スタッフの人にもこの部屋を見張っててもらったんじゃないか」

凌はそう言って、ため息をついた。

加藤優香は、ソファに戻って葛城千鶴の治療を受けていた。

遠山都は、白鳳のスタッフたちに両手をつかまれたまま部屋の外に連れ出される。彼女は力無くうなだれており、もう抵抗しようとする様子はなかった。

「それにしても……この部屋を監視するように言われたから、その通りにしてましたけどね。どうして遠山くんが加藤優香さんを殺しにくるってわかったんですか？」

苅谷が、困惑した口調で凌に質問した。

苅谷は、かなり疲れている様子である。彼が白鳳にきてから、今日がこれまでで一番長い一日だったことは間違いない。彼は、ネクタイをだらしなく緩めており、うっすらと無精ひげが目立つ。他のスタッフも、多かれ少なかれ似たような状態だ。

「いえ。わかっていたわけじゃありません」舞衣の肩に手を置いたまま、凌が答える。

「ただ、もし今夜、優香さんを襲うとすれば彼女だと思っていました。瀧本拓也さんや水縞つぐみさんなら、地上に戻ってからでもチャンスがありますからね」

「はあ……奥さんを、加藤夫人の部屋に行かせたのは、彼女を護衛させるためですか？」

「まさか。そんな危険なことはさせませんよ。今回は、たまたまそういう結果になっただけです」

「え、そうなの？　じゃあ、どうして？」凌の言葉を聞いて、舞衣は少し驚いた。

「あれ、言わなかったっけ？　彼女の自殺を防ぐためだ」

「自殺って……でも優香さん、後追い自殺をする気なんてないって……」

舞衣はつぶやいて、優香のほうを向いた。凌や、荊谷もつられて彼女を見る。

腕に止血用の包帯を巻かれた優香は、視線を感じて顔を上げると、嬉しそうに微笑んだ。

「いえ、舞衣さん。もしあなたがあたしの部屋にこなければ、私は自殺していたわ」優香が、あっさりと言う。

「そんな……だって……」

「勘違いしないで、舞衣さん。あたしは、加藤浩一郎の死が原因で自殺するわけではないわ。そうすることが、あたしの望みなの。だけど、どうやらその必要もなくなったみたい」

優香は、凌を見てにっこりと笑う。

「あなたには、もう全部わかっているのね、凌さん」

「ええ、そう思います」

「ちょ、ちょっと待ってくださいよ」二人でうなずき合っている凌たちを見て、苅谷があわてた。「さっきからなにを自殺だのって物騒な話をしてるんですか。せっかく遠山くんが犯人だってわかったのに……」

「いえ、遠山さんは殺人犯ではありません。彼女の罪状は、単なる殺人未遂です」

凌が、苅谷の言葉を訂正する。それを聞いて、部屋に残っていた白鳳のスタッフも全員動きを止めた。

「……まさか、凌ちゃん……」

舞衣がつぶやく。凌は舞衣の瞳を見て、悲しげにうなずいた。

それから、部屋の奥に座る加藤優香を振り向く。上品な黒いワンピースに包帯と白い肌が映えて、彼女はとても美しい。凌が、静かに口を開く。

「瀧本芳治博士と、加藤浩一郎氏を殺したのは、あなたですね。加藤優香さん」

第五章　咎人の見えざる左手またはmgh

CHAPTER5:
THE SINNER'S INVISIBLE LEFT HAND, OR MGH.

M.G.H.
THE HEAVEN IN THE MIRROR

1

翌朝、凌《りょう》はインターホンの呼び出し音で目を覚ました。

時計を見ると、午前八時である。昨夜眠ったのが深夜三時過ぎなので、少々寝不足気味だった。ベッドの上に舞衣《まい》の姿はなく、バスルームからシャワーの音が聞こえていた。凌は気怠く首を振りながら、デスクに置かれたインターフォンまで歩いていく。端末《メスギア》を利用した通信とは違って、単なる有線電話ではヴェルダに応対させることもできない。

凌が受話器を持ち上げると、少し苛立《いらだ》ったような苅谷《かりや》の声が流れ出した。

「鷲見崎《すみさき》さん。そろそろ準備をお願いします。もうみんな待ってますよ」

「え？」

苅谷の言葉を聞いて、凌はようやく思い出す。加藤優香《かとうゆうか》が殺人犯だと断定した理由を説明するように、苅谷から求められていたのだった。

昨夜は遅かったし、なにしろ疲れていたので、朝まで待ってもらったのである。しかし、いくら凌がもう何も起こらないと言ったところで、苅谷は不安で一睡もできなかっただろう。さすがに申し訳ない気持ちになって、凌は一五分で準備して行くと約束してしまった。

それに、警察関係者に捕まって事情聴取されるよりは、苅谷に説明して、彼の口から警察に話してもらったほうが楽だという打算もある。

「おはよう、凌ちゃん」

凌が簡単に身支度を整えたところで、舞衣がバスルームから出てくる。

今日の彼女は、ジーンズに黒のサマーセーターという出で立ちだ。目立たない程度にうっすらと化粧をしている。宇宙港に帰り着いたときに、報道陣に取り囲まれることを念頭に置いているのだろう。彼女の抜け目のなさに、凌は苦笑する。

「どうしたの？」笑っている凌を見て、舞衣が不思議そうに訊いた。凌は黙って首を振る。

「いや……こういうのも悪くないと思っただけ」

舞衣はよくわからないという風に首を傾《かし》げた。もちろん、凌はそれ以上何も言わない。目覚めたときに、彼女が隣にいるのもいいと、ふと思っただけだ。まだ完全に目が覚めていないのかもしれない。そんなことを考えてしまった理由も、もう思い出すことができない。

　地球行きのゼンガーが到着する時刻は、午前一一時である。部屋に荷物をとりに戻る時間はないだろう。アルミ製のピギーバッグに荷物を詰めて、凌たちは二七号室をあとにした。

　結局、新婚旅行らしいことは何もなかったが、そのわりに舞衣はすっきりした表情をしている。加藤優香が殺人犯だったという事実は、彼女にも少なからず衝撃を与えたはずだが、意識的にそれを考えまいとしているのかもしれなかった。

　廊下で擦《す》れ違った白鳳《はくほう》のスタッフが、凌たちを見て軽く会釈する。初めて見る顔だったが、彼らの間では凌たちもすっかり有名人になってしまったようだ。凌たちはエレベーターに乗って、無重力ホールに向かう。

「あ、鷲見崎さん！」真っ先に凌を見つけて、荊谷が叫ぶ。

「どうしたんです。こんな大勢で……」

　凌は少し驚いて、ホールの中を見回した。ホールの中にいたのは、仲森一郎《なかもりいちろう》や葛城千鶴《かつらぎちづる》といった白鳳のスタッフのほかに、白衣姿の研究員が十数人。それに、瀧本拓也《たきもとたくや》と水縞《みずしま》つぐみの姿もある。

凌は、苅谷が説明会場に無重力ホールを指定した理由がようやくわかった。たしかに、これだけの人数を収容できるのは、このホールしかなかっただろう。

「遠山《とおやま》さんと加藤優香さんは？」集まった人々の顔ぶれを見て、舞衣が訊く。

「二人とも、自室に軟禁しています。いくらなんでも、縛り上げるってわけにはいかないんで……」苅谷が答えた。「遠山くんは、少し興奮気味だったんで睡眠薬を飲ませました。まだ、眠ってると思います。加藤さんのほうは、ひどく落ちついてましてね。正直に言って、彼女が殺人犯だとは、とても信じられません。いくら、本人が認めているとはいえ……」

「彼女は、何か話しましたか？」凌が訊いた。

「いえ。鷲見崎さんに訊いてくれって、その一点張りで。まあ、我々も警察ではないんで、あんまり強い態度には出られませんからねえ」

「そうでしょうね。僕の口から、いえ、僕じゃなくてもいい。自分以外の誰かに説明してもらうことが彼女の望みなんです」

凌が、つぶやいた。誰も、何も答えない。沈黙が、重力のない閉ざされた空間に降りる。

「もったいぶってないで、そろそろ教えてくれないか、名探偵？」瀧本拓也が、陽気な声で言った。「俺たち、待ちくたびれちゃったぜ」

「瀧本さんも、お気づきになってるんじゃありませんか？」前から思っていた疑問を、凌は訊いた。

「まあ、うすうすはな」瀧本が肩をすくめる。「でも、答え合わせしてくれないと、気になって落ちつかないからさ」

「そうですね」

凌はうなずいて、壁によりかかった。いくら無重力といっても、地に足をつけているほうが精神的に落ちつくからだ。舞衣も当然のように凌の隣についてくる。

白鳳のスタッフは、慣れているせいか、宙に浮かんだままの者が多い。違和感を覚えないわけではないが、それほど気にはならない。

苅谷と、研究員の何人かが、端末《メスギア》のスイッチを入れる。それを確認してから、凌は口を開いた。

「それじゃあ、始めましょうか」

2

「今回の事件で一番不思議だったことは、無重力空間で瀧本芳治《よしはる》博士が墜落死したことでも、宇宙ステーションの中で加藤浩一郎《こういちろう》氏が真空暴露の症状を起こしたことでもありません」

凌の言葉を聞いて、その場にいた全員が意外そうな表情を浮かべた。凌は相変わらずのぶっきらぼうで冷たい口調だ。だが、機嫌が悪いわけではない。むしろ、彼は少し照れているようだと、舞衣は思った。

「なぜ彼らが、そんな殺され方をしなければならなかったのかということです」凌は淡々と続ける。「この宇宙ステーションは、完全に外部からの交通を遮断されています。こんなところで不可思議な殺人を起こせば、犯人が白鳳の内部にいる人間だと宣言しているも同然です。僕は、それがどうしても理解できませんでした」

「単に、事故に見せかけようとしたんじゃないんですか？」

苅谷が口を挟んだ。凌は黙って首を振る。

「いえ。事故に見せかけるだけなら、方法はほかにいくらでもあります。あんな、不可能犯罪に近い殺し方をする必要性はありませんでした。むしろ犯人は普通の事故では絶対に有り得ない状況を作り出すことによって、これが念入りに計画された殺人事件だということを、最初からアピールしていたんです」

「アピールって、誰に？」

水縞つぐみが訊き返す。彼女の反応が、ホールにいる人間の中で一番早い。

「そうですね……世界中に、かな……」凌が微笑みながら答える。

「あ！」舞衣は叫んだ。「そう言えば、事件の画像が昨日の夕方にはもうニュースネットに流れてたわ！」

「ああ……あれか……」

忌々しげに苅谷が言う。他のスタッフも、一様に顔をしかめた。ネット経由で殺到するマスコミへの対応で、彼らもかなり苦労したようだ。

「そう。僕らは最初、白鳳のスタッフか研究員の誰かが画像を持ち出したのかと思ったのだけど、冷静に考えればそれはおかしい。白鳳に駐在している皆さんにとっては、事故だか事件だかわからない時点で内部告発をしても、厄介事《やっかいごと》が増えるだけです。いくらか謝礼をもらったところで、まったく割に合わない。それに、どうせ画像を横流しするなら、もっと騒ぎが大きくなってからのほうが礼金もいいでしょうしね」

凌はそこまで言って、軽く息をついた。

「ところで、瀧本博士の遺体がまだ無重力ホールに浮かんでいたとき、僕らと白鳳のスタッフ以外で一人だけ、現場を訪れた人がいます。それが誰か覚えている方はいらっしゃいますか？」

「……優香さん……だわ」

舞衣は少し呆然としながら答えた。

たしかに彼女は、あのとき小脇に端末《メスギア》を抱えていた。

「そう。僕が、最初に彼女が怪しいと思ったのは、それがきっかけでした」

「そんな……それだけのことで？」舞衣はびっくりして訊き返す。

「だけど、なんで彼女はそんなことをする必要があったの？」

再び水縞つぐみが訊いた。彼女の言葉は、そこにいる全員の意見を代弁しているようだ。

「そうですね。その前に、彼女が瀧本博士を殺した方法について説明しましょう。誰か、わかっている方はいらっしゃいますか？」

「MMUっていうのを使ったんじゃないの？」舞衣が訊いた。

「そりゃ無理だ」苅谷がすぐに言った。「うちでもそれは検討しましたけどね、MMUの推力じゃ宇宙服は潰《つぶ》れたりしない。それに、MMUはドッキングポートにしか装備していないし、どちらにしても一人で装着するのは無理ですよ」

「でも、他の人が協力すればいいんでしょう？」舞衣は、少しむっとして言い返す。「優香さんが手伝ったかもしれないじゃないですか」

「まあ、待って。舞衣くん」凌が苦笑しながら、舞衣をなだめた。「きみの仮説では、瀧本博士は朱鷺《とき》任博士の指示で、与圧服を着たことになっている」

「そうでしょ？　だって、実験予定のなかった瀧本博士が、他の理由で与圧服を着る可能性なんて……」

「いや、簡単なことなんだ。瀧本博士は、実験とはまったく無関係の理由で与圧服を着たんだ。自分の意志でね」

ホールにいた全員が沈黙した。彼らを見回して、凌が続ける。

「加藤優香さんは、研究モジュールの見学のあとに、瀧本博士と待ち合わせをしました。たぶん、事前にメールを送ったのでしょう。待ち合わせ場所は、白鳳の動力部でした。そこを待ち合わせ場所に選んだ理由は簡単です。白鳳の中で、唯一、そこが無人の空間だからです」

「瀧本博士の研究室や、自室では、まずかったんですか？」訊いたのは、仲森係員だった。

「ええ。博士には、優香さんと知り合いだということを、誰にも知られたくない理由があった。万一にでも、博士の研究室や自室に、優香さんが出入りするところを他人に見られるわけにはいかなかったんです。誰かが、そのことを遠山さんに密告しないとも限りませんしね」

凌がそう言うと、仲森は気まずそうに頭をかいた。遠山都《みやこ》が瀧本博士の愛人だということを、舞衣たちに教えてくれたのは彼である。

「それに、動力部という場所は、瀧本博士にとっても、優香さんにとっても、非常に都合のいい場所でした。なぜなら博士もまた、優香さんを殺すつもりだったからです」

半径一〇メートルほどのホールを、どよめきが満たした。舞衣は、ぽかんと口を開けて凌の顔を見る。瀧本拓也だけが、表情を変えていない。

「な……なんで、そんなことがわかるんですか！」

苅谷が、ようやくそれだけ質問した。その声が裏返ってしまっている。

「証拠は、彼が着ていた与圧服です。いいですか？　彼が与圧服を着ていたのには、二つの理由がありました。ひとつは、動力部内の強い電磁波から身体を守るためです。通常、動力部に入るときには防磁服を着ることになっていますが、ある程度磁場を遮断するだけなら、金属などの磁性体で周囲を覆うだけでいいんです。超伝導素材ほど完全ではありませんが、金属皮膜でコーティングした与圧服も、防磁服として十分使えます。それから、もうひとつの理由は、動力部のエアロックを使用するためでした」

「え、でも動力部のエアロックは……」

葛城千鶴が、凌の言葉を遮った。凌は、片手を上げて彼女を制止する。

「ええ、わかっています。動力部にあるエアロックからは、与圧服を着た人間は外には出られない。でも、生身の人間ならどうです？　ただの死体なら？」

「そうか……博士は、加藤優香を殺して、彼女の遺体を宇宙に捨てるつもりで……」

　苅谷がつぶやいた。凌はうなずく。

「そうです。瀧本博士は、自分の立場を守ろうとする普通の犯罪者の思考をしました。つまり、なるべく発見されないように死体を処理したいという考え方です。おそらく、優香さんの隙《すき》を見て、彼女を感電させるなりして殺すつもりだったのでしょう。しかし、問題がないわけではありません。それはエアロックの大きさです。いくら優香さんが小柄な女性でも、動力部の小さなエアロックでは減圧室に収まりきれない。したがって、エアロックの内側の扉も外側の扉も両方開放した状態で、彼女の死体を宇宙に放り出すしかないわけです。当然、白鳳内部の空気も一緒に逃げていきますが、短時間なら白鳳全体に及ぼす影響はほとんどないでしょう。危険なのは、エアロックのすぐ隣にいる博士だけです」

「それで博士は与圧服を着ていたのね……」舞衣は納得した。「急激な減圧による肉体への悪影響を防ぐために……あ、ひょっとして、瀧本博士の死と、そのエアロックの操作が関係しているの？　エアロックに吸い込まれる空気に巻き込まれたとか？」

「ちょっと待ってください。だけど、動力部のエアロックが操作された形跡はありませんでしたよ。コンピューターのデータを改竄《かいざん》したんですか？」

苅谷が、舞衣の意見に反論する。どうも、舞衣の意見は先ほどから彼に軽んじられているようだ。舞衣は少しふくれた。

「いえ、もちろん博士はあとでデータを書き換えるつもりだったでしょうけど、その必要はありませんでした。博士は、エアロックにたどり着く前に殺されてしまいましたからね」

「でも……動力部の壁には博士が激突した形跡が残ってたんでしょう？　ＭＭＵでもエアロックの空気でもないとしたら、どうやって博士はそんな凄い勢いで壁にぶつかったの？」

舞衣が訊ねた。動力部の内壁の裏側に、博士がぶつかった跡が残っていたことは、昨夜のうちに全員に知らされている。

「そう、それ」凌が舞衣のほうを向いて笑う。「ほとんどの人が勘違いしているのは、その点です。ここは地上ではない。必ずしも、墜落するのは人間でなくてもいいんです。つまり、博士が壁にぶつかったのではなくて、壁が博士にぶつかってきたんですよ」

凌はそう言って、もう一度ホールの中を見回した。そこにいる全員が、狐につままれたような顔をしている。

「通常、位置エネルギーはｍｇｈという公式で表されます。質量かける重力かける高さです。物体の質量はどこにいても変わりませんから、地球上なら高いところから墜《お》ちたほうがダメージが大きい。五〇センチの高さから墜ちても、地球よりはるかに重力の強い木星だったら即死するでしょう。逆に、無重力状態の白鳳では、重力ポテンシャルエネルギーはゼロです。つまり瀧本博士が墜落死することは有り得ない。ここまでは、皆さん経験的に知っていました。ところで、この位置エネルギーの公式は、別の形に置き換えることができますね」

「$mgh=\frac{1}{2}mv^2$」

即答したのは瀧本拓也だった。研究員たちはうなずき、舞衣や他のスタッフは驚いて拓也を見る。

「そう、つまり運動エネルギーです。重力や高さという概念の存在しない白鳳の内部でも、充分なスピードで何かにぶつければ位置エネルギーによる墜落の衝撃を再現することができます。しかし白鳳の中にいる限り、瀧本博士を彼が即死するほどのスピードに加速する方法はありません。ですが、飛んできたのが白鳳の圧力隔壁だとしたらどうでしょう？　圧力隔壁の主成分はアルミニウムです。そして白鳳の動力部の磁界を利用すれば、アルミの隔壁を加速して射出する方法があります。いや、他にないと言ったほうが正確かな」

「磁界って……磁力を使ったってこと？」舞衣は驚いた。「でも、アルミは磁性体じゃないでしょう？　磁石にはくっつかないわよ？」

「静電誘導だろ」

瀧本拓也が再び口を開いた。凌がうなずく。研究者の一人が、あっと声を上げた。

「そうです。……舞衣くん、フレミングの左手の法則を覚えてる？」

「あ……」

舞衣は、はっと息をのんだ。無意識のうちに左手の親指、中指、人差し指を、それぞれ直角に開いて、その法則を思い出そうとする。見ると、ホールにいる人間は、何人かの研究者を除いて全員が同じ動きをしていた。

「磁界と直行した方向に電流を流すと、その導線には力、すなわち加速度が生じます。この場合、磁界とは白鳳の動力部を満たした電磁場ですね。防磁服がないと危険なくらいの強電界ですから、磁束の密度は十分でしょう。導線は言うまでもなく、圧力隔壁のアルミ板です。アルミとはいえ厚みがありますからね、地上で量《はか》ったら、たぶん五、六〇キロ程度の重量があるでしょう。そして、電流には、白鳳のメインの電源ケーブルを使用しました。電界強度も電流量も半端ではありませんから、圧力隔壁に加わった加速度は強烈だったはずです。地上では、重力の影響で真っ直ぐ飛ぶという保証はありませんし、隔壁を固定しておくための台座も必要でしょう。ですが、この白鳳では、それらの問題はありませんでした。動力室内部の磁界は高速で反転を続けていますが、アプリカントを使えばそのタイミングを制御するのは容易です」

「じゃあ、あのときの停電の原因は」葛城千鶴が、ぶるぶると首を振った。

「ええ、アルミ隔壁に過大な電流が流れたことによるショートでした」凌が、にこりともせずに続ける。「白鳳には、もうひとつ有利な条件がありました。それは、通路が狭く、真っ直ぐだということです。瀧本博士は、たとえ途中で隔壁が自分を狙っていることに気づいても、避けることも身を隠すこともできない。犯人は狙いを定める必要がなかったんです。ただ、瀧本博士が接近してくるのを待てばいい。優香さんのたった一つの誤算は、瀧本博士が与圧服を着ていたことでした。その事実が、動力部という電磁カタパルトの存在を、僕らに簡単に気づかせることになってしまった」

「そんなに簡単に気づくとは思えませんが……」苅谷が、ぼそりとつぶやく。

「瀧本博士に隔壁がぶつかったのは、たぶん動力部に続く連絡通路のあたりでしょう。博士の身体は衝撃でドッキングポート側に飛ばされました。そして、無重力ホールにひっかかったわけです。逆に、激突したあとの隔壁は、ちょうどビリヤードの球のように動力部に戻ってきます。与圧服を着た博士の質量のほうが大きいですからね。犯人は、それを捕まえて、元通りに壁にはめこみました。あとは電源ケーブルを戻して終わりです。それから優香さんは、しばらく動力部に隠れていて、無重力ホールに人が集まり始めた頃、何食わぬ顔でホールにやってきました。いかにも、居住ブロックからエレベーターで上がってきました、という態度でね。どうです、苅谷さん。この事件の印象は？」

「え？」突然指名されて、苅谷はびっくりしたような表情を浮かべた。「いや……何というか、恐ろしく緻密に計算されたトリックですな。普通の人間には、思いつきもしないような……」

「そうです」凌は、初めて口元を緩めた。

「その感想を抱かせることが、彼女がこの事件を仕組んだ理由でした。瀧本博士の死は、そのために計算された演出だったんです」

3

誰も、何も言おうとしなかった。ただ、全員が黙って凌の顔を凝視している。

凌は、ゆっくりと息を吐いてから続けた。

「その動機については、僕は詳しいことを知りません……ただ、いくつか推測できる材料はあります。ひとつは、遠山都さんの存在。それから……」

そこで凌はいったん言葉を切った。そして、水縞つぐみをちらりと見る。

「その先は、俺が話そう」

低く、よく通る声が、突然ホールの中に響いた。立ち上がっているのは、瀧本拓也だ。ちょうど、舞衣の斜め上にいる彼は、あきらめたような呆《あき》れたような表情を浮かべていた。

「まあ……何のことはない、うちの親父の女癖が悪いというだけの話なんだけどな。お袋と結婚する前から、いろいろ問題はあったみたいなんだが、俺が生まれてからもいっこうにそれは収まらなかった。こんな宇宙ステーションにきてまで愛人を囲ってるみたいだし、地球上でも、あちこちに子供をこさえてたみたいでな……そのうちの一人がここにいる水縞つぐみ嬢というわけだ」

瀧本の発言に、ホール内がどよめく。

「え？」舞衣は思わず素《す》っ頓狂《とんきょう》な声をあげた。「じゃあ……つぐみさんて、拓也さんの妹さんってこと？　腹違いの？」

「なんだ？　旦那さんに聞かなかったのかい？」

拓也が肩をすくめながら、舞衣に言う。舞衣は驚いて凌を振り向いた。

凌は、素知らぬ顔で拓也とつぐみを見つめている。

拓也は、普段通りの皮肉っぽい笑顔。つぐみは、少し寂しげな微笑を浮かべていた。

「凌ちゃん……なんでわかったの？」舞衣は唖然《あぜん》として凌に訊く。

「寝室が別だったから」凌が、舞衣から目をそらして小声でつぶやいた。「それに、瀧本さんたちが白鳳に来る理由を他に思いつかなかった。土地の所有権の問題ぐらいならミラーワールドで話をしたほうがよっぽど早いからさ。忙しいスケジュールの合間を縫って、わざわざ直接会わなければいけないなんて、結婚相手の紹介か、親子の対面ぐらいしか考えられない」

「まあ、そういうことだ。可愛い妹の認知をとりつけるために、俺が一肌脱いだってわけさ。もっとも、あの外道《げどう》は、つぐみに会わないなんて抜かしやがったけどな」

「……それであのとき、喧嘩されてたんですね」

舞衣がつぶやく。その言葉を聞いて拓也は、照れたように頭をかいた。

凌と自分の偽装結婚を、拓也があっさり看破したことを舞衣は思い出す。

なんのことはない、彼らも舞衣たちの同類だったわけだ。自分たちが恋人同士のふりをしている兄妹だったからこそ、拓也は、新婚を装う舞衣たちの違和感に気づいたのだろう。

「えと、すいません。話を戻します」全員が再び静かになるのを待って、凌が言った。

「昨夜、ちょっとミラーワールド経由で調べたんですが、瀧本芳治博士は二年前まで関西のある大学で教授を務めていました。加藤優香さん……旧姓長尾《ながお》優香さんは、博士が白鳳に異動する年に、同じ大学の博士課程を中退しています。学部が違いますし、瀧本博士は優香さんの直接の指導教官ではありませんが、二人の間に、何らかの関係があったとしても、有り得ないこととは言えません」

「あの親父なら、やりそうなこったぜ」

吐き捨てるように、拓也が言った。その声には、ポーズではない、本当の怒りが込められている。

「普通の殺人事件なら、恋愛感情のもつれが原因で、優香さんが博士を殺したと判断されたでしょう。僕も最初はそう思いました。だから、彼女が犯人だと気づいてからも、その確証が得られなかった。理解できなかったんです。彼女の動機も、行動も。ですが、我々は、優香さんが非常に高い知性の持ち主だということを知っています。皮肉なことに、それは彼女が考案した緻密な殺人計画によって証明されました。その頭のいい彼女が、果たしてそんな感情的な理由で殺人を犯すでしょうか？」

「彼女の、研究内容と関係があったんじゃないんですか？」研究員の柳田《やなぎだ》が、おずおずと口を開いた。「瀧本博士が、彼女の研究成果を横取りしたとか……」

「そう、今となってはそう考えるしかありません。瀧本博士が死んでしまった以上、事の真偽を確かめる手段はありませんが、おそらく世間はそう捉《とら》えるでしょう。それこそが彼女の目的だった、と思います。瀧本博士は、数年前に画期的な論文を発表して、世界的に有名な学者になりました。ただの学生が、その研究の権利を主張しても誰にも認められない。だけど、彼の死がマスコミを通じて大々的に報道されたことで、その立場は逆転しました。彼女は、殺人犯の汚名と引き替えに、化学史に残る名声を手に入れようとしたんです」

「信じられない」舞衣は嘆息した。「そんな理由で人を殺すなんて……あの優香さんが」

「……芸術家が、作品に自分の魂を込めるとすれば、研究成果というものは、研究者の思考の到達点を封じ込めたものです。その思考が誰かに受け継がれるということは、自分が存在し続けることと同義です。それをだまし取って、我がもの顔をしていた瀧本博士が、彼女はきっと許せなかったんでしょう……彼女が守ろうとしたのは、単なる名誉なんかじゃない。自分の存在そのものなんです……」

「作品を横取りされた芸術家の気持ちっていうことですか……そう言われれば、わからないこともないですが……」

重苦しい雰囲気に包まれたホールの中で、苅谷がぽつりとつぶやいた。だが、彼が凌の言葉を本当に理解できているとは、とても思えなかった。凌が言葉を尽くして伝えようとした概念は、舞衣でさえ半分も理解できなかったのだ。

ホールにいた人間は、おそらく全員が同じ気持ちだっただろう。凌自身、完全に理解してもらおうとは思っていないようだった。おそらく凌は、もっとも優香に近い人間だったのだ。だから、彼女の真意に気づくことができた。彼だけが。

「では、加藤浩一郎氏を殺した理由は何だったんですか？」黙りこんだ凌に、苅谷が訊く。

「彼の死には、特に疑問な点はありません」凌はあっさりと言い切った。

「しかし……ですね。彼の死に方も、まったく原因不明なんですよ」困った顔をして、苅谷が言う。

「ここが宇宙ステーションだという先入観があるから、不思議に思えるだけですよ。壁のすぐ外側に、真空の空間がある。それが引っかけなんです」凌は、冷たく言い放つ。「ここが、地球上だと考えたらどうです。真空に暴露したせいで、彼が死んだと考えますか？　むしろこう考えるんじゃありませんか？　海の底のような圧力の高い空間から、いきなり地上に出たから死んだのだ、と」

「あ……」葛城千鶴が手を叩く。「つまり、廊下の圧力が下がったのではなく、二四号室内部の圧力が高かったということですか」

「そう。白鳳の客室のエアコンには、空気漏れによる圧力低下に備えて、強力なコンプレッサーがついています。しかも、各客室は独立した完全気密状態です。エアコンの圧力計を少しいじってやるだけで、簡単に内部の気圧を三気圧以上にできるのではないですか？」

「ええ。各個室は、五気圧までの圧力差に耐えられるように設計されています」千鶴が、凌の言葉に同意する。

「仮に、客室内部の気圧を四気圧にしたとすれば、いきなり一気圧の廊下に出た加藤浩一郎氏は、水深三〇メートルから瞬間的に水面まで浮上したスキューバ・ダイバーと同じ状態です。肺の中の空気が、一瞬で三倍に膨らんで、確実に肺胞が破裂するでしょう。エア・エンボリズムと呼ばれる症状です。直接の死因になった空気塞栓《そくせん》も、急激な気圧変化が原因です」

「しかし……」苅谷が、凌の説明を制止する。「同じ部屋には、加藤優香本人もいたんですよ。今の説明だと、彼女も同じ症状になってないとおかしいじゃないですか。彼女は、どうして無事だったんです？」

「悲鳴ですよ」

「悲鳴？」

「ええ」凌がうなずく。「いきなり廊下に出た浩一郎氏と違って、彼女がいた部屋の奥のほうが、気圧の変化が緩やかだったでしょう。そして彼女は、気圧が低下していく間中、ずっと悲鳴をあげていた。膨張する肺の中の空気を、吐き出し続けていたんです」

「フリーアセントってやつだな」瀧本拓也が言う。

「そうです。海中でタンクのエアを使いきったダイバーが、最後の手段として行う技です。体内の空気を吐き出しながら、海面まで泳いで上昇する。減圧症の危険がありますが、最悪の症状は免れます」

凌が拓也の言葉を説明した。優香がダイビングの経験があると言っていたことを、舞衣は思い出す。

「この計画の唯一の欠陥は、気温でした。気圧が急激に低下すると、それにつれて室内の温度も低下します。四気圧から一気圧まで低下すると、室温は瞬間的にマイナス一〇〇度以下まで低下します。もちろん、比熱というものがありますし、廊下から空気の流入もありますから、それで命を落とすほどではありません。実際、血まみれの浩一郎氏を見て僕らが動転している間に、部屋の温度は不自然ではない程度まで回復していました。それでも、僕が触った端末《メスギア》は異様に冷たかったし、優香さんは、しばらく動くこともできませんでした」

「じゃあ……優香さんがあのとき震えていたのは、浩一郎さんを見て動転していたんじゃなくて……」

舞衣が、そのときの様子を思い出しながら言う。凌の言葉は、舞衣にとってかなりショッキングなものだった。

「寒かったのさ」

凌が、ゆっくりと首を振りながら答えた。舞衣は目を閉じて、ため息をもらした。

「あたしが見たバスルームの霜も、それが原因だったのね？　あのときの霧も……」

水縞つぐみが、誰に言うともなくつぶやいた。他の人間は、放心したように彼女と凌を見比べている。

「浩一郎氏の死は、僕にとって別の意味で衝撃的でした。この第二の事件がなければ、優香さんが瀧本博士を殺した犯人だと断定することはできなかったでしょう。ですが、彼女は、自分以外絶対に犯人では有り得ない状況を自ら作り出してしまった。この事件が起きて初めて、僕は彼女の真意に気づいたんです。そして遠山都さんも、瀧本博士を殺したのが誰か気づいた」

「それで、遠山くんは加藤優香を襲ったのか……」苅谷も、ようやく納得したようだった。

「ええ。もし浩一郎氏が死んで、それでも誰も彼女が犯人だと気づかなかったら、彼女は自殺するつもりだった、と思います。もちろん、僕らが想像もつかないような、不思議な死に方をする予定だったでしょう。その証拠に、遠山さんに殺されそうになったとき、僕には彼女が喜んでいるように見えました」

「浩一郎さんも、優香さんが犯人だと気づいていたのかしら？」舞衣が訊いた。

「たぶんね。瀧本博士が死んだとき、優香さんにアリバイがないことに彼は気づいたはずだから。それが、きみが聞いた二人の口論の原因じゃないのかな。おそらく彼は、自分の保身のためにその事実を隠そうとした。だから殺されたんだ。彼女の計画通りにね」

「そんな……自分の夫を、そんな理由で殺すなんて……」

「これはね、物理学的な意味でのフィードバックなんだ。彼女は、誰かに気づいて欲しかった。犯人が自分であるという結果こそが、彼女の犯行の原因だったんだ。観客の誰かが気づくことで、初めて彼女の目的は達成されるんだよ」

舞衣は、自分の身体が小刻みに震えていることに気づいた。優香に対する怒りもある。だが、それ以上に、底知れない恐怖感が舞衣を捕らえていた。

舞衣も研究者である以上、彼女の気持ちがまったく理解できないと言えば嘘になる。だが、それが愛する人間の命と引き替えにするほどのものとは、とても思えない。

「ひょっとしたら優香さんは、今回の計画のためだけに浩一郎さんと結婚したのかもしれない。彼女の犯行を実現するためには、白鳳の設計図や技術資料が必要だし、浩一郎さんの立場ならそれが手に入る。もっとも利用したという意味では、浩一郎さんも同じだったかもね。未《いま》だに日本じゃ、結婚しないと一人前に見てもらえない風潮が残ってるから」

凌はそう言って、舞衣に顔を近づける。そして、自嘲気味に肩をすくめて言った。

「まあ、愛のない結婚なんて、するもんじゃないってこと」

4

予定より少し早い午前一〇時四五分ごろ、刑事を乗せたスペースプレーンが白鳳に到着した。舞衣たちは一人ずつ研究室に呼ばれて事情聴取をされたが、それは時間にして一〇分ほどの簡単なものだった。

加藤優香が犯行を認めているという状況のほかに、ゼンガーが白鳳に滞在していられる時間が二時間弱しかないという物理的な制約もあったからだろう。

ゼンガーに乗ってきた警官たちは全部で二〇人ほどで、そのうちの半分以上は、このまま白鳳に残って証拠集めをするようだった。おそらく地上に戻ってから、またいろいろと質問されることになるのだろう。そう思って舞衣は少しうんざりした。

人々の前で饒舌《じょうぜつ》な説明を終えたあとの凌は、いつにも増して寡黙だった。展望デッキの天井付近に身体を浮かせたまま、ぼんやりとゼンガーの出発時刻を待っている。彼は、少し長めの自分の髪を、無意識のうちに何度もかきあげていた。

舞衣は、凌のいる方向に向かって、勢いよく床を蹴った。スリッパに内蔵された弱い磁石ではその勢いに耐えきれずに、舞衣の身体は無重力の空中にふわりと舞い上がる。

いきなり目の前に現れた舞衣を見て、凌は少し驚いたようだ。そのまま猫のように身体を回転させて、舞衣は凌の隣に着地した。

「子供みたいなことしないでくれよ……危ないな」凌が苦笑しながら言う。

「びっくりした？」舞衣は明るい声で訊いた。「よしよし、いいことだ」

「何がさ？」

「だって、驚いている間は、悩み事を忘れられるでしょう？」

「え？」凌が意外そうな表情を浮かべた。「悩んでる？　僕が？」

「そう。ほら、その髪をかきあげる仕草。昔っから、うじうじ考え込んでいるときの凌ちゃんの癖だわ」

「あ、そう？……それは気づかなかったな。本当に？」自分の腕を見つめて、凌が首を傾げる。「きっと安心するんだろうね。この手触りにというか、何かに触れているということがね。たぶん人間が生まれてきて、一番最初に認識できるようになるのが触覚なんだろう。触れるという行為で、自分が生きていることを初めて実感できるんだ。西洋でも、東洋でも、幽霊が肉体を持たない、触れられない存在として認識されてるのにも関係があるのかもしれない。それに……ミラーワールドでも触覚だけは未だに再現できない」

「もう……話がずれてるわ。その手には乗りませんからね」舞衣が、腰に手を当てて言った。

「話って？」凌がとぼける。

「凌ちゃんの悩み事の話。どうせ、自分がもっと早く優香さんの真意に気づいてたら、浩一郎さんが死なずに済んだ、なんて考えているんでしょう？」

凌は、何も言わずに軽く肩をすくめた。どうやら図星だったらしい。舞衣は、わざとらしくため息をついてみせる。

「もう、そんなの凌ちゃんの責任じゃないわ。あれは、どうしようもなかったのよ」

舞衣は同じ言葉を、自分自身に対しても言い聞かせる。

思考の目的は、自分のことを他人に伝えることではない。

理解することだ。理解できない、物理現象や、歴史や、自然や社会を。そして自分以外の誰かを受け容れようとすること。それが思考の存在価値だと、舞衣は思う。

加藤優香は、それを見誤った。

そんな彼女を受け容れようと、凌はあがいている。

それが彼の本質的な優しさだということを、舞衣は知っていた。

「そう」凌が舞衣に向かって微笑む。「そう、僕は誰かにそう言って欲しかっただけなのかもしれない。たとえそれが嘘だとわかってても、あれが僕の責任ではないと……あのときも……

「……凌ちゃん？」

「でも、それを言ってくれるのが舞衣くんだとは思わなかった」

「あ、その大人ぶった発言、気に入らないなあ」なんとなく馬鹿にされたような気がして、舞衣はむくれた。「凌ちゃん、あたしのこと、まだ子供だと思ってるでしょう。だいたい、この際だから言わせてもらうけどねえ、もし優香さんが、あたしを殺そうとしたらどうするつもりだったのよ。死んじゃった人より先に、自分の奥さんの心配をしなさい！」

「大丈夫だよ。優香さんの部屋の状況はオーギュストにずっとモニタさせてたし、苅谷さんたちにも見張ってもらってた。それでも、もしきみが怪我《けが》するようなことがあったら……」

「あったら？」

舞衣が、じっと凌を睨《にら》む。凌は、降参とでも言いたげに、両手を上げた。

「そのときは責任をとって、結婚でもなんでもきみのいうことを聞くつもりだった」言い難《にく》そうに小声で、凌がぼそりとつぶやく。

「ほおう」舞衣は不敵ににやりと笑った。「それはいいことを聞いたわ。これを見てもらおうかしら」

舞衣はそう言って、サマーセーターの袖をまくりあげた。左手の肘《ひじ》から先に三本ほど、赤いみみず腫《ば》れのような跡が残っている。

「昨日、遠山さんを取り押さえたときにひっかかれて出来た傷よ。けっこう、痛かったんだから。これは、当分消えないわね」舞衣はにっこりと微笑む。「責任は、とってもらいますからね」

「舞衣くん、きみね……そんなかすり傷で人の一生を縛る気？」凌が呆れたように言う。

「うん。もう決めたからね」

「あのねえ……」

何かを言い返そうとした凌が、不意に言葉を切った。凌の見ている方角を、舞衣も振り返る。ゼンガーの発進時刻まで、あと二〇分ほどしかない。二人の刑事に挟まれる形で、手錠をかけられた加藤優香がエアロックへと向かうところだった。

彼女の長い髪が、無重力の通路に緩やかに流れている。背筋を伸ばしたその優雅な歩き方は、なぜか勝ち誇っているようにも見えた。

舞衣は、彼女と一緒に研究モジュールを見学したことを思い出す。子供みたいに目を輝かせて、無重力合金の実験を見ていた彼女の生き生きした表情を。あれがきっと彼女の本当の姿だったのだろう。加藤浩一郎の隣にいたときの彼女に、あの輝きはなかった。

舞衣は力無く首を振る。

「ほんとうに、これが優香さんの望んだことだったの？　あたしには、やっぱりわからない。彼女なら、他のやり方でも十分に幸せになれたはずなのに……」

「色には二種類ある」凌がぽつりと言った。

「え？」

「朱鷺任博士がそう言ったんだ。色素の働きとは別に、構造色ってやつがあるんだよ。真珠や光学ディスクや、虹もそう。物質そのものが光の干渉で輝いて見える色だ。顔料やインクはやがて色褪《いろあ》せてはがれ落ちるけれど、構成する分子が壊れてしまわない限り、構造色は永遠に輝き続ける」

凌は、どこか悲しげに息を吐いた。今日の彼は、珍しく端末《メスギア》を持ち歩いていない。係員に預けた荷物の奥に放り込んだままだ。

凌の視線は、デッキから見える宇宙空間を彷徨《さまよ》っている。円形の窓の向こう側では、無数の星屑たちが、瞬きもせずに舞衣たちをじっと見つめていた。

「博士は気づいてたんだね。上品な若奥様という優香さんの姿が、表面を覆い隠す仮面だってことに。大人になるにつれて、人間はいろんな色素で本当の自分を覆い隠していく。

でも、彼女はそれを拒んだ。彼女は、他のすべてのものを切り捨ててでも、自分本来の輝きを永遠に残そうとした。自分の到達した思考の軌跡を描くことで」

「……その気持ち、なんとなくわかるわ」舞衣はつぶやいた。

「僕もだ」凌が静かに続ける。「彼女は有名になりたかったわけじゃない。自分が生きて、何を考えていたかってことを、ただ誰かに伝えたかっただけなんだ。だから、僕は彼女も、彼女の犯した罪も憎むことができない……」

舞衣は黙ってうなずいた。舞衣たちが見ていることに気づいた優香が、最後に優しく微笑んだ。その笑顔を、舞衣はとても綺麗だと思った。

終章

EPILOGUE

M.G.H.

THE HEAVEN IN THE MIRROR

凌《りょう》たちが地上に帰還して、一週間が経っていた。

研究休暇《サバティカル》はまだ始まったばかりだが、やらなければならない課題は山のようにある。凌が珍しく早起きしたのは、実験用の機材を借りるために職場に顔を出そうと考えていたからだ。警察の事情聴取や、友人からの好奇の電話などで、このところ予定していた作業は大幅に遅れていた。

凌は、ふと窓の外に顔を向ける。

陽射しが強い。窓から入ってくる風も今は心地よいが、あと一時間もすれば耐え難いほど暑くなるだろう。だが、その暑さによって、人間は自分を包む大気の存在を知る。

温度だけではない。人間は、反射した光によってしか物を見ることができないし、摩擦がなければ触覚も役には立たない。人が生きるということは、世界中の全てのものからの抵抗を受け続けるのと同義である。傷つけられることによってのみ、人は己が生きている証《あかし》を得る。

なぜこんなことを考えているのかと、凌は自問する。

ここ数年、自分が生きていることを意識したことはなかった。それは逆に、〝死〟から逃げ続けていたということなのかもしれない。だが今は、自分がいつになく現実の生に固執していると、凌は感じる。

それは、おそらく朱鷺任《ときとう》博士の影響なのだろう。それとも、反発、か。いずれにしても、あまり意味のある命題だとは思えなかった。

昨夜、留学中の友人から、朱鷺任数馬《かずま》の死を報じるメールが届いた。直接の死因は、動脈硬化である。数年前から問題のあった心臓近くの大動脈瘤が破裂したらしかった。

そのニュースを聞いても、凌には何の感慨も湧かなかった。

それは、白鳳《はくほう》にいた博士が、もはや死人同然だったからかもしれない。舞衣《まい》の言ったとおり、凌が話した朱鷺任数馬が、博士本人だったのかアプリカントだったのか、それさえも今はわからなくなっていた。それを判断するのも、もはや意味がないことだ。

凌は、エミュレーションモードで動いていた博士のアプリカントを思い出す。

博士の死によって、彼の端末《メスギア》は処分されただろうが、自分自身をコピーして他のサーバに潜り込ませることなど、アプリカントには容易《たやす》いことだ。もしかすると、広大なミラーワールドで、朱鷺任数馬の人格を持ったアプリカントが今も生き続けているのかもしれない。彼の思考を永遠に残すために。

凌は、自分がまた無意識のうちに髪をかき上げていることに気づいた。苦笑する。

他人に思考を理解してもらうことにも、他人を理解することにも興味はない。それは博士のアプリカント本人が言ったことだ。仮に博士のアプリカントが未《いま》だに存在し続けているとしても、人類に危害が及ぶことはないだろう。彼らは、電子の世界で無限に思考を続けるだけだ。その、死と同然の生を永遠に続ければいい。

机の上に置かれたカレンダーを見て、凌はなぜか舞衣のことを思い出す。彼女とも、あれ以来会っていない。

凌たちが帰国した日、宇宙港に殺到した報道陣のお目当ては、ほとんどが瀧本拓也《たきもとたくや》と水縞《みずしま》つぐみだった。彼らが取材攻勢に陥っている間に、ゆうゆうと到着ロビーから脱出した凌たちだったが、待合い室で舞衣の両親に捕まってしまう。

結局、舞衣は延々と説教されたあげくに森鷹《もりたか》家に連れ戻されてしまった。凌はその間、森鷹徹《てつ》と二人でずっとコーヒーを飲んでいただけだ。

そのとき、凌以上に寡黙な舞衣の父親が、こっそりと自分たちが結婚した経緯を教えてくれた。森鷹徹は当時高校教師をしており、鷲見崎《すみさき》雛奈《ひな》は彼の教え子だったらしい。そして卒業式の翌日、彼女は徹のアパートに転がり込んできて、そのままずっと居着いてしまったということだった。

血は争えないな、と言って徹は愉快そうな表情を浮かべていたが、凌はひきつった笑いを浮かべることしかできなかった。そんな台詞《せりふ》を口にしたら、雛奈にも舞衣にもこっぴどく怒られてしまうことが良くわかっていたからだ。

最近では珍しくなったディーゼルエンジンの音が聞こえたので、凌は窓から顔を出した。

マンションの敷地内に、運送会社のトラックが停まっている。しばらくして、チャイムが鳴ったので、凌は玄関に向かった。宅配便だろう、と思ったのだ。

だが、ドアを開けようとした凌の目の前で、外から電子ロックが解除された。そんなことができる人間は、凌の知る限り一人しかいない。勢い良くドアが開いて、栗色の髪の女性が顔を出す。

「おはよ、凌ちゃん！」

舞衣は、白いサマードレスに、麦わら帽子、涼しげなサンダルを履いていた。

そして、両手には、やけに大きな旅行カバンと、キャスター付きのスーツケース。運送会社の制服を着た男性を、後ろに数人引き連れている。

「あ、すいません。荷物はこっちです。あの、奥の部屋」愛想良く微笑みながら、舞衣が業者に指示を出す。凌が呆気にとられているうちに、彼らは凌の部屋に上がり込み、つぎつぎとダンボール箱を運び始めた。

「ちょ、ちょっと！」ようやく我に返った凌が、叫ぶ。「ちょっと、舞衣くん。何やってんのっ！」

「何って、見てわかんない？」舞衣は、にっこりと笑う。「引っ越し」

「引っ越しって、僕の部屋に？　困るよ、そんな勝手に！」

「いいじゃない。どうせ、部屋は余ってるんだし。それに、夫婦が別々に住んでるなんて不自然だわ」

「夫婦って、僕らもう離婚するんだろ！」

「あ、あれ？」舞衣は澄ました顔で答える。「やめにしたの」

「やめにした？」

「そ。だって凌ちゃん、あのとき好きにしていいよって言ったじゃない。だから、やっぱり離婚しないことにしたの。どうせ離婚しても、また結婚するんだから、意味がないわ」

「あのねえ……」凌は頭を抱える。

「凌ちゃんのマンションのほうが、あたしの大学にも近いし。それに、お母さんに家を追い出されちゃったんだもの。ここ以外に、いくところなんてないわ。ねえ、それより……」

舞衣はそう言って、カバンから旅行会社のパンフレットを取り出す。

「ね、今度これに申し込もうと思ってるの。年内挙式予定のカップル一組様とその親族をご招待。国際宇宙ステーションで行うチャペル・ウェディング、だって」

「……君、全然反省してないね……」凌は思わず笑ってしまう。

「反省する？　なにを？」

真剣な口調で、舞衣が訊き返した。

それから、彼女はゆっくりと微笑む。

「凌ちゃんは？　反省した？　あたしのこと嫌いになった？」

凌は思わず、苦笑まじりのため息を漏らす。

気温が少し上がったようだった。

灼《や》けた風が、髪を撫《な》でる。

じっと凌を見ている舞衣の視線が痛い。

この居心地の悪さこそが、きっと生きている証なのだろう。

素直に答えようとする意志に逆らって、凌は小さくつぶやいた。

「その質問は、ずるい」

〈END〉

本文中で使用した問題は、『パズル・物理のふしぎ入門』（福島肇／講談社）を参考にいたしました。

無重力の惨劇、真空の孤絶――本格SFミステリの注目作

牧　眞司（SF研究家）

『M・G・H・　楽園の鏡像』は、日本SF作家クラブ主催の第一回日本SF新人賞受賞作である。

同賞の創設・公募は一九九九年、受賞発表は二〇〇〇年。選考委員は、小松左京（委員長）、大原まり子、笠井潔、神林長平、小谷真理、山田正紀の各氏。このうち大原、笠井のふたりが、この作品にABCの三段階評価でAをつけての一番推し、小松選考委員長も「全体を見て選ぶなら、『M・G・H・』だと思う」と述べている。協議の結果、すんなりと『M・G・H・』の受賞が決定した。作品は徳間書店の〈SF Japan〉創刊号（二〇〇〇年四月刊、誌面での表記は「Millennium：00」）に選評とともに掲載されたのち、同年

六月に単行本が刊行された。

SF関係者や一部読者のあいだでは、作品そのものが読まれる前から「作者があの三雲岳斗だ」ということで、大いに話題をまいたものだ。過去にプロデビューしている小説家が、公募新人賞を足がかりに新しくキャリアをスタートすることはいまでは珍しくはないが(ただし、その当時はあまり例はなかった)、三雲岳斗の場合、再デビューというのとはあきらかに事情が異なっている。

一九九八年に、『コールド・ゲヘナ』で第五回電撃ゲーム小説大賞(現・電撃小説大賞)銀賞を受賞してデビュー。同作は電撃文庫でシリーズ化。また、『M.G.H.』受賞と前後して、『アース・リバース』で第五回スニーカー大賞特別賞を受賞し(角川スニーカー文庫で刊行)、電撃文庫では新しいシリーズ『レベリオン』もスタートさせる。つまり、ライトノベルの分野では、売り出し中の俊英だったのである。

もちろん、商業的なジャンルの枠組みは歴然とあって、ライトノベルで実績があっても(そしてライトノベルはSFと親和的なフォーマットであるものの)、作家が書きたいように書けるわけではない。

三雲岳斗は〈SF Japan〉二〇〇一年春季号(誌面表記は「Millennium : 02」)のインタビューで、日本SF新人賞を得たことで、「作り手側からの変化としては、これま

でライトノベルではできないような話、企画などを書かせてもらえるようになったという
のがありました。また、それを読者の側にも受けいれてくれる素地ができたというのも、
私にとってはプラスでした。あとは読者の幅ですね。これまで読んでくださらなかった年
輩の方が面白いといってくださるのが、すごく励みになりました」と語っている。
読者の幅という点でいえば、『M．G．H．』はSFファンのみならず、ミステリ読者にも注目される内容だった。物語の展開は本格ミステリであり、シチュエーションは「雪に閉ざされた山荘での殺人事件」の変奏なのだ。笠井潔は日本SF新人賞の選考会で、「この作者はかなり愚直に機械的トリックにこだわってみせる。SFミステリで機械的トリックというのは、東野［圭吾］作品の例以外に最近見たことがないので、なかなか目のつけどころが良いんじゃないか」と評している。
物語の舞台は、日本製では最大級の多目的長期滞在型宇宙ステーション『白鳳《はくほう》』で、自然科学分野の研究所と民間人用のホテルが併設されている。ステーションの外は真空であり、出入りはスペースプレーンだけに限定される。大掛かりなドッキング作業が必要なので、こっそりと潜入したり、逃げだすことは不可能だ。つまり、犯罪がおこなわれたとき、犯人はステーション内にいる誰かに絞られる。
そんな場所で、不可解な変死が発生する。高分子材料の研究で世界的に有名な瀧本芳治《たきもとよしはる》

博士が、無重力状態の区域で〝墜落死〟を遂げる。便宜的に〝墜落死〟と表現したが、あくまでも遺体の状態からそう見なされるだけで、実際に何が起きたかはわからない。発見された遺体は与圧服を着ていて、その与圧服ごと圧壊していたのだ。しかし、ステーションの内壁には衝突した跡は見受けられない。遺体が発見される直前に、ステーション全体が短時間の停電に見舞われていたが、それは重力と関係がない。

事故か？　殺人か？

事故だとした場合、かような事態に至る機序がまったくわからない。そもそも、瀧本博士は気密なステーション内で、なぜ与圧服を着ていたか？

殺人だとすると、犯人の動機も殺害方法も不明だ。そして前述したように、犯人はまだステーションのなかにいることになる。

この不可解な事件の解決に挑む探偵役は、つぎのふたりだ。

○鷲見《すみ》崎《さき》凌《りょう》……民間企業で材料工学の研究に携わっている若手。

○森鷹《もりたか》舞衣《まい》……凌の従妹《いとこ》。ただし、血はつながっていない、医学部に在学中。

凌と舞衣は、旅行代理店が新婚夫婦を対象におこなったキャンペーンに当選して、白鳳へやってきた。ただし、宇宙旅行がしたいがための、表向きだけの結婚である。凌は白鳳でおこなわれている研究に興味があり、一流の科学者に面会することがなによりの目的だ。いっぽう、舞衣のほうは偽装結婚を偽装で終わらせない覚悟で臨んでいる。両者が繰りひろげるちぐはぐなやりとりがおかしい。恋の駆け引きという以前に、凌が浮き世離れした感覚の持ち主なので、舞衣があの手この手で仕掛けても暖簾《のれん》に腕押しなのだ。

物語の本筋は謎解きミステリなので、ここで事件にかかわる登場人物を簡単にまとめておこう。

まず、凌と舞衣のほか、同じスペースプレーン便で地球から白鳳へやってきた旅行者、添乗員がいる。作中で名前が示されているのは――

○加藤浩一郎《かとうこういちろう》……航空宇宙開発公社のエリート社員。
○加藤優香《かとうゆうか》……その妻。学生時代は高分子化学を専攻。
○瀧本拓也《たくや》……ミュージシャン。変死した瀧本博士の息子。
○水縞《みずしま》つぐみ……女優。おしのびで拓也に同行。
○葛城《かつらぎ》千鶴《ちづる》……スペースプレーンの接客担当。

いっぽう、白鳳に常駐している研究者や職員は――

○朱鷺《とき》任数馬《とうかずま》……機能材料工学分野の権威。白鳳にある研究所の所長。ＳＦ作家でもある。
○瀧本芳治……研究所の副所長。謎の〝墜落死〟を遂げる。
○遠山都《とおやまみやこ》……瀧本芳治博士の助手。
○苅谷《かりや》……白鳳の総責任者。
○仲森一郎《なかもりいちろう》……職員。
○安達《あだち》……職員。
○柳田《やなぎだ》……研究員。

また、登場人物と言っていいかわからないが、物語のなかで重要な位置を占めるのがアプリカントである。人工知能に制御された電子秘書のことだ。彼らは特定の人物の性格を複製《エミュレート》した固有の人格を備え、仮想世界と現実を結ぶ役割を担っている。エミュレートレベルは、秘書機能をもっぱらにする通常モードから、能動的な判断をおこなうモードまで調整可能。ただし、暴走を防ぐため、能動判断の領域はあらかじめ限定されている。この物語に登場するアプリカントは――
○ヴェルダ……凌の秘書役。彼にとっては忘れがたいある人物の思考を複製している。

○オーギュスト……舞衣の秘書役。思考パターンは舞衣を複製している。
○朱鷺任博士のアプリカント……博士自身を模した姿に、博士の思考の再現。たんなる秘書役ではなく、博士に成りかわって受け答えをする。

さて、先述したように、この物語の舞台となる宇宙ステーションはミステリの常套である「雪に閉ざされた山荘」や「孤島」の変奏と見なせるが、それらと決定的に異なるところもある。機能性に特化した人工的空間という点だ。ステーションそのものの設備、研究のための備品、人間が生活するうえで持ちこまれるもの、いずれも最小限度のものしかない。そのぶん、事件を構成する偶発要素やノイズが少なく、謎を解くうえでのフレームが限定されているわけだ。凌と舞衣はあくまで客観的に仮説を立て検証を繰り返す。このプロセスは、まぎれもなくハードSFのロジックである。SFの面で言えば、アプリカントや仮想空間（ミラーワールドと呼ばれる）といったアイデアが、しっかりと物語に絡んでいるところも見逃せない。

そのいっぽう、人間的な情動においては、地上となんら変わるところはない。犯人の動機など事件に直接かかわるものはもちろん、登場人物それぞれに事情や執着がある。凌や舞衣も例外ではなく、ふたりが過去の傷といかに向きあうかが、物語後半の展開に深くかかわってくる。

本格ミステリの結構、ハードSFの思考と想像力、何人もの登場人物のあいだでもつれる人間ドラマ——これらが別々のものではなく、ひとつの物語のなかに分かちがたく結びついているところが、『M.G.H.』の特質である。

ストーリー上での大きな山場は、物語の後半に起きる第二の事件だ。ここにも、宇宙ステーションという特殊な環境がかかわってくる。急激な気圧変化が原因とみられる肺胞破裂による死。しかし、現場には、空気漏れなどによる真空発生の痕跡はない。

はたして、第一の事件（無重力状態での〝墜落死〟）と第二の事件（一人だけを襲った〝気圧差〟）を結ぶものは？　物理トリックの解明だけではなく、動機の側面からのアプローチがおこなわれる。

ところで、作品タイトルの『M.G.H.』だが、このアルファベットが何の略か（いかなる記号なのか）は、一目見ただけで——舞台が地球周回軌道上だと知れば——わかるひとはわかりすぎるほどだし、それとは逆に、ピンとこないひとにとっては物語のなかで意味が示されても（終盤で明らかになる）「そう言えば、聞いたことがあるような……」というくらいだろう。

タイトルの受けとめかたが読者によってははっきり分かれる点において、ミステリ分野では森博嗣『すべてがFになる』（現行本は講談社文庫）と双璧をなす作品である。ただし、これはあくまでタイトルの話で、作品そのものの面白さは、先に述べたように、広い読者に通用するものだ。そもそも三雲岳斗がこの小説を手がけた動機は、「SFというだけで敬遠する読者にも楽しめる作品を書きたい」「この作品をきっかけに、SFに興味を持ってくれる人が少しでも増えたらいい」というものなのだ（日本SF新人賞受賞の際の言葉、〈SF Japan〉創刊号）。

さて、『M.G.H.』には姉妹篇がある。『海底密室』、凌の叔母にあたる鷲見崎遊《ゆとり》が探偵役となるSFミステリで、舞台は深海四千メートルの海底実験施設だ。もともとは二〇〇〇年九月に徳間デュアル文庫の一冊として刊行された作品で、この八月には新しく徳間文庫版が上梓される。

二〇二一年五月

本書は2006年6月徳間デュアル文庫で刊行されたものを、加筆修正をいたしました。なお、本作品はフィクションであり実在の個人・団体などとは一切関係がありません。

徳間文庫

M. G. H. 楽園《らくえん》の鏡像《きょうぞう》

2021年6月15日 初刷

著者 三《み》雲《くも》岳《がく》斗《と》

発行者 小宮英行

発行所 株式会社徳間書店

東京都品川区上大崎三—一—一 〒141—8202
目黒セントラルスクエア

電話 編集〇三(五四〇三)四三四九
販売〇四九(二九三)五五二一

振替 〇〇一四〇—〇—四四三九二

印刷
製本 大日本印刷株式会社

ISBN978-4-19-894654-8 (乱丁、落丁本はお取りかえいたします)